Best Time

白 马 时 光

Cupid's Arrow

遇空前

入眠酒 著

长江出版社

图书在版编目（CIP）数据

遇箭 / 入眠酒著. — 武汉：长江出版社, 2023.6
ISBN 978-7-5492-8854-0

Ⅰ.①遇… Ⅱ.①入… Ⅲ.①长篇小说－中国－当代
Ⅳ.①I247.5

中国国家版本馆CIP数据核字(2023)第073056号

遇箭 / 入眠酒 著

出　　版	长江出版社
	（武汉市解放大道1863号 邮政编码：430010）
市场发行	长江出版社发行部
网　　址	http://www.cjpress.com.cn
责任编辑	陈　辉
印　　刷	三河市金元印装有限公司
版　　次	2023年6月第1版
印　　次	2023年6月第1次印刷
开　　本	880mm×1230mm　1/32
印　　张	8.25
字　　数	200千字
书　　号	ISBN 978-7-5492-8854-0
定　　价	45.00元

版权所有，翻版必究。如有质量问题，请联系本社退换。
电话：027-82926557（总编室）　027-82926806（市场营销部）

| 返回 | 回复 | 转发 | 删除 | 标记为…… | 移动到…… |

新员工入职须知

发件人：而安-正式队员　　　　　收件人：隋聿-预备队员
抄送：风向南

隋聿，恭喜你顺利通过考核，加入我们这个大家庭。
员工须知如下，注意查收。

- ☐ 第一章　**03276**　　　　　　　　　　*001*
- ☐ 第二章　**咖喱面包**　　　　　　　　*023*
- ☐ 第三章　**交友攻略**　　　　　　　　*053*
- ☐ 第四章　**推心置腹**　　　　　　　　*082*
- ☐ 第五章　**救命恩人**　　　　　　　　*113*
- ☐ 第六章　**心甘情愿**　　　　　　　　*149*
- ☐ 第七章　**别放下箭**　　　　　　　　*174*
- ☐ 第八章　**最佳组合**　　　　　　　　*209*
- ☐ 番外一　**丘比特编外人员**　　　　　*245*
- ☐ 番外二　**乐游记**　　　　　　　　　*252*

手册详情

目　录

Contents

"我明天还能再吃一个咖喱面包吗?"
"可以。给你买两个。"

八月七日，下午六点二十九分，三十八摄氏度，申江游乐场。

你闻起来很像一颗话梅糖。

第一章

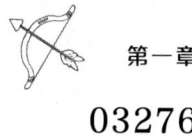

03276

　　隋聿是从小长假结束后第一天开始走背运的。他半闭着眼吃完早饭后下楼，发现停在单元楼门口的山地自行车神秘消失，只剩下他上星期斥巨资买的密码锁有些狼狈地被丢在地上。

　　隋聿站在原地愣了几秒，然后抬脚把锁踢到墙角，低声说了句"晦气"。

　　上班高峰期，隋聿在第三次被赶早市的大爷、大妈从要乘公交车的队伍中挤出去的时候，他走到一边点了支烟，也没怎么抽，只是叼着走了一路，最后在快到所里的时候捻灭丢进垃圾桶。他踏进大厅，魏民有些混浊的眼睛从报纸后面露出来："今儿可迟到超过七分钟了啊。"

　　隋聿黑着脸坐在对面，魏民贱兮兮地又补了句："老年社区普法活动加你一个。"

申江派出所在老城区，比起市中心和其他区的高楼林立，在申江区住着的大多是不愿意搬走的老年人，以及各种段位的骗子和传销组织。抓根本抓不过来，于是申江派出所每个月都要搞一次普法活动，给大爷、大妈免费发一些小扇子和卫生纸，等人聚得够多了之后再用大喇叭读防诈骗手册。

以前这个活儿都是魏民干，可自从隋聿参加了一次之后，魏民就知道什么叫作靠脸吃饭。隋聿往台阶上一站，完全不需要他们扯着嗓子嚷嚷，拉伸锻炼的大爷、大妈们便主动聚过来，先是笑眯眯地夸警官长得真精神，接着就是问他有没有对象。

隋聿扯着礼貌又僵硬的笑容，语气毫无波动地读完了整本册子。普法活动从未如此顺利，甚至连买卫生纸和扇子的经费都省了。

副所长那叫一个开心，当晚点了几盘羊肉串和腰子，一边打酒嗝儿，一边拍隋聿的肩膀："可造之材啊！"

隋聿长得好看这件事魏民在还没见着人的时候就知道了，当时他在档案室查资料，隔着几层门板就听见所里的小姑娘齐刷刷地倒吸凉气。刘一锋原本打算维持秩序，门一打开，朝大厅里扫了一眼，一秒过后低声说了句"我去"。

"哦，对了。"魏民把报纸放到一边，翻了两页登记表，"你这几天查户籍的时候小心点儿，北街最近可能不怎么太平，冒出来一堆套牌车。"

隋聿从抽屉里抓了一把话梅糖放进口袋，出门的时候才回了句"知道了"。

上午的气温还不算太高，隋聿"扫楼"速度快，登记完整个家属院才用了三个多小时。走出种满梧桐树的小区，隋聿下意识地掏口袋，才发现话梅糖已经吃完了。戒烟时期总是让人烦躁，他早上还抽了每天定好的一根的量，没办法，他走到马路对面的小超市，拿了一包蚯蚓软糖。

前台售货员张嘴报价格的同时，外边轮胎摩擦柏油地面的声音刺得隋聿皱起眉，紧接着传来什么东西撞在一起的闷响，然后是路人的尖叫。

隋聿几乎是同一时间推开门跑出去，撞进视线里的是踩足油门逃跑的黑色轿车，还有躺在黑色柏油地面上一动不动的人。

"老魏，北街顺昌路有肇事车辆逃逸，叫人在高架拦住。"隋聿挂掉电话，马上拨通了"120"，报了地址之后听见对面的人说："现在不要移动伤患，有出血吗？"

阳光刺眼，周围聚了不少人，隋聿只能一边维持秩序，一边蹲下身，眯着眼看躺在地上面色惨白的少年。

男孩儿看起来年龄不大，估计还在上大学，大热天穿着长袖卫衣，汗浸湿了额头上的碎发。隋聿压低身体，耳朵贴着男孩儿的胸口，听着微弱的心跳，哑着嗓子回答："没有。"

一个年轻又鲜活的生命可能就要死在自己面前，隋聿喉咙发紧，紧握着手机的手心全是汗，他耐心地听着电话那头医生的交代，挂断电话，重新起身时，看见了男孩儿的眼睛。

隋聿怔住，直到周围人议论声越来越大，他才反应过来，皱着眉问："你还好吗？能说话吗？"

男孩儿死盯着他看，脸上没有什么表情，眨眼的速度像是电影里的慢放镜头。

"算了，先别说话，救护车一会儿就来……"

"我不去医院。"男孩儿突然开口。

隋肀愣了两秒，虽然这个伤患看起来比自己还精神，但他还是秉持着一个警察的职业道德，道："你刚刚出了车祸，肯定需要去医院检查，钱的事你不用担心，我的同事已经去追肇事车辆了。"

男孩儿撑着手臂坐起来，动作流畅，一气呵成。周围群众闭了嘴，隋肀也是一愣一愣的。

"你是警察吗？"男孩儿还是盯着他看，眼睛睁得很圆。

隋肀点头："是。"

听见答案，男孩儿终于移开视线，低头抿了抿嘴，垂在身侧的右手慢吞吞地放进卫衣口袋。这些隋肀都没有注意到，他正低头拨号码，想给医院交代一下看看能不能带上测脑电波之类的仪器。电话拨通时，隋肀听见男孩儿含含糊糊地感慨："是警察啊，挺合适的。"

隋肀还没反应过来他这话是什么意思，眼角的余光瞥到男孩儿攥在手里、闪着银光的尖头利器，正极速朝他的胸口刺过来。

下一秒，隋肀迅速抬腿，用膝盖抵住男孩儿的胸口，手机掉在地上，隋肀拽着男孩儿的手腕把他的手臂反剪到背后。

"你撞坏脑子了？知不知道你在袭警？你跟刚刚开车的那人一伙的是吗？"

"没有，不是。"隋肀力气大，男孩儿吃痛，漂亮的五官都挤在一起了。

隋肀气笑了，手上的力气一点儿没松："那你是干吗的？"

男孩儿的嘴角平直，看起来有些犹豫，或许是知道坦白从宽，抗拒从严，三秒后，他把脸偏过去看着隋肀，声音压得很低："我是丘比特……"

周围的人不知道到底发生了什么，原本看起来快要死掉的人冷不丁地坐了起来，然后又被来救他的警察按在地上，接着原本黑着脸的帅气警察突然低头开始笑。过了一会儿，周围的人听见穿着便装的警察咬着后槽牙，一个字一个字往外蹦："你觉得我看起来像傻子吗？"

男孩儿被按着手臂动不了，但还是很给面子地用力摇了摇头，接着语气真诚地夸奖道："你不像，你是帅哥。"

这是隋聿走背运的第一天。

交通事故其实不算什么大案子。

隋聿透过玻璃窗瞟了一眼坐在审讯室的男孩儿，他的脸上没什么表情，两只手安静地放在膝盖上，不管魏民怎么拍桌子鬼叫，他始终一言不发。最后还是魏民先摇白旗。隋聿看着四十多岁的魏民一脚踢开审讯室的门，红着脸骂骂咧咧地走出来，然后一屁股坐在椅子上。

"直接送去市局，这小子谁爱弄谁弄。"魏民仰着头，脸憋成猪肝色。

隋聿"嗯"了一声，无所谓地说："都行。"

即便立秋，高温依旧持续不下，所里的空调温度开得低，隋聿的位置又在风口，坐了半小时之后，他披着外套钻进了休息室。等体温恢复正常，他走出来，发现原本坐在审讯室的人已经不见了。

"你又跑哪儿去了？"魏民倚着门框站着，手里攥着钥匙串，"刚刚市局的车来接人，那小子死都不上车，那动静闹得很大，你是不知道有多好笑，没见着真是可惜了。"为了完美描述好笑的氛围，魏民一边说话一边做动作，钥匙串叮叮当当地响。

隋聿剥了块糖丢进嘴里，糖衣在口腔里化开。

接下来的几小时，所里恢复平静，魏民跑去给闹离婚的八十岁夫妻做第四次调解，刘一锋和剩下几个人去组织和社区卫生所的联谊会，而隋聿去救脑袋卡在栏杆里的流浪狗。

整个施救过程隋聿用了将近三小时，由于狗太胖，隋聿不得不打电话给消防队，让他们拿锯子把铁栅栏锯掉，再去哄满脸不开心的老太太。

假笑三小时还挺累人的，所以当隋聿走到所门口，看见停在边上的白色警车和站在旁边对他露出灿烂笑容的男孩儿时，他的大脑确实一片空白。

"你们所里平时出任务都不留个人的？"穿着蓝色警服的男人的脸色不太好看，语气里带着特有的傲慢，他装模作样地看了一眼表，再开口时语气变得更冲，"知道我们在这儿等了多久吗？！"

"不久的。"有人迅速接话。

从上车到进总局接受盘问，始终维持呆滞表情沉默着的人，现在眉眼舒展，嘴角咧着，并且开口说话了。他看着隋聿，皱了皱鼻子，声音很轻地说："没关系，你先忙你的，我可以慢慢等。"

于是半小时后，魏民满头大汗走进所里，见到的场景就是一脸呆滞的隋聿和早上刚刚送走的"哑巴"，正面对面坐着大眼瞪小眼。

"什么情况？"魏民把衬衣扣子解开两颗，站在空调风口吹。

"肇事司机抓到了，就是个普通的代驾司机。"隋聿靠着椅背，冲着桌上装在透明密封袋里的小刀扬了扬下巴，"这玩意儿也拿去验过了，不锈钢的，刀头没开过刃。"

魏民走过来，刚想拿起桌上的小刀，突然感受到来自右侧的一道视线。长得很漂亮的男孩儿正恶狠狠地瞪他，搁在膝盖上的双手攥成拳。没什么威胁性，但魏民还是收回手，咂了咂嘴，手撑着桌面问:"你叫什么名字?"

就算只是普通的交通事故,他们也得弄清楚这人叫什么名字,住在哪儿,有没有医疗保险。但端正地坐在对面的男孩儿依旧沉默,只是时不时抬头偷偷瞄一眼隋聿。

魏民盯着他看了一会儿,突然眼睛睁大,拍了拍隋聿的肩,示意隋聿换个地方说话。走到门口,魏民清了清嗓子,压低声音:"他是不是傻子啊?"

对上隋聿抬起的眼,魏民忙解释:"我不是骂人,我是说真的,他会不会是脑子有点儿问题?"

隋聿没接话,他侧过身,瞥了一眼依旧安静坐在位置上的男孩儿,长得漂亮,看起来也干净,像是学习不错,会在各种文艺晚会上出风头的类型。

"估计是怕生。"隋聿回过头,顿了顿说,"这个年纪的小孩儿见到这么多警察可能有点儿慌了。"

想想也是,刚被车撞完就被警察按在地上,在所里晃了一圈之后又被带到市局,这么大的小孩儿,换谁一时半会儿都反应不过来。自我反省后,隋聿深吸了一口气,带上笑容,重新走到桌子前。

"之前是我的工作疏忽,我向你道歉。"

或许是被隋聿真诚的语气打动,总是低头沉默的男孩儿终于抬起头,和隋聿对上视线。

"我们现在就是想了解一下你的身份,知道你的名字和住址,好联系你的家人。"隋聿弯着眼睛,脸上的笑容更深,"可以告诉我你的名字吗?"

魏民在门口拆了包槟榔,包装一撕开,那股有点儿呛人的味道迅速窜出来。隋聿看见男孩儿的睫毛很轻地颤动，过了几秒，他点点头，朝隋聿摆了摆手。绕过体积不小的桌子，隋聿走到男孩儿的身边，微微弯腰，男孩儿柔软的碎发擦过隋聿的下巴。

男孩儿终于开口，声音小小的。

把嘴里的槟榔嚼到没什么味道，魏民转身回去的时候看见正在打电话的隋聿，心想估计是问出什么了。魏民走到他的旁边，小声地问他："怎么样？"

隋聿没接话，直到电话那头响起人声，他才开口："麻烦帮我预约个脑部CT。"

一分钟前，男孩儿在他靠过去的时候伸手抓住他的衣角，仰着脸，小声地对他说："你不要告诉别人，我是03276。"

03276的脑子没什么问题。

医院里，隋聿看了一眼在对面病床上坐姿端正、死盯着他的男孩儿，顿了顿，转身走到服务台，拿着病历本再一次确认，最后得到护士长的三次肯定。隋聿撑着桌子想了一会儿，再抬头的时候问："医院能不能测智商？"

03276的智商也没什么问题，甚至医生在他们走之前还笑着夸了一句："还挺聪明的啊！"原本跟在隋聿后面的人也很有礼貌，听见夸奖后转过身，鞠了一躬之后说："谢谢。"

今天天气出奇地晴，隋聿走到门诊楼外面，给魏民打了个电话。电话很快接通，隋聿照着刚刚出来的报告念，对面的人似乎正在吃东西，隋聿说完之后清晰地听见电话那头吐瓜子皮的声音。

"所以，他没撞坏脑子，也不是低智商。"魏民把满桌子的瓜子皮推到一边，停了两秒说，"要不这样，你在那儿等一会儿，我带着居委会的人过去一趟，先把他接走。"

隋聿把地上的碎石子踢开，"嗯"了一声："你得多久？二十分钟以后我要去市局交文件。"

"那你先过去，叫小孩儿在医院门口等一等，我带人过去。"

"成，那你快点儿啊。"

电话挂掉，隋聿转过身，冷不丁和一直站在他背后的男生撞了个满怀。隋聿停顿了两秒，对上那双很黑的眼睛，把火压下去："你站得这么近干吗？"

"我只有你一个朋友，不跟紧一点儿，万一你走丢了怎么办？"

"谁说我是你的朋友了？"

"我们已经互相交换了名字。"男孩儿顿了顿，表情变得更严肃了。他又靠近了一点儿，声音很轻，"而且你还知道我的真实身份。"

隋聿没说话，垂着眼认真观察，试图分辨他到底是不是在装疯卖傻。但一分钟后分析无果，他只是傻站着不动，甚至在发现隋聿在观察他时把脸仰得更高了，睫毛很轻地抖动着。隋聿偏过脸，看了一眼表，距离报告提交还有不到十五分钟。

"你在这儿等着，哪儿都别去，一会儿我的同事会来接你。"隋聿说完往外走，站在身后的人不出所料地也跟着走了一步。

他站在隋聿投下的身影里，一脸无辜。

"你去哪儿？"男孩儿盯着他看，顿了顿又接着问，"你不来接我吗？"

隋聿长出了口气，拿出在社区里帮忙带小孩儿的耐心，笑着说：“我现在有点儿事要去办，你在这儿等着……”

"然后你来接我吗？"

隋聿不说谎，但他还是应下来说：“对，你在这儿等着就会有人来接。”

男孩儿终于点头，退回到最开始站着的位置，身体站得很直，抬起手臂笑着冲他摆了摆手。

隋聿没有回应。医院周围种满了大片梧桐树，上次他来的时候这些树好像长得没这么好，现在枝叶繁茂，遮住刺眼光线，显得脚下的砖路又长又窄。走到医院大门，他回过头，看见顶着大太阳站在空地上等待的人。

隋聿短暂地感觉到烦躁，但叫的车已经停在前面等待，于是他很快把所有情绪抛到脑后。

市局比他们那儿要大得多，虽然卡着点到了办公室，但隋聿的级别不够，原本负责交接工作的人也并没有要立刻接待他的意思。披着警服的男人冲他扬了扬下巴算是打招呼，然后用肩膀和脑袋夹着电话，右手拿着黑色水笔，漫不经心地在纸上随意涂涂画画。

隋聿站着等，中途来了两三个人，见男人在打电话，拿着文件夹又退了出去。等了将近二十分钟，男人终于挂掉电话。在他准备开口之前，隋聿掐着点，拉开面前的椅子坐下来。

"主任这么多年还是一点儿没变，做电话记录还是做得这么敷衍。"隋聿瞥了一眼陈建华手边那张画着乱码的 A4 纸。

陈建华只是笑，他用手掌抹了抹掉在桌上的烟灰，一边摇头一边感慨："只有你小子敢这么跟我说话。"眼看陈建华准备开始聊家常，隋聿很轻地咳嗽了一声，摊开带来的文件，开始汇报工作。

工作汇报到一半，陈建华很突兀地叹了口气，隋聿抬起眼。

"你们所长真的不是在打压你吗?我看你过去两年也没参与什么大案子,这样过十年你也调不过来。"

隋聿没接话,他从刚刚被打断的地方继续说,直到做完夕阳红联欢会的总结,才对陈建华说:"是我自己的问题,跟我们所长没多大关系。"

陈建华原本还想再说两句,但隋聿露出很明显的排斥表情,站起来告别之后就开门离开了。

隋聿的父母都是警察,跟看动画片长大的小孩儿不一样,隋聿从小是看着法制频道长大的,这就导致他的每一篇日记都和杀人、入室抢劫、验尸等事情有关。当时班主任看不下去,跑到隋聿家里做家访,试图告诉隋聿父母要给小孩子一个美好的童年,但最后也以四个人一起在沙发上看了一期《今日说法》作为结尾。

最后老师也选择放弃,隋聿的前十八年都是按照父母制定的路线进行的,直到高考那年,他因为意外受伤没能完成刑警体能要求。父母的失望完全挂在脸上,但嘴上还是安慰他,大学毕业之后,他被安排到社区的派出所当了一名普通警察。

所有人都在安慰隋聿,只有他觉得挺满意,对没有梦想的人来说,有个地方可以待着就能称得上舒适了。

在陈建华那儿耽误的时间不短,隋聿出来的时候天已经暗下去了。顺着人行道往大路上走,隋聿刷新了一下朋友圈,最上面一条来自魏民,他发了一个啤酒的表情符号,下面配了一张几个人共同举杯的图片。

隋聿摇了摇头,在下面评论"速度挺快"之后就收起了手机。

一分钟后,放在口袋里的手机振动起来,隋聿拿出来看了一眼,是魏民打来的。刚接起来,隋聿还没来得及说话,就听见对面的人很严肃地喊他的名字。

"隋聿,我错了。"

"?"

"我老家的发小儿突然给我发了个我家的定位,我开着车去找他,谁知道过去一看,我的妈……我的四五个战友都在……"隋聿那边半天没说话,魏民算不准隋聿这个火药桶到底有没有炸,在做作地停顿了几秒之后,他接着说,"然后吧,我就突然想起来你给我布置的任务——我还得去医院接人……之前真的是忘了,我发誓!"

沉默十秒,这通电话以一个脏字画上句号。

隋聿改变路线,在门口拦了一辆出租车:"去市人民医院。"

距离医院最近的那条路线在导航上被标红,于是司机绕了半个城区。看着计价表不断攀升的数字,隋聿开始思考那个人还在医院门口等待的概率有多大。对大部分人来说,等待超过半小时会开始打电话催促,超过一小时大概率会愤然离开。

隋聿看了一眼表,现在已经快四小时了。

出租车穿过一片老居民楼,在差点儿和一辆煎饼车发生剐蹭事故之后,终于停在了医院大门口。住院楼亮起了灯,树影投在地面上,隋聿加快脚步往里跑,当圆形花坛再一次出现在视野里的时候,跟着一起出现的还有傻站在一边的男孩儿。

下一秒,那个人抬起胳膊,冲隋聿挥了挥手,举止跟他走的时候一模一样。走近一点儿,隋聿才真的意识到在他离开的这几个小时里,这个人可能真的一步都没动过。

在派出所这两年,隋聿见过各种各样的人,分辨单纯和真诚对他来说真的能算得上简单。

"不好意思，同事突然有点儿事，没能过来接你，我替他向你道歉。"

"没事，也没有多久。"男孩儿盯着鞋尖愣了一会儿，然后抬起头冲他笑了笑，"也就三小时五十七分钟二十秒。"

隋聿开始内疚，毕竟是他让人家在这儿等的，事情办砸了，他确实要负主要责任。

"真的对不起，这样，以后你有什么需要就给我说一声，能办到的我一定办。"

"真的吗？"男孩儿冷不丁地睁大眼，他走近隋聿，脸上满是期待。隋聿觉得自己没什么办不到的，他在派出所这两年，帮老太太抓过猫，帮大爷捞过掉进下水道的象棋棋子，更别说各种能称得上奇怪的邻里纠纷。

隋聿认真地点了点头。

于是下一秒，男孩儿把手伸进上衣口袋，慢吞吞地掏出一把小箭，然后抬起头，嘴角平直。他靠近隋聿，脸上露出害羞又充满善意的笑容："那你让我捅你一下吧，就一下。"

隋聿垂着眼睛和男孩儿对视，停了两秒之后抬手指了指自己的胸口："因为我让你白等了将近四小时，所以你就要拿这个玩意儿捅我？"

"对。"男孩儿顺从地点点头，接着十分贴心地向他补充，"就一下，不疼的。"

男孩儿的表情不像是开玩笑，而且捏在手里的箭镞发亮。隋聿相信，这会儿只要他敢点头，这人真的会用力地把他戳透。隋聿不知道这是不是某种心理疾病，出于从小培养出的责任感，他还是很耐心地开导："你从小就这样吗？"

"也不是从小。"男孩儿还攥着箭,他低头想了一会儿才说,"大概是从五岁开始的。"

"五岁?五岁你爸妈就让你接触这种危险的东西?"

"对。"男孩儿冲他笑,"丘比特都是这样的,要早点儿开始培训锻炼,这样将来出任务的时候才不会出错,比如射心脏的时候不小心戳到胃,或者原本要把1号和301号配对,但是……"

"好的,可以了。"隋聿平静地打断他。

男孩儿愣了一下,半晌才反应过来,很慢地点了点头。

隋聿在医院门口叫了一辆车,在男孩儿跟着上车以后,报了派出所的地址。车里收音机的音量开得很大,隋聿看向后视镜,坐在后面的男孩儿正随着充满节奏感的音乐左右摇摆,很黑的头发泛着柔软的光泽。

隋聿很轻地叹了口气,合上手机。

他刚刚上网查过之后才发现,对自我有认知错误的人其实很多,比如有些人会认为自己是一只猫,会模仿猫的动作习性,甚至还会在日常生活中扮演猫的角色。这其实是精神病的一种,发病早期会有异常行动和异常思维,隋聿又不自觉地往后看了一眼,刚好对上后座男孩儿投过来的视线。

大好的年纪就得了这种病,隋聿这么想着,冲男孩儿安慰性地扬了扬嘴角。男孩儿看起来心情不错,不但回了他一个笑容,甚至还竖了大拇指。

看来他还不知道自己得病了,隋聿转过身,看着正前方正在倒数的红灯,临时决定不戳破他的伤心事。

能开心一会儿算一会儿吧。

从车上下来,男孩儿跟他跟得很紧。隋聿本来想要让男孩儿离远点儿,但想到这个人的病情,到嘴边的话转了一圈:"我带你进去以后,不要随便把你兜里的东西掏出来。"隋聿一字一句地教,"你如果再想掏出来捅人,我就会没收你的东西。"

男孩儿看着他,小声地问:"那我要是忍不住——"

"忍不住就默数十个数,让自己冷静下来。"隋聿拍了拍他的肩,"想要在社会上生存,首先要学会控制自己。"

男孩儿的表情看起来有些呆滞,但几秒钟以后,他幅度很小地点点头。

隋聿确认刚才说的这些男孩儿都能做到后,带着他走进派出所。和几个还在值班的同事打了招呼,隋聿带着男孩儿来到二楼拐角处的玻璃房,俯身抬手敲了两下玻璃。

在里面打盹儿的女人猛地惊醒,半睁着眼摸到眼镜戴上之后,冲隋聿笑了笑:"你怎么这个点还在所里啊?"

隋聿把一直在他后面站着的男孩儿拽出来按在椅子上,手搭着他的肩膀,顺便把他头顶翘得很高的一撮头发压下来:"陈姐,帮忙加急一张申请表吧。"

"哟,哪儿来的小帅哥?"陈姐低着头,把眼镜拉下来一点儿,试图看得更清楚一些。

"捡的。"隋聿把申请表从窗口拿出来。

陈姐坐在屋里笑,一边把笔递给隋聿一边问他:"哪儿捡的啊?给我说说,我明天也去给我闺女捡一个。"

隋聿还没来得及说话,坐在凳子上的男孩儿突然抬头,认认真真地回答:"中央二道,我是在中央二道被捡的。"

陈姐坐在屋里笑,隋聿看着男孩儿拿起笔,笔尖在职业那栏停顿了几秒,正准备下笔的时候,隋聿靠近,声音很低地对他说:

"你敢往上写'丘比特'试试。"

笔尖一颤,男孩儿偏过头:"那我写什么?"

"运动员。"隋聿叩了叩桌面,瞥了一眼正在低头摆弄手机的陈姐,清了清嗓子说,"射箭运动员。"

"你这是让我撒谎吗——"

"闭嘴。"隋聿脸色不太好看。男孩儿"哦"了一声,在职业那栏歪歪扭扭地写下"射箭运动员"五个大字。申请表的必填项只剩下一个,男孩儿看了一眼还是空白的姓名栏,想了一会儿转过头,看着隋聿问他:"我是不是不能写我的真名啊?"

隋聿很轻地挑了挑眉,问他:"你有名字?"

"是啊,之前不是跟你说过了吗?"男孩儿捂着嘴,左右扫了一圈,小声地说,"03276,你忘了?"

隋聿没再说话,背过身倚着柜台长长地出了口气。如果按照网上说的,一般这种精神病患者是不能受到刺激,能顺着来就顺着来,于是隋聿重新转过身,冲着03276笑了笑,伸手点了点姓名那栏:"你不想给自己起个名字吗?"

男孩儿垂着眼睛沉思了一会儿,直到陈姐在那头催促,他才郑重地点了点头,接着拿起笔,在姓名那栏上一笔一画地写下两个字。隋聿松了口气,虽然他没看清小孩儿写的是什么,但看那个笔画应该不是数字了。

隋聿有点儿被自己感动到,他从小就被人说脾气差,当警察这几年也在拼命磨性子,现在看起来初见成效,就连和精神方面有点儿问题的人也能沟通得当。

"你这是真名?"陈姐略带疑惑的语气打断了隋聿的自我感动,男孩儿听见这话,先是偷偷地看了隋聿一眼,在对上隋聿的视线时,他像是获得了极大的勇气,用力地点头说"是"。

陈姐在那边摇头笑,看得隋聿有点儿迷。女人在申请表上盖章之后,才笑着把表递给隋聿:"你们俩还挺有缘……"

隋聿低头看过去,表上每一项都很正常,没有出错,姓名那栏填的也是字,但是……

"这小孩儿叫而安。"陈姐脸上的笑容更灿烂了,"随遇而安,小隋,跟你很搭啊。"

"对的。"男孩儿抿了抿嘴,朝隋聿那边看过去,脸上带着渴望夸奖的羞涩,轻轻地说,"我自己想的。"

他花了好多年才得到03276这个编号,随着世界上人类的数量越来越多,男女比例开始失衡,丘比特这个行业也变得难进。在他们那儿所有人都知道,丘比特这行待遇很好,包吃包住,情侣配对超过九十九对就可以开始轮休,轮休时间长达三个月。

"等到退休还可以分房,可以自己选住在山洞还是天桥。"隋聿给他的咖喱面包很好吃,外皮炸得酥脆,而安舔了舔嘴唇,没忍住又咬了一小口,"我比较喜欢山洞,因为那里比较潮湿,我的皮肤比较干,很容易起皮。"

"你呢?"而安在吃东西的空当抬起头,表情认真地看着坐在台阶上的隋聿,"你住在山洞还是天桥?"

隋聿不知道这段对话是怎么开始的,填完申请表之后他正想着怎么把这个小孩儿送到安置房,但男孩儿的肚子叫声实在太响,响到他甚至没办法刻意忽略。他在隔壁二十四小时便利店买了个面包,男孩儿的眼睛睁得很圆,或许是被他的善举感动,在咬下第一口面包之后,这个说自己职业是丘比特的小孩儿突然开始自我介绍。

"公寓。"隋聿试图把这段对话拉回正常人的范畴。

"这个我知道。"而安说,"像鞋盒一样的。"

隋聿没接话,他和疑似精神病患者没那么多可以沟通的,人家都是丘比特了,说不定在人家的地盘,鞋盒的面积就有一百平方米呢。隋聿把脸撇到一边,五分钟之后,他算着一个面包也差不多该吃完了,于是重新回过头,对上男孩儿很漂亮的眼睛。

面包没吃完,隋聿的视线停在被透明塑料袋重新包好的半块咖喱面包上,过了一会儿才开口问:"吃不完?"

"能吃完。"而安低头看了一眼手里的面包,伸手很轻地拍了两下,"打算留着明天吃。"

而安的语气很正常,但隋聿却听出了点儿心酸,不知道这个人跑出来多久了,看起来手里也没钱,估计饿的时间太长,导致他拥有食物也不敢一次性吃完。

隋聿想起自己小时候,父母因为工作原因总是不在家,为了让他能吃上饭,把他今天放在张阿姨家,明天搁到陈老师宿舍。时间久了,隋聿爸妈也开始不好意思麻烦别人,索性在学校门口找了个晚托班,隋聿面对着一个蓝色的小桌板,吃了四年的番茄鸡蛋和黄焖鸡套餐。

不知道安置房里是不是也有蓝色的小桌板,隋聿没去过。

"你晚上有地方住吗?不行的话今天就先住我那儿。"隋聿站起来,拍了拍裤子上的土,垂着眼看傻坐着不动的男孩儿。看起来男孩儿是没听懂,隋聿仰着脸叹了口气,接着慢悠悠地蹲下来,手搭在膝盖上,"我那儿,就是你说的大鞋盒。"

"好。"而安点点头,小心翼翼地把包好的半个面包放进口袋里。

隋聿住的地方离派出所不远，平时他都是骑自行车上班，他下意识地往共享单车的地方走，等扫码开了锁之后才反应过来。

"你会骑车吗？"

而安看了一眼，由两个轮子、一个杆子构成的交通工具看起来十分危险，于是他摇摇头，十分贴心地说："你骑就好，我跟在你后面保护你。"

"……"

隋聿已经不想说话了，他从口袋里抓了一把薄荷糖，撕开包装一次性都倒进嘴里，直到凉意迅速占据整个口腔，他才重新冷静下来。他跨上自行车，脚在地上一蹬，轮胎在水泥地上画出一条漂亮的线，顺着坡度蹿出去一大段距离。

夜晚街上的车并不少，在第七辆轿车摇下车窗朝隋聿看过来时，隋聿捏住刹车来了个急停，然后转过头看向车尾张开手臂跟着跑的而安。他额头上已经出了汗，黑发被风吹乱，露出干净清爽的眉眼。

"算了。"隋聿把车抬到马路牙子上，锁上车之后说，"也没剩多少路，走回去得了。"

"是太危险了，步行比较安全。"而安走到他旁边小声地说。

隋聿有点儿想笑，他一边往前走一边不怀好意地开口问："你们丘比特不是有翅膀吗？"

"有啊，但是我没带。"而安伸手摸了摸后背突起的一小块骨头，补充道，"因为我正在休假，翅膀太大，平时带着有点儿费劲，不过你要是想看的话我过几天可以去取——"

"不必。"隋聿迅速制止他，表情有些复杂，"你自己留着吧。"

隋聿说完就转过头继续往前走。路上人很多，没走多久，隋聿突然伸出手，把一直跟在身后的而安拽到旁边。

看着隋聿的侧脸，而安脚下的步子变得轻盈。隋聿是他遇到过的最好的人。

他以前工作的时候也出过错，在天台不小心暴露真身把人吓了一跳。在明确自己的身份之后，那个人看起来很激动，身上的酒气更明显，扑上来抓着他的袖子问自己的伴侣是不是有钱人。他看了一眼表格，那个男人的伴侣是个普通，但是很温柔的女性，有一个弟弟，工作稳定，身体健康。但那个时候他只说了"不是"就被打断，男人开始胡言乱语，埋怨老天爷瞎了眼，甚至拿酒瓶威胁，要让他安排一个白富美。

这样的人而安见过不少，大部分人平时看起来都衣冠楚楚的，但几年之后全都原形毕露。丘比特的箭有时效性，前面几年都可以保证两个人的爱意浓郁不衰退，但时效过后，剩下的时间需要两个人共同经营。但很多人往往会选择放弃。他们开始厌烦日复一日对着同一张脸，于是会出轨、家暴，甚至把自己人生中的不如意全部怪罪在自己的伴侣身上。

十字路口的红灯时间很长，而安转过头，隋聿被红色光源笼罩，原本凌厉的线条变得柔和。他垂在身侧的手又不由自主地摸进口袋，在碰到冰凉的箭柄时，他发觉自己开始心跳加速，喉咙里像是被灌进胶水，紧得说不出话。

绿灯亮起来，隋聿刚准备走，一直站在身边保持沉默的男孩儿突然开始自言自语。隋聿转过头，两人的目光撞在一起。隋聿愣了愣，他靠近了一点儿，从而安嘴里听清了一个一个蹦出来的单音节。

"……你在干吗？"隋聿问。

"八、七……我在倒数十个数，让自己冷静下来，五、四——"而安抿了抿嘴唇，迟疑了一下接着说，"我又想捅你了。"

亮起的绿灯已经开始倒计时，赶着回家的人步履匆忙，没人注意在路口站着不动的两个人。隋聿不知道这种看起来单纯的男孩儿会不会是反社会人格，他现在能做的，就是保证周围人的安全，把这个有编号的人带回家关起来。

第一步，他要安抚住这个人的情绪。隋聿平静地迈出一步，眼角的余光瞧见而安跟上来之后，才问："丘比特用的不是弓箭吗？你的弓呢？"

"几百年前用的是弓箭，但是弓箭不好携带。"马路过到一半，绿灯开始频繁地闪烁，但而安正在认真科普，"时代在进步，工具也在升级。"话说到一半，手腕突然被人握住，手指很长，指节不太明显，皮肤也很干燥。

隋聿拉着而安往马路对面跑，终于卡着时间在绿灯的最后一秒到达对面的人行道。隋聿松了口气，作为一名警察，他不想闯红灯。

"你的手好热。"而安垂眼看着握着他手腕的那只手出神，"比我的热。"

隋聿顿了一下，原本拽一个人过马路是再正常不过的事了，但现在气氛却变得有点儿奇怪。隋聿把手抽走，别过脸，顺着而安的话说："说明我现在心情不稳定。"

"为什么？"

隋聿看了他一眼，深吸了一口气说："没事。"

"心情不稳定的话很容易生病，病得严重就会死。"而安的表情变得严肃，跟在隋聿屁股后面叮嘱他，"你要保持心态稳定，这样才能活得久。"

隋聿觉得自己的能力极强，和精神病相处没多久，他已经对各种怪异对话建立了免疫系统，甚至对答如流。

"行，我尽量长命百岁。"

"也不用到一百岁那么久。"而安说，"人类到一百岁的时候，身体的各种机能都会下降，那样的话生活质量也不高了。"

一直往前走的隋聿突然停下来转过身，脸色不太好看，而安仰着头和他对视。

"你再说一句话，我就把你兜儿里的箭扔了。"

"有备用的。"而安摸了摸口袋里的箭，弯了弯眼睛，语气里带着炫耀，"因为我平时表现好，上司奖励了我十几套，还有限量版的。"

第二章
咖喱面包

隋聿觉得自己已经快被气得不太清醒了。

回家的路上，不管而安说什么他都不接话了，小孩儿倒也不是太傻，可能看出来他心情不太好，于是在拐进小巷时也开始保持沉默。隋聿得到了人生中安宁的八分钟，直到他打开家门，跟在他身后的而安走进来，看了一眼客厅，一边打量隋聿的脸色，一边拍拍他的肩膀，语气认真地夸道："好大的鞋盒。"

隋聿换鞋的动作一滞，他偏过头，对上而安真诚的脸，憋了一肚子的脏话到了嘴边变成了"谢谢"。

而安很高兴，他不太会讨好人，以前执行任务的时候偶尔会和上司分到一组，同事都告诉他应该利用这个时间好好和上司相处，争取早日做到管理层，但他应该是搞砸了。想不到这一次居然能让隋聿感到满意，而安站在隋聿旁边，小声地回答道："不客气。"

隋聿没再跟他说话，换完鞋之后转身走进厨房。

过了几秒，而安听见电炉打火的声音，应该是要做晚饭了，这方面他帮不上忙，于是在厨房门口站了一会儿，想了想最后还是选择坐在餐桌旁边等待。

五分钟后，隋聿端着碗出来，看见在餐桌边上坐得很直的而安。看见隋聿出来，而安的眼睛变得很亮，他把藏了一路的咖喱面包的包装拆开，抬头问他："可以开饭了吗？"

隋聿拿在手里的两双筷子突然显得有点儿多余，他站着没动，而安仰着脸等他的回应，手指很轻地拨着面包的塑料纸，好像只要他喊一声"开饭"，就能迅速投入战局。

"我煮了泡面。"隋聿把碗放在桌上，"你吃泡面还是面包？"

从厨房里飘出来的味道很好闻，是让人无法忽略的酱香味，而安很快做出决定，他重新把面包好放进口袋，双手规矩地放在桌上等待开饭。隋聿很轻地笑了一下，把盛着泡面的小锅端出来，坐在而安对面。

这会儿而安看起来很正常，他甚至等隋聿先夹了一筷子面才拿起筷子。隋聿看着而安低头吃了一口，接着慢悠悠地抬起头，舔了舔沾在嘴唇上的汤汁。

"好好吃。"而安又吃了一口，"好久没吃过这么好吃的东西了。"

不轻不重的一句话把隋聿搞得毫无食欲，他把小孩儿带回家本来也是善心大发，希望能早点儿找到他的家人，把人送走。但是现在看他的样子，像是有点儿营养不良，在便利店随便买的咖喱面包都要省着吃，就连煮的泡面都能引发好几句感叹。

这么想想，有可能是在家长期受到虐待，导致精神失常。

隋聿放下筷子，身体微微往前倾，耐心地问："你平时在家都没饭吃吗？"

而安一根面条吃到一半，听见隋聿问他，加速把面条全部吸进嘴里，含混不清地说："有的，但是每天吃的东西都是安排好的，不能自己选。"

听见这话，隋聿的表情变得严肃了些，想起之前而安说他从小就被培养，为工作做准备，说不定是某个黑心窝点雇用童工。

"你工作的时候都做些什么？"

"很多，有的时候会帮上司搬东西，或者去工厂，但是大部分时间还是……还是去执行任务。"而安停顿了一下，抬头冲隋聿使了个眼色，"你懂的。"

见隋聿没别的问题，而安又重新低头，开始吃碗里的面条。隋聿看着男孩儿柔软的黑发，突然有点儿心酸。看来他的童年并不快乐，可能跟自己想的一样，在家里的时候被父母虐待，稍微长大了点儿就被赶到工厂做工，这么一想，他有编号也是正常的。

"够不够吃？"隋聿的心理发生了变化，态度也软了下来，"不够的话我再给你煮一包。"

"够了的。"而安看了隋聿一眼，又低下头，"谢谢你。"

隋聿真的好好，比他之前认为的还要好。而安一边吃面一边想。平时在家的时候，他每天只能吃配好的营养餐，虽然食材稀有昂贵，但他偶尔也想要吃一些没什么营养的便宜食物。和隋聿在一块儿就很好，他不但可以挑吃饭的时间，还有咖喱面包和泡面两个选项。

想到只剩下一半的面包，而安小心翼翼地抬头问："我明天还能再吃一个咖喱面包吗？"

"可以。"隋聿很大方，"给你买两个。"

一顿饭吃完，而安主动要求去洗碗，隋聿拗不过，最后只能松口说"好"。他不想让小孩儿觉得自己被监视，于是他安静地坐在沙发上，仔细听厨房里传来的动静。听起来目前一切都进行得很顺利，隋聿松了口气，坐了一会儿之后拿出手机，打开网页，在浏览框里搜索：认为自己是丘比特是什么病？

看来得这种病的人不多，蹦出来的相关网页只有十几页，最上面的是关于丘比特的百科介绍。隋聿盯了一会儿，点了进去。

隋聿从来没有了解过关于丘比特的任何资料。首先他不相信这些，其次他目前也没有谈恋爱的打算。第一次看，隋聿感觉有点儿新鲜，平日里一目十行的速度也不自觉地慢了下来。

丘比特是罗马神话和希腊神话中的爱神，从婴儿状态长大后，会一直停留在十六岁左右的美少年模样。看到这儿，隋聿滑屏幕的手指顿了顿，他抬头看了一眼厨房里的背影，两秒之后被自己的荒唐想法逗笑了。

和精神病在一起待久了，真的会被传染。

隋聿准备关掉网页的时候，眼角的余光瞥见屏幕左边的图片，是一个赤身裸体的男婴，一头浅棕色的卷发，背后有一双白色翅膀。隋聿眨了眨眼，点开旁边"更多图册"的按钮，每张都是婴儿模样，隋聿往下翻了好几页，也没看到丘比特长大之后是什么样子。

"你在看什么？"

隋聿被耳边突然响起的声音吓了一跳，手机没拿稳，"啪嗒"一声掉在地上。而安看过去，看到占满整块屏幕的各种丘比特的图片，他们有各种各样的姿势，唯独相同的是他们都没穿衣服。

"你在找我吗？我不在这里面，不过我小时候跟这个长得差不多——"而安刚打算指给隋聿看，隋聿飞快地捡起手机，把屏幕按灭。

"没有，闭嘴。"

每年下半年所里都很忙，也不是有多少案子要办，只不过是因为这会儿有市局的人来做调研，为了让市领导觉得他们这群人还有点儿用，每到这会儿，所长都要给他们布置不少任务。

隋聿和往年一样，负责组织社区里六十岁以上单身老人的联谊会。组织联谊会这事儿算是比较好完成的任务。刚开始魏民没打算把这件事分给隋聿，可架不住隋聿长得好看，不管多难缠的老太太都喜欢，只要是隋聿让填的表格，老太太们都乐意填。

早上七点，闹钟按时响起来，隋聿冲了个凉，擦头发的时候走出来看了一眼躺在沙发上一动不动的男孩儿。

网上说有精神问题的人大多睡眠质量都不太好，隋聿晚上睡觉的时候担心出事，一晚上出来看了五六次。刚开始隋聿害怕吵醒他，只敢轻手轻脚地站在玄关处看一眼。第三次出来的时候，隋聿发现而安还维持着最开始的姿势。

隋聿站着想了一会儿，最后还是走了过去，确定他是否真的还活着。晚上客厅光线昏暗，隋聿没看清，不小心踢倒了放在茶几旁边的花瓶，动静很大。

隋聿刚打算道歉，发现躺在那儿的人还是没什么动静，脑袋埋在枕头里，呼吸声很轻。

而安的睡眠质量可不要太好，隋聿拎着花瓶站在沙发边上感叹。

这么一来一回，隋聿一整个晚上都没能睡踏实，凌晨两点关上灯之后，他就开始做梦。不知道是不是因为丘比特的图片看得太多，梦里全是光着身子在他头顶到处乱飞的小孩儿，没有多可怕，但太过诡异，对于隋聿平静的前半生来说绝对算得上是噩梦。

隋聿站在门口，透过书柜缝隙看躺在沙发上的而安。他的父母几乎不来他这儿，他也没什么朋友，一个人住久了，家里突然多出一个人总觉得怪异。他在门口站了将近一分钟，揣摩后开口说："我去上班了。"

"好……"

"你睡眠质量还挺好。"

"我们丘比特的睡眠时间要超过十个小时才行。"而安躺在沙发上翻了个身，几秒之后，闷着声音接着补充，"回来的时候记得再买点儿面包，昨天那种的。"

隋聿刚进派出所就被魏民拦住，魏民把一袋子苹果塞进他的手里，满脸堆笑："真是不好意思，昨儿真的是忘了，还麻烦你又跑过去一趟。"

魏民一开始是有点儿怵隋聿的，隋聿个子高，长得又不错，不光是所里，就算把他放到市局也是十分惹眼，加上不少人说隋聿家里有点儿门路，魏民自然高看隋聿。

可相处的时间久了，魏民发现这小孩儿没有架子，虽然脾气臭点儿，但交代的工作总能办得体面。隋聿和他儿子的年龄差不太多，这么一来一回，魏民也开始使唤起隋聿。

"这你可一定得收下，是你阿姨一大早跑到菜市场买的，新鲜着呢。"魏民一边说一边拉开袋子，给隋聿看苹果上沾着的黑泥，

"瞧见没？泥都还在呢。"

隋聿拗不过，最后只能拎过来，往工位上走的时候，魏民还跟在他身后念叨："哎，昨天那个脑袋不太好的小朋友是怎么处理的？"

"带回家了。"

"不是吧？"魏民眼睛瞪得很大，摸口袋拿烟的动作也顿了几秒，"你有没有脑子啊？知道人家来历吗你就敢往家里领？"

隋聿抬头看了魏民一眼，魏民俯下身，表情变得严肃起来："前几年你还没来的时候，咱这申江派出所也出过一个大案子，后来还上过电视台法制节目呢……你别拿这种眼神看我啊，你随便打听打听，有哪个警察敢随便往家里带人？"

隋聿手里的卷宗突然被抽走，他还没反应过来，魏民就绕到他旁边，揪着他的衣领往外走："别在这儿瞎忙了，赶快回去看看，就算家里值钱的东西都在，也得找个时间把他送走。"

魏民的语速很快，隋聿被推到门口时才找到说话的空当："他是个傻子。"

"你怎么知道人家不是装的？"魏民情绪激动，唾沫星子往外飞，见隋聿不说话，魏民叹了口气，苦口婆心地提醒，"看过武侠小说没？别以为只有漂亮姑娘会骗人，现在这年头，漂亮的男孩儿也能攒局了。喏，就前一段时间来个报警的，说是被骗了，我问他怎么不早来，他支支吾吾半天不吭声，问几遍才说是碰到个男骗子。"

"漂亮？"隋聿顿了两秒，看着魏民念叨，"也没有多漂亮吧。"

隋聿捕捉的重点很奇怪，但魏民没在意，开始给隋聿画重点："你回去点个灯好好看看，他长得还不好看？"魏民抬手在自己脸上比画了两下,"脸只有我这半个大吧?"

而安不知道这几小时过去,他的身份除了精神病患者以外还多了个男骗子,他现在正仰着头,盯着趴在墙壁上的某种动物发呆。

他昨天晚上睡得很好,早上为了能多赖会儿床,他还撒谎说丘比特需要十小时以上的睡眠。他怎么会需要那么多睡眠?他只是懒而已。还好隋聿的知识储备不够,要不然肯定会当场把他从沙发上拽起来丢出去。

但很奇怪,隋聿出门以后他就再也睡不着了,在沙发上躺了一会儿觉得无聊,就披着毯子满屋子乱晃。隋聿住的地方面积不算小,但是布置得很简单,客厅除了沙发、茶几和电视之外,没有多余的物件。按照他同事的话来说,这种人通常都是因为穷,只能够温饱,没有多余的金钱来布置房间。

人都是希望钱越多越好的,这点而安能帮得上忙,所以他站在有些空荡的客厅里下定决心,一定要帮隋聿发家致富。想到这儿,而安的注意力突然被趴在房顶角落的东西吸引,他盯着看了一会儿,发现还会动。

想不到隋聿都这么穷了,居然还愿意养宠物,按照人类伴侣手册第七条上讲的,愿意养宠物的人都是有爱心的人。

这样的人,真的很适合加入他们。

于是当隋聿推开门的时候,就看见披着毯子蹲在角落的背影。听见推门声,那个人转过头,眼睛因为意外睁得很大,下一秒又愉悦地弯下来。

而安晃着手里的大半根火腿肠向隋聿打招呼:"我在帮你喂宠物,但是它好像不爱吃火腿肠。"

隋聿脑袋发蒙，他在门口站了一会儿，然后皱着眉走过去，看见被而安堵在墙角、盖着毛巾的一只壁虎。

隋聿往后退了几步，嘴角抿直，停顿了几秒才佯装镇定地问："你在干吗？"

"在帮你喂宠物啊。"而安把火腿肠掰下来一小块，试图塞进到处乱窜的壁虎的嘴里，"它好瘦，我想着是不是你忘记喂它了，就从冰箱里找了根火腿肠。"而安害怕自己随便乱动冰箱里的东西会让隋聿生气，为了证实宠物真的很瘦，他小心翼翼地把壁虎拿起来，转过身想要给隋聿看。

隋聿又往后退了几步，直到小腿碰到茶几边，退无可退。

"你把它拿远一点儿。"隋聿表情凝重，他看着而安，咬着后槽牙问，"你觉得谁会把壁虎当宠物养？"

"不是宠物啊。"而安盯着在手里挣扎的壁虎，眨了眨眼，想了几秒，再抬头的时候一副了然于心的样子，"那一定是你的客人了。"而安一边说，一边把壁虎往隋聿的身上送。

隋聿几乎是跳到沙发上的，他抬手指着而安和他手里的壁虎，开始下逐客令。

"要不把它扔出去，要不你和它一起出去。"

对而安来说，交朋友很困难，但是他不想走，所以只能暂时放弃新朋友。

隋聿坐在沙发角落，看着而安先拿了一块毛巾，又拿了一个小塑料袋。好奇心逐渐战胜理智，隋聿没忍住，问了一句："你又在干吗？"

而安抬起头，表情有些难过："我在给它收拾行李，天气越来越冷了。"

隋聿想要说点儿什么，但是他张了张嘴，最后什么也没说，只是表情复杂地把头偏到一边。

送走客人，而安重新回到客厅，他对隋聿的认知有了改变。隋聿好像不喜欢家里来客人，不喜欢壁虎，肯定也不喜欢他。而安正在想怎么样才能留下来时，抬眼时眼角的余光瞥到放在地上、装得很满的塑料袋，袋子没系紧，露出面包包装的一角。

而安愣了愣，走过去把袋子打开，里面满满当当，都是咖喱面包。

客厅很静，隋聿看着窗外被风吹得来回摇摆的梧桐叶，再回头的时候，发觉而安垂着头站在茶几边上一动不动。

"愣什么呢？"隋聿看着他觉得好笑，"是不是还想着要给壁虎打包洗漱用品呢。"

"没有。"而安抬起头，脸和眼睛都红红的。

"我在想什么时候你才能让我捅一下。"

隋聿在沙发上愣了几秒，然后站起来，面无表情地走回卧室。

事态的发展逐渐无法控制，他本以为而安只是一个精神状态不太稳定、拥有心酸人生经历的小孩儿，他出于同情，或者是想当活菩萨的心理把而安带回家，试图感化而安，但现在事情的走向只能说毫无改变。

隋聿在床上坐了一会儿，决定打电话求助，他在卧室里找了一圈，发现手机还在客厅。于是他深吸了一口气，做足了心理准备，打开门走出去，忽略还站在客厅死盯着他看的而安，找到沙发角落里的手机，转身径直回到卧室。

还好，小孩儿没有追着他要捅，隋聿松了口气。找到电话簿里的号码，隋聿打了过去，电话提示音响起三声后，对面的人接起来。

"我还以为你把我拉黑了。"

女人在电话那头很大声地笑,偶尔能听到扑克牌翻动的声音,隋聿没回答她,直奔主题:"你这几天有空吗?帮我看一个人。"

隋轻轻没什么兴趣,她开了免提,认真地摆弄起桌上的那副牌:"你不是说我是半瓶子咣当吗,还敢让我帮忙看人?"

"你到底看不看,不看我找别人了。"

"看啊,我弟弟儿百年才找我帮一次忙,肯定得帮。"隋轻轻低头看着那副牌,用心研究之后,在摊开的牌里抽出一张方块三,然后"啧"了一声,把牌丢在桌上,说,"你先简单介绍一下,我看看大概是个什么情况。"

电话那头有一阵怪异的沉默,隋轻轻还以为是信号有问题,冲着听筒大声"喂"了几句,直到隋聿不耐烦地开口让她声音小点儿。

"我当时在便利店买东西,看见有肇事车辆逃逸,所以打了电话让所里的同事去追车,而我去看被车撞的那个小孩儿怎么样了⋯⋯"

隋轻轻"嗯"了一声,又抽了张牌,红桃五。

"他没受什么伤,我跟他聊了几句以后,他就要拿箭捅我。我本来以为他是脑子有问题,带去医院检查之后,发现没有任何问题——"

"为什么要拿箭捅你就是脑子有问题?"隋轻轻打断隋聿,接着补充说,"也可能是反社会人格。"

"所以这就是重点,他说他没有名字,只有个编号,五岁就开始被培养射箭。"

隋轻轻挑了挑眉,她开始感兴趣,把扑克牌撇到一边:"运动员啊？"

"不是。"隋聿又开始停顿，他觉得接下来的话让人难以启齿，但为了让隋轻轻更充分地了解，他还是把那个略显低智商的词说了出来，"他说他是丘比特。"

隋轻轻不说话了，隋聿很理解，于是他沉默了将近一分钟才再次开口："你见不见？"

"见啊。"隋轻轻笑了一下，"老娘这辈子还没见过活的丘比特，顺便问问我的桃花到底开不开了。"

隋轻轻是隋聿的堂姐，从上幼儿园开始就插科打诨，学习不怎么样，但有极其出众的运动细胞。高中的时候她开始练三级跳，成绩不错，最后走体育特长生进了国家重点大学。上了大学对于隋轻轻来说就意味着学习生涯的结束，她选了心理学专业，一晃四年过去，成绩飘过及格线毕了业，现在利用业余时间当心理咨询师。

脑子没问题的话，那就是心理有问题了，隋聿决定帮人帮到底。

他走出卧室，看见而安背对着他蹲在地上，嘴里念念有词，手里来回摆弄那支小箭。看来病得不轻，隋聿走过去，拍了拍而安的肩。

而安慢悠悠转过头，看起来兴致不高，眼睛里带着不知道从哪儿来的委屈。想到刚刚差点儿受到袭击的自己，隋聿的表情也变得不自然，他别过头，平静开口："下午带你去见个人。"

"你也要把我赶走了。"而安声音很小，他盯着隋聿，开始自我解读，"就像在你家做客的壁虎一样，唯一不同的是我比壁虎更可怜，因为没有人给我收拾行李。"

"不是。"隋聿说，"是我姐。"

而安眨了眨眼,然后站起来,脸上逐渐出现笑容:"要介绍新朋友给我认识了吗?"

"……不是。"隋聿不知道怎么向而安解释,他觉得而安心理方面有问题,要带他去看医生,想了好久找不到说辞,于是索性言不达意,"就是见一见,多个朋友多条路。"

也不知道而安听懂了没有,但他很乖巧地点点头,往浴室走了几步又回过头,对隋聿说:"我愿意见你的姐姐,但不是为了多条路,你知道的,我会飞。"

隋聿没接话,回到房间,他拿出手机又给隋轻轻发了条信息,上面写:刚刚忘了说,他一直觉得他会飞。

隋轻轻的工作室开在邻近郊区的一栋商业楼里,那里一年的人流量甚至不到市中心某商业区半个月的,隋轻轻无所谓,毕竟在这里她才能更加心无旁骛,以此充分锻炼自己的技能。她答应下来纯粹是为了帮隋聿的忙,但后来她变得真的感兴趣,尤其是站在四楼窗前,她看到跟着隋聿下计程车的漂亮男孩儿时,兴趣感骤然提升,直达天灵盖。

她还没见过长成这样的精神病人。

隋轻轻站在门口,等两个人出现在视线里的时候,她张开手臂,十分友好地打招呼:"中午吃饭了吗?我定了麻辣香锅,要不要一起?"

隋聿还没来得及说话,站在他身后的而安突然冒出来,愉快地回道:"谢谢姐姐。"

"客气了。"隋轻轻走进办公室,把提前泡好的茶端过来。而安对隋轻轻的好感度直线上升,她是一个非常热情的女人,和隋聿不一样，她很爱笑，看起来很好打交道。喝茶的时候，隋聿把隋轻轻叫到一边，两个人交谈的声音很低，好像害怕他听到，时不时会扭头看他一眼。

别人在面前说悄悄话的时候，而安总是十分给面子，即便他听得一清二楚，还是会装作什么都不知道的模样。他的好朋友说过，适当装傻会让人觉得可爱。所以就算他听见隋聿说他心理有问题，可能有精神疾病或是反社会人格，提醒隋轻轻不要惹怒他，都没有反驳。

"知道。"隋轻轻有些敷衍地看了隋聿一眼，"好歹我也是正经心理学毕业的，不用你提醒我。"

交代完所有注意事项，隋聿准备出去等，明明认为一切都安排妥当了，但到真的要走的时候，隋聿又开始不踏实，站在门口回了好几次头。隋轻轻看不下去，正打算撵人，端着杯子的而安突然开口安慰："没关系的，你可以放心，我和姐姐不会有事。"

这下搞得隋聿很没面子，他黑着脸关上门，留而安和隋轻轻共处一室。

"好了，烦人精终于走了。"隋轻轻冲他笑了笑，走过来坐到他对面的单人沙发上，跷着的二郎腿时不时晃一下，"你想先说，还是我来提问？"

而安抿了一小口茉莉花茶，抬起头看着隋轻轻："隋聿觉得我有病，我不知道他为什么这么想。"

"可能因为你说你是丘比特。"隋轻轻的表情看起来很轻松，她冲而安使了个眼色，"隋聿嘛，没什么见识。"

而安点点头，接着反问："你见过吗？"

"没有，但我相信丘比特是存在的，毕竟我信财神爷，也信赖神。"似乎提到伤心事,隋轻轻的表情变得没有那么阳光,她瞥了一眼放在桌上的一叠扑克牌,叹了口气。

而安很有眼力见儿,他小心翼翼地观察隋轻轻的表情,顺着她的话问:"你喜欢打扑克牌吗?"

"嗯,'二十一点',你玩过吗?"

"没有。"而安摇摇头。

心理咨询是按小时收费的,但隋聿带来的人隋轻轻总不好意思要钱,于是便随心所欲地浪费时间。她往前凑了凑,开始给面前这个好像刚成年的漂亮男孩儿讲"二十一点"的规则,顺便普及当今赌场的残酷,以及她在那张圆桌上输了多少红票子。

而安似懂非懂地点点头,他其实没搞明白这种纸牌游戏到底哪里好玩,但隋轻轻讲得眉飞色舞,他不好意思打断,只能一边点头一边接话:"所以就是说,你在圆桌上的时候,非常需要一张方块十三。"

"也不是非要方块。"隋轻轻托着下巴,"十三就行。"

"那就是那叠牌的第一张,第二十一张,第二十七张和第五十张。"

而安说完这句话,只觉得空气好像凝固了,隋轻轻起初坐着没动,后来慢悠悠地站起来,走到办公桌旁,拿起那摞牌的第一张看了一眼。

"你刚刚说,这张牌是什么?"隋轻轻转过身,手里还捏着那张纸牌。

而安扫了一眼,很认真地回答:"方块十三,红色的,上面还有一个脸很方的老爷爷。"

隋轻轻的脸仿佛天气预报,多云转阴再转晴,她走过来,蹲在而安面前，伸手握了握他的肩。

"你不是丘比特，你是财神爷。"

而安怔了几秒钟，清醒过后再次纠正："我是丘比特。"

隋轻轻很慢地摇摇头，说："你不是。"

"我是。"

"行，你是。"隋轻轻用力地点点头，"别说你觉得你是丘比特了，就算你觉得你是我爹都行。"

在外面等待的这一小时，隋肀坐在沙发上不断往门口看，他心里不太踏实，具体原因他说不上来，可能是怕而安冷不丁就要拿箭捅隋轻轻，也可能是怕而安真的有什么心理问题，再或者，他是担心而安知道自己有这么多病会觉得难过。

其实不太好解决，他采集面部信息后让魏民在资料库里搜索，但并没有在里面找到而安，说明他大概率是个黑户。没有家庭住址，找不到父母，而安甚至没有手机，想到这儿，隋肀放在膝盖上的双手不自觉地攥紧了。

要是真的找不到家，他总不能养着这个小孩儿吧？虽然他看起来很好养，除了说话很奇怪以外，不怎么挑食，也没什么消费需求。

倒也不是养不起。

想到这儿，紧闭着的门突然打开，先出来的是而安，隋轻轻过了几秒才走出来，脸上的笑容甚至有些晃眼。隋肀皱着眉走过去，而安飞快地跑到他身后。

"怎么样？"隋肀问隋轻轻。

没等隋轻轻说话，藏在隋肀身后的而安拽了拽他的袖子。隋肀转过头，而安的表情看起来有些担忧，接下来，隋聿听见而安声音很小地说："你姐姐……你姐姐有点儿奇怪。"

"她好像有病。"

从隋轻轻的工作室回来，而安就变得有点儿奇怪，不顶嘴不抬杠，不再向他普及任何关于丘比特的知识，甚至在吃咖喱面包的时候会出现怪异的停顿。

而安小心翼翼地从中间掰开面包，把略微大点儿的那部分递给隋聿，然后很同情地看他，说："你也吃一点儿吧。"

隋聿不知道在自己不在场的时候发生了什么，他打电话给隋轻轻，电话那边先是沉默，然后向他抛出了一个问题："你要不要把而安放到我这儿待几天？"

"干吗？"隋聿愣了两秒，一种很不好的预感涌上来，"他……他是不是病得很严重？"

隋轻轻在电话那头叹气："隋聿，你真的是暴殄天物。"

隋聿没听懂，但隋轻轻没给他继续问下去的机会就把电话挂断了，隋聿看了看时间，下午六点四十，他们午饭吃得少，晚饭应该可以提前一些。隋聿走出卧室，外面没开灯，隋聿站在空荡荡的客厅，偏过头，视线落在厨房紧闭着的门上。

老式抽油烟机发出无法忽略的噪声，隋聿把门推开一点儿，透过缝隙看见背对着他站着的而安。隋聿不知道而安的年龄，但而安看起来就像是刚上大学没多久的学生，身体挺拔，却偏瘦，肩胛骨微微隆起，隋聿不合时宜地想到而安抬着头说自己没带翅膀的画面。

"你在干吗？"

突如其来的声音没有吓到而安，他好像早就知道隋聿站在那里,十分自然地接话回答:"看不出来吗?我在做晚饭。"

隋聿有点儿想笑,他不知道自己什么时候沦落到需要精神不太正常的男孩儿给他做饭了,于是他双手抱胸倚着门框,故意逗而安说:"这样啊,本来晚上还想带你下馆子。"

没有想象中的欢呼雀跃,而安没什么大反应,只是扭过头看了他一眼,然后摇摇头:"不用了。"

这下轮到隋聿发蒙,在隋轻轻那儿一定是发生了什么事,隋聿的脸色开始发黑,没心情逗而安,转身又去卧室准备打电话。

看着隋聿的背影,而安很轻地叹了口气,其实他真的很想下馆子,昨天路过一家川菜馆,味道非常好闻,他知道那是裹了面粉炸的鸡肉丁。但他不能这么自私,毕竟隋聿生活很困难,他不但没有钱,还有一个有病的姐姐,以后说不定要花很多钱治,在隋聿同意加入他们之前,他必须节省一点儿才行。

但隋聿很明显不是勤俭持家的类型,第二天隋聿回来的时候拎了一大袋零食,包装很漂亮,有些印了英文,有些印的是日文。而安蹲在地上翻了一遍,然后抬起头,试图用眼神谴责隋聿的大手大脚。

隋聿的表情变得不太自然,他偏过头漫不经心地说:"所里发的,你看看有没有爱吃的。"

人真的很爱说谎,而安一眼看穿,他把袋子重新系好,小声地说:"以后不要再买了。"

"为什么?"隋聿问他,"没有你喜欢吃的?"

"你那么穷,还是少花点儿钱比较好。"而安一向实话实说,但隋聿显然并不爱听实话,因为他的脸色正肉眼可见地黑下来,眼梢和嘴角也都耷下来了,接着一言不发地转身离开,关门的声音还有点儿大。

而安蹲在地上没动,他好像总是能把隋聿弄生气,不知道是隋聿太爱生气,还是他真的擅长这点,而安搞不懂。他的最终目的明明是希望隋聿跟他亲近一点儿,同意被自己捅一下,而不是天天把隋聿气到大喘气,然后英年早逝。

得想个办法才行,而安小声地念叨。

隋聿简直气得要死,他和隋轻轻沟通无果,但是他了解隋轻轻是个什么人,于是单方面觉得一定是隋轻轻做了什么让而安觉得不舒服的事。所以下班回家时,专门去进口超市挑了一袋零食,他并不清楚现在的孩子都喜欢吃点儿什么,所以在货架前愣了几分钟之后,找了超市员工,希望他们能做些推荐。

"买给女朋友的吗?"超市员工笑眯眯地问他。

隋聿迅速摇头:"不是,买给弟弟。"

"这样啊。"女孩儿从货架上拿了一包芝士球,"小朋友比较喜欢吃甜的,这个我们卖得很好。"

隋聿不知道怎么说,但而安好像更喜欢吃辣的,比如咖喱,还有上次打包的冷锅串串。隋聿低头看了一眼上面画着的卡通图案,停了一会儿说:"也没有那么小……"

"那您就拿我们销量最好的几款就行。"女孩儿脸上的笑容更大。

所以隋聿把货架前几排的零食都拿了一包,想到家里的小孩儿看到零食的表情,隋聿忍不住笑了出来。回家的时候他没骑自行车,而是花了十六元打了计程车,上楼的速度也比往常快了不少。倒也没希望而安看见这些零食能感恩戴德到给他磕头的地步,但至少不是用那种幽怨的眼神盯着他看，然后说他穷。

越想越气，隋聿盯着电脑屏幕，敲键盘的声音也提高了不少分贝。原本正在看手机的魏民站起来，隔着挡板低头看他："吃炸药了？"

"吃了。"隋聿说，"还是进口的。"

因为太过生气，下班之后隋聿甚至没有马上回家。在外面晃了一圈之后，隋聿站在楼下迟迟没上去，手臂被蚊子咬出一串包。

我自己的家为什么不回？隋聿想，现在就回。

他走上楼，拿钥匙，还没等把钥匙插进锁孔，门突然被拉开。而安站在门口，穿着他昨天给的衣服，很长的袖子在手腕处堆起来。

隋聿开始表情管理，他平静地走进去，眼角的余光瞥见放在地上的包，停了会儿才问："你准备走了？"

"嗯。"而安跟在他身后。

隋聿的步子顿了顿，他看着桌上没动过的零食，胸口突然有点儿闷，像是吃了一大团棉花。

"成。"隋聿点点头，"什么时候走？"

"明天早上。"

还挺快，隋聿不知道而安是不是打算回家，他也不想问，反正跟他也没关系。隋聿坐到沙发上，低头拿手机看当天的新闻，来来回回都是那几条，隋聿觉得自己的心跳变得很快，节奏像酒吧里会放的那种鼓点音乐。

而安站在那儿没动，他看着隋聿来回刷那几条新闻，想了一会儿还是开口提醒："你该翻页了。"

他明明是好心，但隋聿的表情告诉他隋聿又生气了，程度不亚于那天他说隋聿穷。为了避免关系继续恶化,而安有些僵硬地转移话题,手段拙劣:"或者你现在可以去收拾行李,要不然可能会赶不上明天去庙里。"

隋聿转过头看他,脸上的表情平静如水,而安放心了些,继续加足马力说:"你明天要带我去一趟寺庙,我要见一个朋友。"

"我的行程为什么是你定——不是,"隋聿停了停,又问,"你朋友住在庙里?"

"对。"而安说。

人脉还挺广,冷不丁地蹦出来个朋友不说,居然还住在庙里。隋聿只在心里想了想,他看着而安有些慌张的表情,突然意识到,从见到这个小孩儿以来,他一直都被牵着鼻子走。先是要捅他,然后住进他家里,吃他的喝他的还要说他穷,现在又说要走,还要自己带着他去庙里。

不能再这么下去,隋聿清了清嗓子,坐直了点儿:"你让我去我就去?"

"那你不去吗?"而安没听明白。

"你不应该道歉吗,或者补偿我?"隋聿微抬了抬下巴,"你花我的钱我不计较,但你说我穷是不是不太礼貌——还有,你要去哪儿我不管,你也可以不通知我,但你让我也去,是不是应该提前告诉我一声?"

而安花了几分钟才消化完隋聿这么一大段话,这么一听,他可能真的犯了很多错。他愿意听隋聿的,隋聿让他道歉,所以而安走近了一点儿,低着头小声地说:"对不起,是我的错。"

这下又轮到隋聿别扭了,道个歉也不用这么毕恭毕敬,倒显得他欺负人一样。隋聿正想着怎么打破僵局,站在他身前的而安突然抬起手，最后落在他的头顶，动作很轻地揉了揉他的头发。

"这是补偿。"而安觉得这份礼或许有些大了，他看着隋聿睁大的眼睛，担心隋聿会因此感到有负担，所以他很贴心地补充道，"对于我来说都是小事，没关系的，你不用谢我。"

"你补偿别人的方式就是这样？"隋聿消化了很久才憋出来一个问句。他抬手把额前的碎发捋到后面，表情复杂，"……别人帮你个忙，你就揉两把人家的头发当作补偿？"

而安开始觉得迷茫，他自认为这个礼物是他目前能给出的最好的，但隋聿的表情看起来怎么也不能说是高兴，而安停了一会儿，解释道："也不是，只有对特别重要的人才会送这个礼物……特别重要的那种。"

客厅只开了一盏落地灯，光线昏黄，而安投在地面的影子被拉得很长。隋聿不说话了。他不该和一个精神方面有问题的人斤斤计较，也是，不就摸几下头发，也没要拿着箭捅他，他没什么损失。自从遇到而安，隋聿变得很会开解自己，即便站在面前的人还在直勾勾地盯着他看。

"以后不能随便碰别人的头发知道吗？"隋聿站起来，垂眼对上而安很亮的眼睛，"不管是男的还是女的，没征得对方同意，都可以被定义成骚扰，能报警把你抓起来——"

"我不是已经被你抓起来了吗？"

隋聿被而安问住，他张了张嘴试图反驳，但最后还是放弃，于是点点头，敷衍道："行吧，你想怎么说都行。"

而安看着隋聿回到卧室关上门，站在原地又愣了一会儿，他好像还没有找到和隋聿打交道的方式，现在想想，他每天在做的事情只有吃饭、发呆，还有惹隋聿生气。就连把丘比特一生只有一次的标记给隋聿，隋聿也不是很开心。

看来必须去咨询一下绮丽，刻不容缓。

绮丽是而安唯一的朋友，和自己不一样，绮丽很早就给自己起了人类的名字，并且擅长和人打交道，走到哪里都吃得开。只是不管是谁，太嘚瑟都容易出事，绮丽在追求一个帅气男孩儿无果之后就住进了寺庙，名义上是疗伤，但而安觉得绮丽纯粹是想吃寺庙里的素斋饭。

而安一晚上没睡，凌晨三点因为太过无聊，所以偷偷跑到隋聿的房间门口，门刚推开一个小缝，就听到屋里的人用有点儿哑的声音说："关上门，出去。"

"哦。"而安把门合上，往客厅走了两步，想了想又拐回去，贴着门板小声地说："晚安。"

听着脚步声渐渐离开，隋聿从床上坐起来，揉了揉眉心。说实在的，他活了二十多年，连爸妈都没怎么碰过他的头发，现在居然被当作小孩儿奖励似的揉了头发。隋聿本打算通过这一晚上的睡眠来疏解情绪，但美好的入睡时间迟迟没来。

这是一种很奇怪的感觉，隋聿仰头盯着天花板，他的耳朵和眼皮都很烫，像是夏天易得的热感冒，很不合时宜的病症，普遍治疗方案是捂着被子，在接近三十八摄氏度的高温里等待出汗，然后自愈。于是隋聿也开始如此等待。

第二天早上七点半，隋聿站在浴室看镜子里顶着一对巨大黑眼圈的自己，真的是绝顶可笑。虽然他不是刑警，没有见过许多离奇案子，但怪人他见了不少。按理来说，他是一个成年人，不该因为被别人摸了两下脑袋就开始失眠，他抹了一下镜子上的雾气，明白这是他自我不够强大的原因。

几分钟检讨过后，隋聿深吸了口气，推开门走进客厅，而安早就坐在沙发上等待出发，听见声响朝他看过去，接着字正腔圆地评价道："好大的黑眼圈。"

"我看见了。"隋聿的心情变得更差，他拎起地上的背包往外走，"不用你说。"

隋聿坐上车之后开始感慨自己的菩萨心肠，他偏过头，看了一眼坐在副驾驶上的而安。感受到他的视线，而安也转过头。对视十秒之后，而安的耳郭以肉眼可见的速度变得很红，在而安再次冒出打算捅他的念头时，隋聿先说："安全带。"

而安愣了愣，然后有些迟缓地"哦"了一声。

和隋聿有些暴躁的性格不一样，他开车时车速很慢，原因是几年前出的那场车祸。在没有红绿灯的路口，他驾驶的轿车和突然改变行驶方向的大货车相撞，那场车祸很严重，他的轿车引擎盖被撞得凹陷，前灯也碎得不像话。

货车司机的大腿卡在方向盘和座椅中间，最后差点儿截肢，但隋聿只有脸上和手臂有一点儿擦伤，来处理事故的交警也吓了一跳，反复几次询问他有没有不舒服之后才相信他真的没事。在那之后，隋聿就没开过车了。

隋聿瞥了而安一眼，要不是为了稳定这个精神病兼潜在反社会恐怖分子，他才不会冒险开车。

寺庙大多不在市里，所以隋聿在开到高速收费站口才问而安："地址。"

"什么地址？"

"……你要去的庙的地址。"隋聿尽量压着火，声音放得很低。

而安一副听懂了的样子，他坐着想了一下，转过头回答隋聿：

"是一个一下雨就有很大松树气味的地方。"

隋聿笑了,而安看着隋聿趴在方向盘上,身体一颤一颤的,他想知道隋聿开心的原因,可还没来得及问,隋聿突然坐起来,一只手拉着他的安全带,另一只手按着他的后颈强迫他身体往前。而安僵住了,他开始紧张,放在膝盖上的手下意识地攥成拳。

"听着,我请年假不是为了听你在这儿说疯话的,你要么告诉我地址,要么……"隋聿松开手,解开安全带下了车,然后一把拉开副驾驶位的车门,"要么,你现在就下去。"

而安没说话,他坐在座椅上,身体还维持着刚刚的姿势。后面准备过收费站的车已经排起了队,有几辆车开始不耐烦地频繁按喇叭,声音很大,隋聿看见而安很轻微地缩了一下身体。

"我不知道地址。"而安转过身,抬脸看他,眼圈和鼻尖都变得很红,说话也开始断断续续,"但是,是真的在有很多松树的地方。我没发疯,真的。"

他好像快哭了,隋聿愣在原地,那种夏季热感冒的感觉又出现了。后面的车还在不停地按喇叭,甚至有人摇下车窗,伸头出来说脏话。知道是自己随便停车的错,隋聿只往后瞥了一眼,接着关上副驾驶位的车门,上车发动之后拐到路边停下来,按了双闪。

隋聿看起来很不高兴,而安揉了揉眼睛,坐在旁边看隋聿皱着眉刷手机。

"是在等我下车吗?"而安问隋聿。

隋聿抬起头,眉心还皱着,他看着有些局促的而安,别过头在手机上点开一个新的网页,停了停才说:"我在找有很多松树的庙。"

经过搜索之后,隋聿把寺庙范围缩小为两个。隋聿看了一眼安静地坐在旁边的小孩儿，犹豫了会儿还是拿着手机凑过去："大概就是这两个，你选一个。"

"如果选错了，你会赶我下车吗？"

想不到小小年纪还挺记仇，隋聿笑笑说："不会。"

于是而安选了第二个，车程四十五分钟。那是一座面积不大的姻缘庙，四周被茂盛的松树包围。车子重新启动，路上而安还是很沉默，隋聿在驶入超车道之前，说："我不会把你赶下车，也没有生气，所以你想干吗就干吗。"

隋聿眼角的余光能瞥见而安在盯着他，似乎正在判断他的话的真实性有多少。隋聿起了坏心眼，前面没车，他猛地轰了一脚油门，因为反作用力，隋聿的身体冲向椅背。

但而安没有什么变化，他的身体还是挺得很直，安静地坐在那儿。

隋聿不认为有人能够对抗引力，但还没等他具体分析，而安冷不丁地开口："我能放音乐吗？"这么可怜巴巴的请求恐怕没人能拒绝，隋聿点头，在接下来的半小时里，他陪着而安一起听完了播放量最高的 DJ 音乐合集。耳朵简直像是在遭受折磨，隋聿在中途想要关掉音乐，但而安看起来很愉快，身体小幅度地左右摇晃。

距离汀山寺高速出口还有不到三十公里的路程，汽车穿过隧道，灯光有节奏感地忽明忽暗，而安原本趴在窗户上发呆，在隧道出口出现的时候，他突然转过头，看着隋聿说："你闻起来很像一颗话梅糖。"

"我在戒烟。"隋聿看了而安一眼，于是顺利捕捉到而安的眼睛变暗，然后又亮起来，他移开视线，"所以会随身带糖。"

汽车驶出隧道口，大片大片的松树林出现在视野里，而安把车窗摇下来，过了一会儿，隋聿听见而安夹在强烈音乐节奏里的声音："你现在闻起来像一颗在松树林里的话梅糖了。"

隋聿假装没听到，只是把踩油门的力气稍微放轻了些。

汀山寺常年免费，这个时候天气也合适，山下围了不少拍照的阿姨，隋聿心里暗道不好，但还没来得及跑，就被其中一个穿着白色旗袍的阿姨叫住。

"小伙子，来给我们拍个照吧！"

隋聿不擅长拍照，他原本想装作没听见，但跟在他身后的而安已经声音清脆地应下来："好！"

隋聿原本怕拍不好，但而安十分积极，他一边指导动作，一边调动气氛。照片拍完，他还恋恋不舍地拉着其中一个阿姨聊了很久，阿姨脸上的笑容从头到尾没停过，最后甚至拿出手机想要和而安自拍。

"你很招长辈喜欢。"绕过半个山头，他们停在一棵巨大的松树下休息，隋聿看了看而安，笑着说，"那个阿姨估计都想把女儿嫁给你了。"

"是个儿子。"而安仰着头，看停在头顶树杈上的麻雀，"她是来给他儿子求姻缘的。"

隋聿笑了出来，他原本想要问而安怎么知道的，但很快意识到而安会再次告知自己他是编号为03276的丘比特，所以隋聿有些敷衍地顺着接话："她儿子有好姻缘吗？"

而安摇摇头，顿了顿才说："因为她儿子快死了。"

隋聿怔了怔，没说话，而安脸上没什么表情，隋聿没接话他也不介意，自顾自地说："但她会很幸运的，因为她会出现一段好姻缘，应该在她五十五岁之后，有一个很爱她的男人会出现，比她上一任丈夫要爱她许多。不会嗜酒,不会乱花钱,也不会打她。"

即便不想承认,但在这一秒,隋聿意识到他真的相信而安说的话,他应该也离精神失常不远了。相信一秒就不怕相信第二秒,隋聿没去纠结阿姨的儿子会如何死,他消化了一会儿,开口说:"她儿子死掉了她怎么会幸运?白发人送黑发人,她会很伤心。"

"到她这个年纪,想要遇到真爱的概率很低,但拥有一个儿子的概率很高。"而安看着隋聿,"虽然再失去一个儿子的概率也很低,但总比只失去却什么都得不到要好得多。

"我也会帮她祈祷的,所以她很幸运,而且你知道的嘛——"而安补充道,"我是丘比特。"

而安看着隋聿笑,眼睛很亮。隋聿在而安黑色的瞳孔里看到了占据在中心位置的自己,还有远处渺小的松树。

隋聿觉得而安想要把他甩开。

起初隋聿认为是自己想多了,直到离山顶越来越近,而安开始使用拙劣的表演试图转移他的注意力,包括但不限于突然指着另一边,大声喊"隋聿,你看那边",以及走到台阶中间弯腰捂着肚子,嘟囔:"我好像快不行了……隋聿你去看看附近有没有医护人员。"

演到第七次"看那边"的时候,隋聿终于没忍住,偏过头看了而安一眼,声音没什么起伏地说:"你想去哪儿就去,我不跟着。"

而安慢吞吞地收回指向对面山峰的手,停了一会儿才说:"我没不让你跟着。"

"我也没想跟着。"

隋聿回答得很无情,而安琢磨了一会儿隋聿话里的真正含义,在得出答案之后抬头看他:"我害怕你一个人会觉得很孤单。"

"不会。"隋聿随便在旁边找了块石头坐下,脸色比刚才要好看些,"你该干吗干吗去吧,我就在这儿等着。"

而安的高兴都写在脸上,他三步并作两步跨上台阶,没多久就消失在拐角处一棵巨大的松树后。隋聿摇头叹气,刚准备拿出手机刷一会儿,几秒前消失的人突然又出现在面前。隋聿还没反应过来,而安弯腰扶着膝盖喘了两口气,抬头和他平视:"你不会自己走吧?"

的确是充满松树气味的寺庙,而安不是在发疯胡说八道,是他只用眼睛看,好久没有注意到气味了。隋聿看着而安的眼睛,对他说:"不会。"

汀山寺的主院在山顶,面积不算大,前院中间有一口巨大的井,虽然早就不出水了,但依然不影响成批游客往井里投硬币求姻缘。这个习俗是近几年才有的,据说很灵,但具体原因没人知道,毕竟没人能讲出什么科学依据。

后院不让进,而安站在门外等待绮丽感受到他们之间的心电感应,这个过程按道理不该超过三十秒,可是事实上他等了将近十分钟,才看见披着深灰色外套的人从后院往外跑。

"等久了吧?没办法,我正在疗愈情伤,搞得现在信号都接收不到。"绮丽的长发卷在帽子里。

而安好久没见她,上下打量了一会儿,抿着嘴拍了拍她的肩膀:"绮丽,你受苦了,这么久不见,都胖了。"

听见他的话,绮丽的眼睛瞪得很大,她把而安往里面拽了拽,压低声音问他:"真的吗?哪里胖了?是不是脸?我就觉得这几天眼睛好像越来越小，可能真的是脸的面积变得太大……"

"还有肚子，肚子都鼓出来了，腿好像也比以前壮。"而安认为绮丽对自己的认知不够详细，于是贴心地替她补充。

绮丽叹了口气，一边拉着他往里走一边嘟囔："我也没想到吃几碗菜叶子这么容易发胖。"

应该是挺好吃的，绮丽和他不一样，她早早就在人类圈子里晃悠，时间久了嘴巴就变得很挑。绮丽带着他走进一间单间，里面布置得挺简陋，按道理绮丽这种人不会在这儿待这么久，但而安没细想，他转过身，看了眼桌上的空碗，抬头问她："我走的时候你能打包点儿给我吗？家里的那个人挺穷的，我多带点儿吃的回去，就能省点儿饭钱。"

绮丽坐在榻上，听见这话挑了挑眉："现在你们又开始搞什么扶贫项目了啊？"

"不是。"而安摇头，扫了屋里一圈，最后视线落在墙角放着的一麻袋桃子上，"是我个人承接的项目——桃子你吃吗，不吃我能带走吗？"

"你才休假几天，就穷成这个样子了？"绮丽望天叹气，"还是住在庙里好，吃住都有人管，每个月还给发工资，而且——"

"我找到了。"而安突然打断绮丽。

绮丽的动作像电影慢镜头回放，她眨眼的速度放缓，原本搁在膝盖上的手悬在半空。

第三章

交友攻略

　　随着人类数量的不断增加，丘比特的工作量也变得越来越大，而能得到编号的过程十分复杂严格，几年下来，真正符合标准的人也没几个。于是在某一次大会上，而安的上司提议，可以在人类里挑出出类拔萃的作为预备队员。

　　而安躲在松树后，透过枝杈缝隙看倚着栏杆的隋聿。隋聿的背影很好看，或许是因为警察出身，他整个人看起来很挺拔，肩膀宽，线条落到腰部又被收紧。而安拨开挡在眼前的一根树杈，伸出手指指给绮丽看："就是那个。"

　　绮丽看了一会儿，点点头小声做出评价："还挺帅的。"

　　"不是。"而安盯着隋聿看，小声抗议："是非常非常非常帅。"

　　绮丽翻了一个不太明显的白眼，过了一会儿转过头问而安："现在进展到哪一步了啊？"

这个问题而安不知道怎么回答,应该是有进展的吧?于是他想了想,对绮丽说:"我们现在住在一起。"

"那可以啊。"绮丽有些惊讶地挑了挑眉,爱情的苦她是吃够了,还是搞事业比较靠谱,看见她的好朋友认真工作,绮丽也放下心来。

得到绮丽的肯定,对于而安来说很重要,他美滋滋地晃了晃头,继续炫耀:"我还给自己和他起了组合名。你知道的吧?就是那种可以连在一起读的名字,我现在叫而安,跟隋聿的名字很配。

"他还给我买了好几个咖喱面包,你应该没吃过,但我也忘记带给你了。

"而且隋聿人真的很好,上次他想要补偿,我就给了他标记,但他完全没有得意忘形……"

"不是不是,你等等。"绮丽打断沉浸在自己的世界里的而安,半信半疑地盯着他,一字一句地说,"你刚刚说,你给了他标记?"

而安小幅度地点头。

绮丽终于意识到事情的严重性,她有好多问题想问,但最终还是选了一个最重要的:"隋聿同意了吗?加入你说的那个什么预备队?"这个问题让而安的心狠狠地抽了一下,他不太想回答,于是把脸别到另一边,不去看绮丽逐渐变得严肃的脸。

就算而安不回答,绮丽也能从他的沉默中得到答案,一股无名火"噌"地就蹿到脑门儿上,绮丽捋了捋袖子,试图冲过去暴打那个站着发愣的帅气警察。但那股火很快又被浇灭了,而安拽着她的衣摆,慢吞吞地说:"不是他主动要的,是我想给。

"反正以后我也不会再有给其他人的冲动了。"

绮丽没了报仇的力气,甩开而安的手叹气。丘比特存在的意义也不只是帮人牵线搭桥，他这一辈子，拥有一次给予标记的权利，标记二十四小时之后正式生效。从生效的那一秒开始，被标记的人将会免疫所有外界伤害，不管是车祸，还是摔下悬崖，都能保证不受到任何伤害。

因为伤害会被转移到丘比特身上。

"我不想说丧气话，但是你还记得吧？"绮丽扭过头，看着表情很平静的而安，原本要说的话变得难以开口，于是绮丽经过一段很长时间的停顿，才语速很慢地说，"如果你标记的人在期限内都不相信你、接纳你，你就有可能死掉。"

而安还在盯着隋聿看，不知道是不是让隋聿等得太久，他已经不玩手机了，大部分时间都在发呆，直到听见有人从寺庙门口出来的声音，他才会抬起头，确定过来的人不是自己等的那个，又重新垂眼盯着栏杆上的锈迹出神。

"我知道。"而安很轻地呼了一口气，顿了顿才转过头，看着绮丽，"你说的那个很好吃的素斋饭，让我带走一点儿吧，还有桃子。"

在而安心里，绮丽很讨人喜欢，她擅长与任何人相处，再尴尬的局都能活跃气氛，所以而安向她请教，如何才能不让隋聿被他气得英年早逝，而是快点儿接纳他。

他们回到院子里，绮丽抓了一把冬枣，一边吃一边听他讲述目前和隋聿的相处情况，在听见而安说他给予隋聿标记之后隋聿的反应，她把嘴里的枣核吐在地上，恶狠狠地说："臭男人，不知好歹！"

而安弯腰捡起枣核丢进垃圾桶，声音很轻地纠正她："不是臭男人。"

不知道是不是所有丘比特在遇见帅哥之后都会变成小脑发育不全的状态，绮丽攥着几颗大枣叹气，然后说："你跟那个帅哥现在最多也就是个小可怜和饲养员的关系你知道吗？你得用对方法，跟在屁股后头黏着没有用。"

果然没问错人，而安就知道绮丽一定懂，他搬了小板凳坐在绮丽面前，仰着充满求知欲的脸。绮丽也坐直了一些，清了清嗓子开始正式授课："打个不恰当的比方，首先，不能一直追着人家，要懂得后退。"

"为什么？"而安没太明白。

"大部分人都不太珍惜能够轻易得到的东西。"绮丽抿了抿嘴，把手里的冬枣放到一边，看着而安，"我知道很难理解，但人就是这样的……什么都想要，什么都不珍惜。"

而安大概是真的无法理解，绮丽也不知道该怎么解释，她把脸偏向一边，深吸了一口气之后重新调整了心情："你不需要知道原因，你就照着做就行了。拉近距离的第一步，要产生神秘感——你得学会推拉。"

听见绮丽步入正题，而安的神情变得更加认真，甚至把小板凳往前又挪了挪。

"你要先推，意思就是把人推远，但是不要太远，就……就是那种若即若离的感觉。"绮丽害怕而安听不懂，于是就地取材，拿了一颗冬枣在而安的面前晃了晃，"这个枣又甜又脆，枣核也很小，咬一口清爽解腻，你想不想吃？"

而安盯着面前的冬枣，顿了顿摇摇头："我不喜欢吃枣。"

"你要说你想吃。"绮丽重复了刚才的步骤，把枣在而安眼前晃,"你想不想吃?"

而安是个很听话的学生,既然老师要求了,他就要做,于是而安礼貌地点点头,说"想吃"。绮丽对此状况感到欣慰,她把枣往而安嘴边送,而安愣了愣,不自觉地张开嘴。有些凉的冬枣碰到而安的嘴角,他准备咬的时候,绮丽突然把手收了回去。

空气凝滞几秒,绮丽对而安茫然的表情很满意,她把枣丢进自己的嘴里,一边嚼一边含混不清地说:"这就叫推拉,我假装要给你,但又不是真的要给你。"

而安有些泄气,他看着绮丽,感慨道:"很复杂的操作。"

"是。"绮丽说,"但是很管用。"

而安定定地看了绮丽一会儿,很没情商地提出一个问题:"你用这招成功过吗?"听见而安的话,绮丽差点儿被枣核卡住,她用力地咳嗽几下,脸被憋得通红。而安和绮丽的通感失效,他没察觉到绮丽的尴尬,依旧是一副求知欲旺盛的模样。

"我现在还在推的阶段。"绮丽别开脸,顿了几秒又说,"可能是推得有点儿用力,推得太远了。"

而安点点头,开始举一反三:"所以推的力度也很重要。"

绮丽没有反驳,她略过自己有点儿心酸的故事,点点头接着说:"推完就该拉了,就像刚刚我举的那个例子,如果是拉的情况——"

"就需要把那颗枣直接喂给我。"而安抢答。

给别人当导师很容易,但自己这堂课甚至还没到及格线,绮丽没心情再往下讲了,她很轻地叹了口气,盘起腿靠着墙,扯了两下裹着长发的帽子:"今天就学到这儿吧,够你用一段时间的了。"

学习的时间已经够久了,而安站起来,看了一眼摆在木头茶几上的男士手表，时针已经走过十二点。现在需要办其他事，而安问绮丽要了几个打包盒，让绮丽去食堂把打包盒装满，又找了个袋子，从麻袋里把最红最大的桃子都装进去，这个过程让他收到了绮丽三个白眼，但而安假装没看到。

全部准备完毕，而安扛着袋子往外走，绮丽倚着门框给他送行，笑嘻嘻地说："那我就在这儿帮你祈祷一切顺利啊。"

"好。"而安转过身，思索半天后开口问，"我看到你桌上的手表了，你喜欢的人，是住在寺庙里吗？"

绮丽脸上的笑容僵住了，原本抱在胸前的手有些不自然地垂下来，虽然而安来找她讨教关于如何拉近距离的方法，但事实上，她自己都说不清到底是要一个警察加入丘比特行列更傻，还是追着一个一心想出家的人小一年，她还没跟人家说上几句话更可怜。

"是。"绮丽重新抬起头冲而安笑了笑，"祝我们两个都一切顺利。"

而安和绮丽之间的通感突然恢复，而安突然心慌，手指也开始发麻，但他没什么能够教给绮丽的，只能在转身离开之前回答她说："会的。"

山顶风景很好，大片大片的云覆盖着浅色的天空，在而安走开的这两个多小时，隋聿一共帮六对情侣拍了照，还有一对是来玩的兄弟俩。刚开始其中一个男生很显然不想拍照，整个人极其别扭。隋聿按快门之前，他们的姿势都有些僵硬，直到隋聿开始倒数，在按下快门的前一秒，另一个男生突然伸手揪住那个男生的耳朵，露出很灿烂的笑容。

果然是幼稚的大学生，隋聿叹了口气，一直到两个人走到他面前拿回手机,他才笑了笑,问:"你们看看行不行?"

"可以,谢谢你啊。"男生偏头看了旁边的人一眼,手肘很轻地碰了碰他的肩膀,"怎么样?爷帅吧?"

隋聿觉得陌生人的谈话还是不要在旁边听比较好,于是走到另一边,站了一会儿,然后从口袋里拿了颗话梅糖放进嘴里,酸甜很快充满整个口腔。硬糖融化,当它变成很小一颗的时候,隋聿看见从石阶上走下来的而安。

而安手里拎着两个不知道装了什么东西的袋子,看起来有些重量,小幅度地左右摇晃着,时不时碰到他的腿。他的表情看起来很平静,眼尾微微向下,嘴角平直。隋聿盯着而安看,直到而安慢悠悠地抬起头,对上隋聿的目光露出笑容。

含在嘴里的话梅糖被隋聿咬碎。

"是不是让你等太久了?"而安跑到隋聿面前,鼻尖上有汗。隋聿移开视线,伸手接过而安手里的袋子:"再等一会儿我也打算找个刀啊剑的捅你一下了。"

而安眨了眨眼。

隋聿抿了一下嘴,说:"我在开玩笑。"

而安没说话,只是盯着他看。隋聿转身往下走,而安的步子顿了顿,随即跟上去。

说起来他们的行程有点儿奇怪。一个警察请了年假开车跑到寺庙里,干等一个精神有问题的小孩儿两个多小时,现在拎着一大袋桃子和不知道是什么品种的叶子菜准备回家。就这么一直走到山腰,隋聿想要问问而安要不要吃东西,转过身才发觉而安已经落下他好几层台阶。

而安蹲在一个老奶奶面前,手很轻地扒拉竹筐里的东西,时不时抬起头笑笑。要是照以前，隋聿绝对会走过去把而安拽走，但他现在还挺平静，大概是觉得已经浪费了大半天时间，再浪费几分钟也没关系。

于是隋聿看着而安拿了个袋子装了些水果，然后站起来，往他那边看。

"我没有钱。"而安理直气壮地冲他喊。

付完钱，隋聿低头看了一眼袋子，里面装的是几串葡萄，颜色发青，看起来很酸。隋聿还没来得及说话，而安突然从袋子里拿了一颗葡萄，在他面前晃了晃。

"你要不要吃一颗葡萄？"而安的表情看起来有点儿紧张，捏着葡萄的指尖发红，眨眼的频率也变得很快。隋聿有点儿莫名其妙，他垂眼看着而安，停了停说："这葡萄看起来就很酸，而且还没洗。"

"不对。"而安摇摇头，他走近一点儿，捏着葡萄又在他眼前晃了晃，"你应该说你想吃。"

大概是而安经常性发病，隋聿已经没有一开始的不耐烦，他叹了口气，附和而安说："好好，我想吃。"

下一秒，而安动作缓慢地把葡萄送到他嘴边，指腹不小心擦过他的嘴唇。山上前几天应该下过雨，松针的气味很浓，还有他刚刚吃掉的话梅糖的味道，应该还有什么……

还有而安身上和他一样的沐浴露的气味。

隋聿盯着而安的脸，停了几秒，张开嘴。

想象中葡萄的酸涩并没出现，因为在他张开嘴之后，而安毫不留情地把手收了回去，并且把葡萄丢进了自己的嘴里。

隋聿搞不明白。但是葡萄应该真的挺酸，而安甚至没办法控制自己的表情，五官全都扭在一起了，隋聿能听见而安最后把葡萄整个咽下去的声音。

"好了。"而安深吸了一口气，接下来伸手又从袋子里摘了颗葡萄，用和刚才一模一样的姿势把葡萄送到他的嘴边，舔了舔嘴唇问："你要不要吃一颗葡萄？"

这是时间倒退法术吗？隋聿被气笑了，他看着而安，停了几秒问他："我是不是应该说要吃？"

而安很满意地点头，把葡萄又往他嘴边送了送。

"然后你会在我张嘴的时候把葡萄再放进自己的嘴里。"隋聿握着而安的手腕，把他的手撇到一边，"你是真当我傻。"隋聿转身往下面走，而安愣了两秒迅速跟上，举着那颗葡萄一边追一边说："不是，这次你可以吃了，真的可以吃了。"

"我才不信。"隋聿往后看了而安一眼，又补充道，"而且我也不想吃，酸得要死。"

"不酸啊。"而安显然不擅长撒谎，说话的时候眼睛到处乱瞟。隋聿觉得自己大概也是无聊透顶，看着而安这个样子，起了坏心思。他转过身，看着站在台阶上的而安，很轻地点点头说："那你吃给我看，我看看到底酸不酸。"

而安怔住了，隋聿完全没按绮丽教给他的套路走。按道理来说，第一步是他喂给隋聿吃东西，但不让隋聿吃到；第二步才是真的给隋聿吃。而现在的状况是隋聿在中间多加了一步。

并且那颗葡萄是真的很酸。

而安站着没动，隋聿这会儿也是出奇地有耐心，他双手抱在胸前，笑眯眯地看着而安。

而安考虑了一会儿，决定先按照隋聿说的把这一步走完，于是他把葡萄丢进嘴里，没怎么嚼就直接咽了下去，然后说："你看吧，一点儿都不酸。"

"但我刚刚没看清啊。"隋聿很轻地叹了口气，"你要不再吃一颗？"

绮丽骗他，明明说第一步结束了就可以完成第二步，但现在突然多了好几个步骤。而安看了隋聿一眼，脸上出现赴死的表情，又伸手从袋子里拿了颗葡萄就要往嘴里塞。可是他还没塞到嘴里，手腕突然被人握住了。隋聿看着他露出有些无奈的笑容，然后把他拿在手里的葡萄抢走，丢进了嘴里。

"真是够酸的。"隋聿脸上的笑容被酸涩取代，他往下走了几步，又交代道，"下次别买了。"

原本以为这茬儿已经过去了，但一直到他们回到车上，而安都不怎么说话，一副很郁闷的模样，甚至中途还做出了几个怪异的动作，类似睁大眼睛仰头看天，持续五秒。隋聿原本想要问，但最终还是忍住了，虽然现在有一些进步，但和精神病患者沟通还是有不少困难。

所以为了让而安恢复精力，隋聿能做的就是把来时播放的DJ歌单从头又放了一遍，可惜效果不佳，隋聿偷偷瞥了旁边的小孩儿一眼，他还是那个样子，低着脑袋，眼睛直勾勾地盯着绞在一起的手指。

"下午我也不用去所里，你想不想逛街？"

听见隋聿的话，而安缓慢地抬起头，很黑的眼睛把隋聿盯得后背发毛。隋聿清了清嗓子，接着说："可以给你买几件衣服，你穿我的有点儿大了。"

而安很轻地摇摇头，突如其来的乖巧让隋聿觉得而安看起来有点儿可怜,他正在犹豫要不要重新提起葡萄的话题,而安突然开口说:"我喜欢穿你的衣服,你的衣服颜色都很单调。"

"谢谢……"隋聿不知道这是不是夸奖。

"你给我买个手机吧。"而安停顿了几秒,把放在中控台上的手机拿起来,手指很轻地在屏幕上点了一下,"我想要个手机。"

于是下了高速,隋聿开着车直奔商场一楼,在停车的时候他让而安先下了车,费了大劲把车停好之后,隋聿才发现而安不见了。他绕着停车场转了一圈也没见人,他感觉自己的心跳开始加速,具体原因隋聿把它归结为害怕而安发病,又要拿着箭去戳人。

隋聿打算去服务台广播寻人,跑上扶梯,在快要到达二楼的时候,他瞄到楼下站在娃娃机前的而安。而安被几个半大小孩儿围在中间,脸上时不时露出笑容。心里紧绷着的弦松了,隋聿很轻地叹气,绕到对面又坐了扶梯下去。

走得近了点儿,隋聿才注意到几个小孩儿抱在怀里的玩偶,是有一双小翅膀、头顶着金黄色圆圈的丘比特。

"其实丘比特的翅膀有好几个尺寸的,像我的就没有这么小。"而安正在给几个一脸茫然的小孩儿做科普。趁而安还没说更多奇怪的话,隋聿大步走过去拽着他的衣领把他拎到身后。

"谁让你自己乱跑的?"隋聿的声音很冷。而安没想到隋聿会这么生气,愣着没说话,过了好一会儿才小声解释:"我没乱跑,我是直接过来的。"

隋聿的脸色看起来很不好,而安抿了抿嘴,表示妥协:"那我不买手机了。"

原本隋聿对要不要给而安买手机这件事持两可态度。据他了解的信息,而安不知道自己的家庭住址,在联网系统里也找不到任何信息，大概率是个黑户，并且好像只有一个朋友。虽然隋聿对这个朋友的真实性也保持怀疑，但就算这个朋友真的存在，也应该是个和尚。

但当而安跑丢的时候，隋聿才意识到，而安可能真的需要一个手机。

"现在就去买。"隋聿黑着脸，把而安拎走了。

电子产品的售卖区也在一楼，两个人没走多久就到了。隋聿把而安领到柜台前，让他自己挑。而安盯着玻璃柜里的手机，看了一会儿转过头，问隋聿："你的是哪一款？"

隋聿把手机拿出来，售货员看了一眼就知道了品牌，他从旁边的展示柜里拿出手机，放在而安面前："这是去年的款式了，现在出了新款，屏幕更清晰，还带了专业的摄像功能……"

"我要去年的那款。"而安迅速地结束对话。

拿到新手机后，隋聿给而安办了新电话卡，并且把自己的号码存进去："有事情的话就打这个号码。"

而安点点头，跟着隋聿往前走了几步，他在后面小声地说："我想去抓娃娃。"

"不行。"隋聿迅速回答。

娃娃这种东西，除了刚开始有几分钟热度，最后的下场都是放在柜子里或是墙角落灰。而安罕见地没有反驳，安静地跟在他身后，直到十几秒过去，隋聿口袋里的手机响起来。

隋聿转过身，和身后拿着手机打电话的而安对视。而安看了他一会儿，贴心地提醒他："你手机响了。"

隋聿站在原地，按下接听键。话筒里传来微弱的电流声，隋聿看着而安，接着话筒里的声音和而安说出的话重叠。

"我想去抓娃娃。"

隋聿没玩过娃娃机,尽管记忆里小时候逛商场的时候他也曾经在娃娃机前停留过,但他的父母把娃娃机这类全部归类为"诈骗",它让你觉得你会是众多抓不到娃娃的人中唯一一个可能抓到的,并且还要在上面投入高出玩偶本身价值的金钱。

"你要真的想要,我们去旁边的店里给你买一个。"当时他父母好像是这么说的。

虽然都是玩偶,但自己抓到和去买的感觉完全不一样,后来隋聿就再也没有在娃娃机前停下过了。隋聿看着拿着手机的而安,他穿着有些不合身的上衣,手藏在过长的袖子里,眼睛很亮。

"算了。"隋聿决定妥协,他对着话筒说,"就这一次,下不为例。"

而安很亮的眼睛逐渐往下弯,他把电话挂掉,拿着手机走到隋聿旁边,仰着头跟他感慨:"手机真好用。"

娃娃机的人气总是很高,隋聿和而安甚至还排了一会儿队。轮到他们时,隋聿用手机兑换了十块钱游戏币。

"你想要哪个?"投币后,隋聿弯下身,眼睛盯着玻璃柜里的娃娃,手指很轻地拨了两下杆。

而安小心翼翼地打量隋聿,停了一会儿才提出自己的看法:"它们不是长得都一样吗?"

"……"

直到娃娃机亮起提示红灯,隋聿才晃了晃杆子,三爪夹子对准立起来的那个丘比特玩偶,隋聿又认真地调整了几下角度,在倒数时间快结束时才按下按钮。夹子在下降的时候晃个不停,隋聿紧盯着,看着夹子不轻不重地夹住玩偶的翅膀,玩偶一点点被提起来,在快要挨到筐子的时候，很遗憾地掉了下去。

"……再来一次。"隋聿显然不怎么愉快，而安看着隋聿比上次压得更低的身体，心里这么想。

第二次相比第一次来说失败得更彻底，玩偶甚至没有被抓起来，隋聿的脸色变得更臭，塞游戏币的动作也逐渐粗暴。而安站在旁边，一边观察隋聿的脸色，一边小声加油。直到失败九次，隋聿站直身体，深吸了一口气，说："这个机器有问题。"

娃娃机是会让人上头的，哪怕隋聿也不例外，眼看隋聿撸起袖子又要去买游戏币，而安赶快拉住他："还有一个呢，你再试一试。"

尽管隋聿这会儿看起来有点儿吓人，但而安还是继续说："这次没抓起来再买也可以。"隋聿听他的，而安看着隋聿重新回到娃娃机前，晃动夹子让它对准前九次都没抓到的丘比特玩偶。

丘比特拥有念力，在大多数情况下可以轻而易举地得到很多东西，但而安没用过，因为他想要的念力得不到，能得到的他都已拥有。看着隋聿的侧脸，而安也弯下身，跟着隋聿一起盯着玻璃箱里的夹子看。

隋聿晃动游戏柄，按下按钮，夹住玩偶的身体，眼看夹子又要松开，而安眯了眯眼，玩偶顺利地掉进了筐子里。而安把玩偶拿出来，很开心地看着隋聿，小声地说："谢谢。"

隋聿并没有想象中开心，他的表情甚至可以说得上是尴尬，一想到第一次自己状态满满地问而安要哪个玩偶时的样子，他就恨不得给自己两拳。于是面对而安的道谢，隋聿只是很轻地点点头，一边往前走一边说："下次别玩了。"

本以为商场之旅到这儿就结束了，但而安很突然地迷上了扶梯，隋聿陪着他上去又下来，这么反复几次，最后隋聿开始疲急,于是找了个长椅等待。

隋聿旁边还坐了个男人,怀里抱了个双肩包,脚边放了不少购物袋,起初他们俩都在玩手机,过了一会儿,旁边的男人主动开口问:"你也在等人?"

隋聿没反应过来,下意识地点点头,男人靠在椅背上,抻了抻手臂:"我家那个又去试刚刚才脱下来没几分钟的裙子了。让她买吧,她又嫌贵;不买吧,又一个劲儿地要去试。你家人也这样?"

"没有。"隋聿顿了顿说,"他喜欢坐电梯。"

男人随即露出一副"我懂你"的表情,他上下打量了隋聿一遍,接着说:"看来你家人不怎么爱购物啊,好福气。"

隋聿突然明白了他的意思,还没来得及反驳,从下行扶手电梯下来的而安朝他跑过来,头发被风吹得扬起来,怀里还抱着丘比特玩偶。

"可以走了,下次我们再来玩。"而安看起来很愉快,脸颊上带着红。

看见只抱着一个玩偶的而安,男人又看了一眼隋聿,脸上浮现出有些鄙夷的冷笑,停了几秒,男人拿上背包和一堆购物袋,挪到了旁边的长椅上。隋聿知道男人在想什么,但他没解释,只觉得可笑。刚刚还一副跟他相见恨晚模样的人,在发现他可能是个没有什么钱的穷光蛋之后,就迅速跟他划清了界限。

"走吧。"隋聿站起来。他们往前走了几步后,隋聿突然停下来,在原地站了一会儿,又原路折回去。

男人很显然没有料到隋聿会再次出现在他面前,脸上露出有些惊讶的表情。隋聿的视线扫过男人无名指上的指环,笑了一下开口说:"你说那条裙子让她买她觉得贵,说不买她又一直去试,说实话,你要是有能力就去把那条裙子买了,没能力就去想办法赚点儿钱,别一直坐在这儿发牢骚了,你这个样子真的挺难看的。"

不管谁听见隋聿这通话都会摸不着头脑,但这个男人的反应很快,他皱着眉,仰头扯着嗓子冲隋聿嚷:"跟你有什么关系吗?用你在这儿教老子?"隋聿没搭理,他推着傻站着没动的而安往前走。

丘比特的听力比普通人要灵敏很多,所以当他们走到电梯前的时候,而安十分清晰地听到坐在长椅上的男人用极其恶劣的语气骂了一句:"乡巴佬儿。"

看着隋聿的背影,即便知道他不可能听见刚刚那句话,而安还是走到他旁边,伸出手很轻地碰了碰他的手背。

"他不是好人。"而安说。

隋聿转过头看他,小幅度地挑了挑眉,语气里带着笑:"你又知道人家不是好人了?"

"当然知道。"而安往四周打量了一下,见没人注意他们,才凑到隋聿耳边悄悄说,"他这里有一团黑气,是要倒大霉的。"

隋聿发现而安讲话的时候很喜欢加上肢体描述,譬如现在,他会伸手在自己的脑门儿上画圈,示意黑气的范围。就算知道而安可能脑子有问题,说的话也毫无道理,但在这一秒,隋聿还是突然觉得心情很好。

于是这一次,隋聿点点头,附和而安说:"对,我也觉得他肯定要倒大霉。"

而安和绮丽打了一晚上的电话。

原来而安不明白为什么有人可以捧着手机坐一天都不说话,但他现在明白了,手机是真的很有意思。而安把手机打开免提,趴着一边和绮丽说话，一边浏览刚刚突然蹦出来的游戏小广告。

"没成功是什么意思？"绮丽那头又传来吃饭的声音，吐字含混不清，"我的秘密宝典怎么可能会不成功？"

弹出来的小游戏界面颜色很丰富，而安点进去，在等待加载的时间里，他把今天发生的事情都给绮丽讲了一遍，包括他是怎么喂葡萄给隋聿，以及隋聿是如何自己吃掉葡萄的。

"你是不是傻啊，你这做的跟我教的完全不一样好不好！"

绮丽的声音突然变大，而安吓得一激灵，他捂着手机扩音器，从沙发挪到小阳台，盘腿坐在墙角，小声地回答绮丽："我不理解，为什么冬枣可以，葡萄就不可以？"

而安听见绮丽在对面很轻地叹了口气，她顿了顿才开口说："那只是个例子……算了，我问你，你现在是住在隋聿家吗？"

"对。"而安点点头，他垂眼盯着手机屏幕，发现刚刚点开的小游戏的画面发生了变化，原本戴着蝴蝶结的可爱小熊变成了只穿着围裙跳舞的女人，而安愣了一下，随即继续投入绮丽的教学课堂中，补充道，"我住在客厅，睡在一张不大但是很软的沙发上——"

"你搬出去。"绮丽打断他。

而安怔住了，他眨了眨眼，小声地说："可是我想和隋聿一起住。"

"再想也得给我憋着。"绮丽恨铁不成钢，说话的语气也明显变快很多，"住在一起有用吗？他是跟你称兄道弟了还是把床让给你了？你现在就是在浪费生命懂吗？等到了时间，你哪怕死了也只能死在那张不怎么大的沙发上。"

绮丽这话说得狠了，其实她说完也有点儿后悔，毕竟而安没做错什么。绮丽正在想怎么弥补，就听见而安对她说："沙发真的还挺软的。"

"成成。"绮丽把嘴里的鸡爪子吐出来,恶狠狠地说,"你马上给老子搬出去。"

"……那我去哪儿?"

"随便你去哪儿。"绮丽说,"搬出去的重点不是真的让你以后都不见隋聿了,你要观察他的表情知道吗?看看他有没有难过啊,伤心啊,很舍不得你的样子。如果有的话,你就成功一半了。"

"这样啊。"而安点点头,屏幕里的女人还在不停扭动,而安看着有点儿眼花,他移开视线,正打算请教绮丽别的问题,客厅玄关处突然站了个人。

"你知道现在几点吗?"

而安打电话打得起劲,他不知道隋聿是什么时候站在那儿的,也不知道他们俩的对话内容隋聿听到了多少。而安低头看了一眼手机,慢吞吞地说:"两点二十七。"

隋聿朝他走过来,居高临下地俯视他,皮笑肉不笑地开口问:"你觉得我现在真的是在问你时间吗?"

好难回答的问题,而安知道问题的答案一定是错误的,所以他很认真地想了一会儿,才仰着脸摇了摇头。

而安这张脸长得已经不是欺骗性了,简直是诈骗性,隋聿抬手按了按眉心。给而安买手机这件事算得上是一时冲动,首先他在金钱上确实不富裕,几千块钱是他大半个月的薪水,但当时而安突然走丢,他确实是心慌了,认为现代人没个手机确实很不方便。

但是而安真的太爱打电话了。

房间隔音效果还不怎么样,隔着一道走廊和门板,隋聿能模模糊糊地听见客厅里传来的讲话声。他其实没那么娇气,所里忙的时候也是几天不回家，所里一群大男人的嗓门儿都大得出奇，隋聿躺在椅子上盖着外套也能过一夜。按理来说，而安讲话的那点儿音量并不足以让他失眠。

怪就怪在他该死的好奇心。

隋聿居然有点儿想知道而安在跟其他人聊什么，于是他躺在床上大气都不敢喘，支着耳朵听外面的动静。但而安应该是害怕打扰他，说话的声音很小，隋聿只能断断续续捕捉到几个词，例如冬枣、葡萄，还有沙发，结果越琢磨越睡不着。

本来他出来是想好好教育小孩儿大晚上不要一直打电话，现在看着在阳台墙角一脸无辜的而安，隋聿又一句话说不出来了。本来隋聿打算回去睡觉的，他的视线从而安脸上移开，最后落在地上亮起的手机屏幕上。

通话还在继续，但是屏幕上那个穿着围裙来回扭动的女人太显眼了，右上角还用红色特效字体写着"快来点点我"。再对上而安那张十分无辜的脸，隋聿好像明白了点儿什么。

"那你忙。"隋聿僵硬地转过身，很快消失在客厅里。

确认隋聿重新回到卧室后，而安才重新把手机拿起来，用气声对着手机那边的绮丽说："差点儿就被他发现了，好险啊！"

隋聿一晚上没睡好，第二天早上刚到所里，魏民被他巨大的黑眼圈吓了一跳。

"昨儿个你不是请年假了吗？怎么弄成这样，一晚上没睡，还是被谁打了啊？"魏民凑过来想要看隋聿的脸，隋聿皱着眉把他推到一边。一天没来上班，桌上堆了几份文件，隋聿大概翻了翻，除了一个之前跟进的案子结案以外，别的没什么重要的。

于是隋聿又开始回想昨天晚上的事,他黑着脸想了好一会儿,才站起来走到魏民旁边,叩了叩桌面。

"你儿子今年满十八岁了吧?"

"刚十八岁。"魏民拿了包槟榔,递给隋聿。隋聿摆摆手,停了会儿接着问:"你一般怎么跟你儿子沟通?"

魏民转过身,咧嘴笑着说:"我一天跟我儿子说不上两句话,咱们这工作,早出晚归的。"看着隋聿的表情,魏民贱兮兮地凑上来,低声念叨,"不是我说,你这琢磨育儿工作也太早了,人家副厅长的女儿也只是说想见一见你,可没说明儿就嫁给你啊。"

隋聿一下没反应过来,他靠着桌子,皱着眉问:"什么副厅长的女儿?"

魏民还没来得及开口,斜对面办公室的门突然打开,刘一锋站在门口冲隋聿摆了摆手。

"让刘主任跟你说吧。"魏民拍了拍隋聿的背,感慨道,"你小子的好日子要来咯。"

刘一锋这一段时间正在戒烟,原因是办公室里养的绿萝全都被熏得半死不活。隋聿站在办公室里,看着刘一锋把手里的瓜子放下,接着招呼他坐下。

"从你小子来这儿的第一天,我就知道你有朝一日是要飞黄腾达的。"刘一锋拉开抽屉,从里面拿了两张票搁在桌上。隋聿瞟了一眼,是国外一个乐团的世界巡演。

"以后发达了,也得记得我这个主任啊。"见隋聿坐着不动,刘一锋又把票往他那边推了推。

隋聿还是没动,他顿了顿才抬起头,脸上没什么表情:"我没见过什么副厅长的女儿。"

刘一锋摇着头笑,接着把桌上的瓜子皮捡起来丢进垃圾桶:"什么事都让你知道了那人家还当什么副厅长?去年年底你在厅里做报告的时候,人家女儿就看上你了。哎,你可别把人家想得那么肤浅,人家可把你的祖宗三代都调查清楚了,包括你的政治背景,还有工作表现。"说到这儿,刘一锋有一个很做作的停顿,两秒之后,才挤眉弄眼地冲他说,"我可没少给你说好话。"

所有人心里都清楚,隋聿能被副厅长看上,基本上能算是祖坟冒青烟了。副厅长姓陈,年纪轻轻就当上了中层领导,之后娶了青梅竹马的妻子,生了一个女儿。比起强强联姻,做父亲的更愿意从下面挑一个各方面都有潜力的小伙子,之所以选中隋聿,除了女儿喜欢,还因为隋聿的背景干净,好拿捏。

不管怎么说,这件事都是只有好处没有坏处,刘一锋压根儿没想过隋聿会拒绝。所以当隋聿把两张音乐会门票又推给他的时候,刘一锋坐在对面愣住了。

"我现在还不想谈恋爱。"隋聿站起来,说,"没什么事我就先出去了。"

刘一锋用力地拍了一下桌子,他从办公桌后面绕出来,拉着隋聿的袖子。

"你是不是脑袋出问题了?"刘一锋简直头大,他看着隋聿那张好看的脸,咬着后槽牙低声说,"但凡我年轻个十几岁,我就自己上了,这好事还能落到你头上?"

隋聿把袖子从刘一锋手里抽出来,笑了笑说:"您现在也能自己上啊。"

刘一锋被隋聿噎了一下。隋聿刚来的时候他就知道这人不是个好使唤的,刘一锋在私下的饭局里也没少编派隋聿,无数次形容隋聿是粪坑里的石头——又臭又硬。这次的事,是陈副厅长专门把他叫过去谈的,除了两张音乐会门票以外,还给了他两袋茶叶。刘一锋在副厅长那儿把隋聿夸得天花乱坠,还打了包票,说隋聿一定会去。

"不是我吓唬你,你想去也得去,不想去也得去。"刘一锋长呼一口气,再转过身时表情变得很严肃,"这是任务知道吗?你以为你代表的就是你自己吗?你还代表我们整个所的态度,说不定还有你父母……"

隋聿站着不说话了,刘一锋悬着的一颗心放下来,他见好就收,把桌上的两张票塞进隋聿的口袋里,拍了拍隋聿的肩膀,叹了口气:"我知道你不情愿,但没办法,人生嘛,总是不会什么都顺着你来的。

"也别上班了,一会儿叫晓敏陪你去商场买身上档次的衣服。"刘一锋上下打量隋聿,笑眯眯地说,"总归是我们所的脸面。"

刘一锋的一番话说得滴水不漏,先把他推在地上,再把他高高地架起来。整个所的态度,还有自己的前程,连父母的脸面都带上了,让隋聿没有办法拒绝。

"小隋,你看这个怎么样?"

隋聿抬起头,看着晓敏拿在手里的黑色西服套装,停了一会儿才说:"都行。"

晓敏推着隋聿去试衣间,几分钟后,隋聿推开试衣间的门,晓敏的眼睛很明显地亮了一下。她走过去,双手抱着胸,摇头感慨:"可惜啊,咱们所唯一能看的男人也要被勾走了。"

隋聿的身材很适合穿西装，宽肩窄腰，两条腿被剪裁精致的裤子衬得更长。站在边上的售货员赶快走上来，把隋聿从头夸到脚，就差伸手去掏隋聿的钱包了。隋聿看起来没什么兴致，他低头看了一眼价格，眉间迅速皱起来："这么贵？"

"名牌西装嘛，就是这个价。"晓敏撇撇嘴，看着隋聿，"人家副厅长的女儿让你去的地方可是有着装要求的，你以为是什么露天烧烤摊啊。"

隋聿没接话，他去试衣间把衣服换下来，出来的时候也没有要买单的意思，径直走出了门店大门。

晓敏愣了愣，小跑跟上去。

尽管隋聿平时好脸色也不多，但共事这几年，晓敏也能看出来这会儿隋聿心情不佳。她跟在隋聿身后，很轻地叹了口气："我知道你不乐意，但你换个角度想，这也是件好事啊。只是让你去见见，又没让你马上娶她，万一你见一面就喜欢上人家了呢？

"你刚来所里的时候，你知道我们女同志有多开心吗？"晓敏看着隋聿笑笑，"除了各种小偷诈骗犯，我们居然看见大帅哥了，虽然你也落不到我们手上，但是现在要把你送出去，我们还不乐意呢。"

隋聿看了她一眼，晓敏忙摆手："我现在可是有男朋友的人，可没有要钓你的意思啊。"

这话把隋聿也听乐了，他低头笑了笑，看着她说："我也没说你在钓我。"

"反正嘛，你现在单身一个，又没有喜欢的人，去见一见也不会有什么损失，就算高攀了又怎么样？别人想攀还攀不上呢。"晓敏的一番话算得上语重心长，说完她瞄了一眼隋聿，发现这人好像完全没在听。

"去买了吧，起码得尊重人家女孩子吧。"晓敏说，"你俩结伴去的，总不能给人家女孩儿丢脸不是？"

这种道德绑架虽然不怎么上得了台面，但是对隋聿这种好人很管用。晓敏看着隋聿慢吞吞地掏出卡，然后递给她，语气没什么起伏地说："没密码。"

晓敏拿过卡，一溜烟儿跑回去付了款，拎着袋子出来的时候，她看见隋聿在打电话。应该是没打通，隋聿皱着眉又拨了过去，但很快又把手机放下。隋聿站了一会儿，拿起手机在屏幕上点了几下。

"跟谁报备呢？"晓敏凑过去想要看，但隋聿的动作更快，手机屏幕迅速变暗。

"你该不会有女朋友了吧？"

隋聿别过脸，顿了顿才说："别瞎说，家里来了个小孩儿，我跟他说一声我晚上晚点儿回去。"

晓敏点点头，把袋子递给他："那就祝你晚上一切顺利。"

顺利不顺利隋聿不知道，放在口袋里的手机振了起来，隋聿拿出来看了一眼，眼尾小幅度地弯了弯。

"我给你买手机不是为了让你跟别人煲电话粥的。"隋聿拎着袋子往前走，声音压得很低，"你再这么打电话，下个月我就不给你充话费了。"等了几秒电话那边还是没动静，隋聿把手机拿下来看了一眼，显示正在通话中，隋聿把听筒贴着耳郭，冲对面"喂"了一声。

"嗯。"而安很小的声音传过来。隋聿松了口气，停了停说："我今天晚上有点儿事，可能会晚些回去。"

"你能现在回来一趟吗？我有话跟你说。"而安的声音很平缓，但隋聿还是一愣,他走到电梯边,问而安怎么了。

"没怎么,就是有话想跟你说。"

"那等我晚上回去吧——"

"隋聿。"而安很突然地打断他,接着用很小的声音跟他说,"我要走了。"

晓敏不知道发生了什么事,她只看到隋聿接完电话就转身往电梯那儿走,似乎是走到一半才想起来还有她这么个人,于是又小跑回来跟她说:"我有点儿事,你自己打个车回去吧。"晓敏还没来得及回答,隋聿就迅速跑开了。

工作日下午商场周边的人比隋聿想象中要多得多,站在十字路口,隋聿伸手拦了四次车都没成功,在第五辆迎面驶来的空车被截和之后,隋聿低声骂了句脏话,转头在人行道上扫了辆共享单车。那辆单车很难骑,左边脚蹬子每踩一下就会发出链条卡住的声音,隋聿把购物袋挂在把手上,找了条小路,用最快的速度骑到小区楼下,中间还撞倒了一个垃圾桶。

一步两三个台阶跑上楼,隋聿打开门,而安背对着他站在客厅。听见声音,而安慢吞吞地转过身,脸上的表情有些惊讶。

"你不是说晚上有事情吗?"而安站着没动,隋聿看起来有点儿狼狈,鼻尖上出了汗,早上出门时看起来还很柔顺的头发现在乱七八糟地翘着,裤脚上还沾着土。

"你说要走是什么意思?"隋聿走过去,垂着眼睛看他。

而安没由来地开始心慌,他罕见地感受到了隋聿身上的低气压,压得他喘不过气。而安悄悄往后撤了一步,但隋聿也跟着凑近,眉头很轻地皱着:"是谁给你打电话了?之前工作的地方的人吗？还是你家里人？"

隋聿一口气问了好几个问题，而安想了一会儿也不知道怎么回答，绮丽在电话里教了他很多，但现在隋聿离他太近了，而安的大脑一片空白。

"我说我要走了，你难过吗？"而安抬起头，反问隋聿。

这下轮到隋聿大脑一片空白了，他对上而安的眼睛不到一秒，就把视线挪开了。他别过脸，有些急躁地问："现在是我问你——"

"我说我要走，你伤心吗？"

客厅里很安静，偶尔能听见楼上夫妻训孩子的声音，而安想按着绮丽的方法观察隋聿的表情，但隋聿把脸别过去了。于是两秒之后，而安伸出双手，放在隋聿的脸上，硬生生把他的头摆正。

"我说我要走，你舍不舍得？"

其他人在而安眼里都很清晰，只有隋聿不是，隋聿仿佛处在一个过曝的镜头里，每一帧都加了磨砂滤镜。所以而安真的在很努力地分析了，他试图在隋聿的脸上看出难过、伤心，还有舍不得。

过了一会儿隋聿才往后退了一小步，他转过身，一边叹气一边语速很快地说："你没事就不要乱跑，也别乱说话……我晚上真的有事，等我回来再说。"

而安看了一眼隋聿手里的袋子，里面是黑色的西服，布料泛着很漂亮的光泽。隋聿没有什么钱，但是却愿意花这么多钱买一套西装。

"你要结婚了吗？"而安很小声地问。

隋聿转过头，脸色柔和了很多，笑着问说："你又在胡说什么？"

"那你为什么要买这么贵的衣服？要结婚的人才会买这种衣

服。"而安说话的样子看起来有点儿委屈，眼尾微微向下耷拉，嘴角平直，"除了我以外没有人标记你，我也没有看到我的同事来找你，你要是结婚了，就会失去资格，不能加入我们了。"

隋聿哽住了，他看着而安，一时间不知道怎么开口，憋了半天才说："领导让我去见个人，见完我就回来了——"

"你要跟她结婚吗？"而安有点儿不依不饶，他轻轻垂下眼，嘟囔，"我算过了，她不适合你。"

隋聿摇着头笑，还没来得及说什么，口袋里的手机响起来。隋聿看了眼屏幕，才发现二十分钟前就有五个未接来电。

"隋聿你是不是有病！"刘一锋的声音很大，隋聿皱着眉把手机放远了点儿，但刘一锋的声音依旧清楚得很，"你是有多大谱儿啊你！摆谱摆到副厅长的女儿那儿了是吧？你知道人家在家里等了你多久吗？"

隋聿等刘一锋一通火发完才开口："现在不是离音乐会开始还早吗？"

"大哥，你不得去接人家吗，啊？"刘一锋那头唾沫星子乱飞，办公室外面的人都开始支着耳朵听墙脚，"还等着人家去你家接上你呢！"

"知道了。"隋聿不自觉地瞟了一眼站在对面的而安，对上那双很亮的眼睛，隋聿声音很低地说，"我现在过去。"

隋聿挂掉电话，而安还站在那儿没动，两只手垂在身侧。平时隋聿总是嫌而安话多，但现在而安不说话了，只是一直盯着他看。隋聿停了停，主动开口问："你今天吃饭了吗？"

很蹩脚的搭话话术，但而安很单纯，他没听出来隋聿是在跟他搭话，很认真地回答他的问题："吃了。"

两人再次陷入沉默，隋聿开始觉得这种沉默让他浑身不舒服，他拎着袋子又站了一会儿，然后转身往门口走。出门的时候，隋聿还是觉得心里不踏实，他又走回去，站在客厅玄关处对而安说："晚上回来我给你带一笼灌汤包子当夜宵。"

而安没接话，隋聿不擅长处理复杂的人际关系，他很轻地叹了口气，一边推门往外走一边说："那我走了。"

门关上了，而安能清楚地听见隋聿下楼的脚步声，他越走越远，最后远得捕捉不到声音了。

而安在客厅里站了一会儿，突然觉得灯光刺眼，他走到门口，把客厅里的所有灯都关掉了。不管是人还是神，在一片黑暗中都很容易发呆，于是而安想起来自己还是03276的时候，他出过很多次任务，见过不少在他射箭之前，脸上戴着虚伪面具的男人女人。

那个时候他总是不屑，见不得有人虚假，撒谎骗人，但是现在他好像有点儿明白了，有的时候骗人也是为了别人好。比如说刚刚，他就希望隋聿能骗他，说自己会难过，会伤心，会舍不得。

但是隋聿太好了，他不会撒谎。

楼上的夫妻俩终于停止训斥孩子了，小孩儿的哭声在十几秒之后响起来，撕心裂肺的。而安坐到沙发上，右手按了两下回弹已经不太好的沙发垫。按道理来说，他是不太需要跟朋友倾诉的，但是现在他突然觉得胃痛，所以他拨通了绮丽的电话。通话音响了两声之后，对面的人接起来。

"绮丽，我胃疼。"

对面的人沉默了会儿才说："你知道胃在哪儿吗？"

而安没管绮丽说什么，他靠在沙发上，手按着肚子，仰着头小声地说："隋聿的脸上没有伤心、难过、舍不得。

"他去约会了。"而安接着说,"他买了一套很贵的黑色西装,穿起来应该很好看,但是我没看见……"

绮丽在对面沉默了一阵子,才笑着说:"这有什么大不了的,不就一件衣服,等关系处好了,他说不定还能把衣服送给你。"

"不是的。"而安找到了疼痛点,和绮丽说的一样,好像真的不是胃,它的位置要更靠上一点儿。而安和绮丽说,"我是真的想要搬走了。"

电话那头的绮丽翻身从床上坐起来,她开始有点儿懊悔自己给而安出的馊主意,原来哪怕隋聿并不打算相信而安,或者不跟而安掏心掏肺,而安起码还拥有一个不大但是很软的沙发。

"那你打算去哪儿?"绮丽问。

"我也不知道。"

而安是真的不知道,在遇到隋聿之前,他的计划是去山上挑一个看起来不太干燥的山洞住下。他不娇气,在哪里都能生活,但现在还没跟隋聿住几天,他就已经变得有点儿娇滴滴的了。喜欢吃隋聿买给他的咖喱面包以及各种进口小零食,还喜欢手机上的纸牌游戏。

"不知道我看上的那个洞有没有被人占了,信号大概也不太好。"而安看了一眼很亮的手机屏幕,尽管再怎么舍不得,他也不想在这儿住了。

所以,一小时四十分钟之后,隋聿拎着两笼冒着热气的灌汤包推开门时,发现客厅没开灯。打开灯之后,隋聿在屋里逛了一圈,没见到人。

和而安一起消失的,还有双人沙发上的一个沙发垫。

第四章

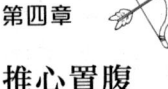

推心置腹

阶层是不可逾越的鸿沟。

距离音乐会开场还有半小时,隋聿在楼下等陈卿媛的时候没忍住抽了半支烟。因为衬衣领口系得太紧,隋聿的脾气又上来了,他有些烦躁地把领口的扣子扯开两颗。

半支烟快抽完的时候,别墅大门从里面打开,陈卿媛穿着黑色连衣裙站在门口,看了他一眼之后,冲他小幅度地挥了挥手。

"让你等久了吧。"

陈卿媛的声音很细,但是听着不惹人烦,隋聿一边系衬衣扣子一边开口:"还行,没太久。"

陈卿媛笑了一下,停了几秒才说:"果然你们都跟我爸是一个样子。"

"什么样子?"隋聿问。

"正常来说,女人问男人是不是等久了,男人不是都应该说'刚来'之类的吗?"陈卿媛看了隋聿一眼,眼睛弯下来,"不过我比较喜欢实话实说的。"

隋聿没接话,他很突兀地想起临走之前,站在客厅里的而安嘟囔着"她和你不搭"。而安或许精神方面有问题,但说话还挺准的,这位小姐确实和他不太搭。

两个人并肩走出小区,隋聿站在门口拦了一辆出租车,陈卿媛的眼睛很明显地睁大,但还是跟着他上了车。

这个时候正值下班高峰期,高架上也开始堵车,司机骂骂咧咧地摇下车窗点了支烟。白色烟雾很快充满车厢,隋聿能听见坐在后面的女生在小声咳嗽。

"师傅,把烟掐了吧。"隋聿说,"闻着快吐了。"

坐在后面的陈卿媛没说话,只是偏过头弯着眼笑。

好不容易到了音乐厅门口,但检票时间已经过了,隋聿正打算开口,就看见陈卿媛走过去,从浅色的小手包里拿了一张卡,门童看了一眼,便迅速地为他们打开了大门。陈卿媛往里走了两步,发现隋聿没跟上,她转过头,挑了挑眉说:"你再不进来,我们就真的要错过最精彩的部分了。"

那个场景其实挺美的,陈卿媛气质大气,长卷发盘在脑后,黑色裙摆刚好露出她脚踝最细的部分,门内金色大厅的灯光落在她的身上。换成谁在那一刻可能都会心动,隋聿心里清楚,只要他跟着陈卿媛走进去,他即将得到漂亮的女朋友、父亲盼望他拥有的职位,还有各种特权。

"其实要是错过了,就全错过得了。"隋聿站在台阶下面,看着陈卿媛,笑着说,"我是俗人一个,听不懂这些高档音乐。我也抽烟，虽然现在正在戒，但短时间内估计也戒不掉——陈小姐，还是算了吧。"

陈卿媛转过身，但是没有要下台阶的意思，她垂着眼看着站在下面面容英俊的隋聿，顿了顿说："你要是不喜欢音乐会，我们可以去吃个饭。"

这已经是在给他台阶下了，如果这会儿不下，明天刘一锋一定会指着他的脑袋骂他不识抬举。

"这身衣服是我新买的，花了大半个月的薪水，估计我也请不起你吃什么米其林餐厅。"隋聿觉得衬衣领口憋得他喘不上来气，索性把扣子解开好几颗，"你穿着这样的高跟鞋，应该也没办法去我要去的馆子吃饭，而且我家里还有朋友，我答应回去陪他吃灌汤包。"

"你赶快进去吧。"隋聿往后退了几步，"我已经要错过最精彩的部分了，你就别再错过了。帮我问陈副厅长好。"隋聿转身往马路对面走，除了解下衬衣扣子，他还脱掉了好像绑在身上、令他浑身不舒服的西装外套。

倒也不是真的视金钱如粪土，钱这东西没人不喜欢，大概因为而安嘟囔的那一句话，或者是还没穷到那份儿上。隋聿把单车停在马路边上的餐车旁，很大方地点了两份灌汤包，还有一份小馄饨。在等餐的时候，隋聿拿出手机看了一眼，没有收到一条信息或者未接电话。

隋聿后知后觉地感受到而安可能正在不高兴，但他不知道原因，骑车回家的时候他还在想而安不高兴的几种可能性，最后不但没想出来，停车的时候小馄饨还掉在地上了。坏事总是一件接着一件来，等隋聿回到家，站在客厅里的时候，他甚至没办法把今天发生的所有坏事进行排序。

但是所有坏事中，排在首位的显而易见，是而安不见了。隋聿在客厅里愣了两秒，才想起来要打电话，通话提示音很快响起来，与此同时跟着一起响的还有被丢在沙发缝隙里的手机。隋聿走过去，把手机拿起来，然后挂断电话，看见屏幕上玩到一半的卡牌游戏。

这局注定会输掉，再刷新几遍牌也赢不了，隋聿抿了抿嘴，把屏幕按灭。

隋聿曾经也认为警察无所不能，但现在他发现家里人丢了也没法儿报警，因为他这个警察就正在沙发上干坐着。他试图分析而安的去向，但想了半天，而安除了去汀山寺那个不知道是不是真的存在的朋友那儿，隋聿想不出其他地方。

"要不要喝一杯？"隋轻轻拿着两个玻璃高脚杯冲而安晃了晃。

而安很轻地摇头，抱着咖啡色的皮沙发垫不松手。隋轻轻也无所谓，她给自己倒了一杯葡萄酒，端着酒杯坐到而安对面，眯着眼打量他。

她是在去隋聿家的路上碰见而安的，大晚上光线不好，但隋轻轻还是轻易就捕捉到了站在十字路口的而安。倒不是她视力有多好，而是在大街上抱着巨大沙发垫的人实在太显眼。隋轻轻打了转向，停在路边摇下车窗，冲着而安试探性地喊了一声。藏在沙发垫后面的脸露出来，而安看起来有些迷茫，隋轻轻挑了挑眉，朝而安摆摆手示意他上车。

"你这是干吗去？"隋轻轻从后视镜里看坐在后座的而安。

而安没看她，脸对着车窗，过了会儿才开口说："我要去找一个山洞。"

隋轻轻觉得好笑，她索性把车停在路边，开了双闪之后转过身，笑着问："和隋聿吵架了啊？你离家出走也得找个酒店住啊，去什么山洞……而且，你去山洞就带个沙发垫啊？好歹把隋聿藏在家里的私房钱带出来点儿。"

而安一直觉得隋轻轻的脑袋不太正常，但想到她是隋聿的姐姐，而安还是好脾气地回答她："我不知道隋聿的钱藏在哪儿，知道我也不会拿的。"

隋轻轻脸上的笑容更灿烂了，夸他："好孩子。"

隋轻轻重新转过身，关掉双闪，踩了一脚油门，车"噌"地驶出去老远。而安抱着沙发垫的手紧了紧，他有点儿后悔上了隋轻轻的车，但现在好像也下不去，憋了一会儿，在下一个红绿灯口，而安没忍住问她："我们这是去哪儿？"

"去我家啊。"隋轻轻看了他一眼，笑了笑说，"山顶洞人早灭绝了，再说了，隋聿早晚得发现你不见了，到时候他找你，我还能让他承我个人情。"

而安看着车窗外闪烁的红灯，说："他才不会找我。"

隋轻轻只觉得是小孩儿闹脾气，红灯即将过去，在她准备踩油门的时候，她听见后座的人小声地说："他要结婚了。"原本这句话没什么大不了，男大当婚女大当嫁，隋聿的年纪不小了，要结婚也正常，但隋轻轻就是觉得这话听着奇怪。

绿灯亮起来，隋轻轻迟疑了几秒才踩了油门，开出一段距离之后，她终于没忍住，声音很轻地开口问："是不是隋聿凶你了啊？"

夜晚秋天的风还是凉，而安把车窗摇上去一点儿，他垂眼看着从隋聿家里拿出来的沙发垫，突然觉得有点儿难过。

"是。"而安顿了顿,又小声地说,"也没有很凶。"

大概是某种家族遗传,隋轻轻和隋聿一样,都不怎么会安慰人,隋轻轻透过后视镜看而安有些失落的脸,张了张嘴又闭上,最后冒着吊销驾照的风险把车在路口掉头,往另一边开。

接近晚上十一点,大街上依旧灯火通明,马路对面亮着的粉色光线投在而安的脸上。没多久,而安抱着沙发垫坐在车里,看着已经下车的隋轻轻,问:"我们去哪儿?"

"去老娘的场子。"隋轻轻掏了支口红,弯腰对着后视镜擦了两下,再站直时整个人可以称得上是满面红光。隋轻轻眯着眼冲他笑着说,"姐姐今天就带你了解了解什么是美丽新世界。"

而安刚开始一个劲儿地摇头,隋轻轻劝了半天也没用,最后她脾气也上来了,拉开车门活生生把而安从后座拽出来,一边拽,一边还要给来往的路人解释:"这是我的弟弟,我不是人贩子。"

酒吧名字叫 Lucid,隋轻轻第一次来的时候只有二十岁,正在经历短暂人生中的第一次失恋。酒吧老板娘人挺酷,免费给她上了一打清水炸弹,还顺便普及了一下世界上"男人"的几类品种。

隋轻轻拉着而安走进去,门口不少人站着抽烟,见到隋轻轻都笑着吆喝一声"隋姐"。而安没来过这种场合,他只觉得吵,人挤人,空气里的味道也很奇怪,他拍了拍隋轻轻的肩对她说想要走,但隋轻轻好像完全没听见,扯着嗓子对他说:"你满十八岁了吧?"

而安还没来得及回答,隋轻轻就扭过头,拉着他走向靠近柜子的红沙发。在模糊的红色光线里,而安看见一个光头女人的背影。

"老徐,给找个卡座呗。"隋轻轻喊她。

女人转过头,眼睛在看见隋轻轻的下一秒迅速睁大。她收起手里的扑克牌,一边回身抱她一边说:"里面的包间随便挑。"

隋轻轻笑嘻嘻地拉着而安,推开角落包间的玻璃门,把而安塞进去之后,又倚着门框跟酒保说了几句话。

"先喝点儿威士忌热热身。"隋轻轻坐在沙发上,抬头看着站着没动的而安,停了几秒才漫不经心地问,"想跟我弟混熟啊?"

嘈杂的音乐声被隔绝在门外,而安找了位置坐好之后才点点头。

隋轻轻没说话,隋聿的脾气从小就倔,长到现在这个年龄,能说点儿真心话的朋友愣是一个没有,想到这儿,隋轻轻看了坐在对面的而安一眼,顿了顿才又问他:"你到底多大?"

门被推开,酒保端着一盘小酒杯走进来,而安等酒保走了才小声回答说:"我好久没算了。"

隋轻轻笑出了声,她抬手从托盘上拿了一小杯酒递给而安,说:"来,你把这个喝了就知道自己多大了。"而安犹豫了几秒,伸手接过来。隋轻轻也拿了一杯,仰头一饮而尽,全部喝完之后面部表情变得狰狞,嘴里发出类似"咝"的声音。

绮丽说过,要想和人相处时不尴尬,就尽量模仿其他人的行为。于是而安也学着隋轻轻的模样,仰头把酒杯里的液体全部倒进嘴里,辛辣迅速占满口腔,而安强忍住要吐的冲动把东西咽进去,五官无法控制地皱在一起,顿了几秒,而安也张嘴"咝"了一声。

隋轻轻笑得直接倒在沙发上,长发糊了一脸。

"可以可以,你这出去跟人喝酒很能唬人啊,看起来像夜场杀手。"隋轻轻又掂了一杯,拿在手里晃了晃,"知道什么叫早'C'晚'A'吗?就是早上一杯COFFEE(咖啡),用来自救;晚上一杯ALCOHOL(酒),用来自杀。"

而安看着隋轻轻，觉得她已经病得很严重了。他再一次想到隋聿，隋聿不但没有钱，而且有一个生病的姐姐，而安的情绪变得低落，垂着眼不再说话。

端上来的一打酒，隋轻轻一个人喝掉了一大半，即便酒精上头，隋轻轻也能看出来而安情绪不佳。她很轻地叹了口气，坐直身体拿出手机，在电话簿里找到号码，她偏着脑袋对而安说："你也别不高兴了，隋聿这人我了解，他根本不会那么快结婚，就算有的女人被他那张脸迷惑，但我打包票，不出半个小时，隋聿也绝对能让人家清醒过来。"

而安抬起头，看了隋轻轻一眼。

"我现在给隋聿打电话，叫他来接你。"隋轻轻说。

"我不要他来接我。"而安把头偏到一边，声音很小。

隋轻轻笑着摇头，手指按了一下屏幕，电话拨了出去。

比想象中要接得慢，提示音足足响了五次，对面的人才接起来。在这个过程中，隋轻轻能看到而安逐渐平直的嘴角，于是在隋聿接起电话之后，隋轻轻按了免提。其实就算隋轻轻不改成免提模式，而安也能听得很清楚，包括电话那头的微弱电流声、风声，还有女人偶尔咳嗽的声音。

"喂，隋聿，你猜我跟谁在一起呢？"隋轻轻喝酒太多，说话带着点儿大舌头。

"有事快说。"隋聿听起来有些不耐烦，语速很快地说，"没事我挂了。"

"有有有。"隋轻轻瞥了而安一眼，停了会儿，声音很大地对着话筒喊，"我跟你家那个小孩儿在一起呢！就是上次你带来我工作室的那个！"

电话那头变得很安静,而安垂眼看着通话时长一秒一秒增加,眨眼的速度变得缓慢。隋轻轻半天没听见动静,大着舌头"喂"了一声。

"他怎么跑你那儿去了?"隋聿的声音很平静,哪怕而安已经听得非常仔细了,也没能听出一点儿情绪起伏,就像他跟隋聿说他要走的时候一样,隋聿平静得像是一盆死水。

隋轻轻打着哈哈糊弄过去,她又掂了一杯酒,摇头晃脑地说:"你一会儿来把而安接走吧,有什么话好好说,我把地址给你发——"

"不用。"隋聿毫不留情地打断她,"我这几天工作忙,他想在你那儿待,那就待几天吧。"

隋轻轻听完一愣,她抬眼看着坐在旁边的而安,酒醒了大半。隋轻轻试图缓和气氛,她笑着和隋聿讲:"别啊,你带来的小孩儿怎么就扔给我了?这可不负责任啊……"

"我现在有点儿事。"隋聿说,"忙完打给你。"

电话被挂断,手机屏幕在五秒钟之后暗下去,而安眨了眨眼,再抬头的时候脸颊和眼圈因为酒精作用开始泛红。

"他挂了吗?"而安小声地问隋轻轻,表情有些呆。

隋轻轻擅长胡言乱语,她看着而安,仰头喝掉一杯酒,龇牙咧嘴地说:"他那边应该信号不好。"

"这样啊。"而安似懂非懂地点点头。

门外徐姐又拎着半打啤酒走进来,这会儿她戴上了毛线帽,笑眯眯地问他们要不要来个宿醉。而安不懂什么是宿醉,但他还是跟着隋轻轻一起说了"好"。

隋轻轻的某些胡言乱语也会成真，例如现在，隋聿把车停在高速路口，他站在车外，手臂撑着栏杆发呆。去汀山寺的高速公路上，信号确实不好，尤其接完隋轻轻的电话之后，隋聿也开始意识到，大晚上跑去汀山寺找人的这个行为，多少有点儿没脑子。

等拖车到达高速路口时已经是下半夜，隋聿看着司机弯腰在车前盖上扣加固的铁锁。从收费站跑出来看热闹的阿姨还站在旁边，时不时地调侃他几句："小伙子开车没几年吧？地上那么大一片碎酒瓶碴子你都瞧不见？"

隋聿没心情附和，冷着脸站在车边不动，等司机把车架上拖车，隋聿才走过去，递给司机一支烟，说"辛苦了"。

"明后天去提车，我厂里要是还有位置就直接给你修了。"

隋聿点点头，垂眼看着司机嘴边燃起来的火星，低声说："行。"

可能是真的驾驶技术不佳，隋聿为了接隋轻轻的电话，踩着油门碾过地上那一片玻璃碴子。车是他借同事的，当轮胎报废的时候，隋聿有那么一秒钟想要发火，但听到隋轻轻说而安跟她在一起，那股无名火很没有道理地迅速熄灭了。

当时而安站在客厅里，用看起来很可怜的表情说他要走的时候，隋聿的心情有点儿奇怪，甚至可以说产生了一种很怪异的生理反应。他全身上下都感觉到僵硬，指尖和后脑勺儿发麻，胃里像是积食了一样沉甸甸的。他当时没办法回答而安的问题，只是一个劲儿地想要离开。

想不到而安说的是真的，他确实走了，还顺便"绑架"了一个沙发垫，想到那个看起来很狼狈的沙发，隋聿吹着冷风摇头笑了出来。知道而安有地方去，隋聿恢复如常，他站在高速路口叫了个车,等了二十分钟都没人接单,最后只能咬着后槽牙加了一百块的小费,对面司机秒接。

等了一会儿,手机响起来,隋聿本来以为是司机找不到地方,拿出来看了一眼,发现是刘一锋。隋聿皱了皱眉,没有丝毫犹豫,挂断了电话。

他把这一切前因后果都怪到刘一锋身上,要不是他莫名其妙地安排了一场自己和副厅长女儿的相亲,而安可能不会走,不走他也不会大晚上开车跑出去找人,车也不会坏,他也不会再掏钱修车,更没必要花一百多块叫辆的士来接他。

刘一锋这种人,就是社会的蛀虫。

隋聿对刘一锋接下来的短信轰炸也保持冷处理,他安静地等待的士司机过来,然后坐上车,在车里眯了一觉,再睁开眼的时候车已经停在了自家楼下。隋聿利索地付了钱,走上楼梯,老小区的声控灯不怎么灵敏,隋聿站在家门口跺了几次脚也没什么反应,最后只能摸黑在口袋里找钥匙。

"你没带钥匙。"

身后突然有人冷不丁地开口,隋聿吓得要死,双脚甚至同时离开了地面将近一秒。他飞快地转过头,目光和站在楼梯口的人对上,还没来得及分辨,耳边又响起女人豪放的笑声,这个笑声够大,声控灯很给面子地亮了起来。

隋轻轻扶着栏杆歪七扭八地走上来,身上的酒气重得隋聿皱起眉。

"笑死我了,我的天。"隋轻轻扒着隋聿的肩,嘲笑时还打了个酒嗝儿。她半眯着眼,一边笑一边拍隋聿的胸口,"刚刚真应该把你录下来,双脚离开地面,哈哈哈哈哈,你是什么?某 MV 男演员吗？离开地球表面了，哈哈哈。"

隋聿没说话，伸手把隋轻轻撇到一边。

而安再一次暴露在视线内，橙黄色的光源落在他身上，照出脸颊上不自然的红晕，不是发烧了就是喝大了，隋聿这么想。

"放姐说，我们应该聊一聊。"而安的吐字变得不太清晰，他走过去，看了隋聿一会儿，又缓慢地把视线挪到隋轻轻身上，问她，"轻轻姐，那个词是怎么说的来着？"

隋轻轻趴在拉杆上，听见而安叫她，笑眯眯地睁开一只眼，一个一个字地大声喊："推、心、置、腹！"

"对。"而安重新看隋聿，点点头说，"推心置腹。"

两个酒鬼同时出现的话会很难处理，隋聿费了好大力气才把隋轻轻弄走。他把隋轻轻塞进出租车打算关门的时候，一直处在昏厥状态的隋轻轻突然伸出手拽着隋聿的后衣领，凑到他耳边，摇头晃脑地小声念叨："放心，你姐姐我什么妖魔鬼怪没见过啊。而安以为你不要他了，不过没事啊，放心，我已经帮你哄得差不多了。"

"隋轻轻，你又装醉。"隋聿脸色变黑。隋轻轻只是仰着头笑，临走之前还顺带嘲讽了两句他对女人的一无所知。

看着出租车消失在小区，隋聿转过身，而安安静地站在他身后，眨眼的速度因为酒精变得缓慢。隋聿叹了口气，走到他身边，过了会儿才问："隋轻轻带你去找徐放了？"

而安没接话，他垂眼盯着两个人快碰到一起的鞋尖发呆，过了一会儿才抬起手，很轻地碰了碰隋聿的肚子，嘴里念叨："现在我们先开始置腹。"

大晚上他们两个人的行为可以用诡异来形容，但隋聿一向拿酒鬼都没什么办法，于是他任由而安像个按摩师傅一样将手按在他的肚子上。一分钟后，隋聿见而安抬起头，用十分真诚的语气夸他："隋聿，你的腹肌练得很好。"

隋聿有点儿想笑，他低头看而安的手，就是小男孩儿该有的手，手指细长，关节不突出，看起来很适合拿笔写字。

"好了。"而安点点头，自言自语似的嘟囔，"下一步该推心了。"

这个场面让隋聿想起来小时候在电视上看过的一部电影，电影里的妖怪想要跟人类做朋友，在妖怪快死的时候，人类虽然嘴上没说，但却心甘情愿地献出自己的心脏。电影的结局隋聿记不太清了，他不知道最后妖怪和人有没有变成好朋友，但眼前的这个"妖怪"的交友技术很显然极其不熟练。

"往哪儿找呢？"隋聿的语速很慢，而安听见他说的话抬起头，表情有些呆。看着而安悬在半空的手，隋聿突然觉得想笑。那种愉悦感让他想起小时候第一次看《猫和老鼠》，坐在沙发上抱着薯片的时候，全身轻飘飘的，像是坐在云里。

隋聿摇头笑了一下，接着侧过身往楼道里走，脚步声渐行渐远。过了好一会儿，而安听见楼道里响起隋聿的声音。

"你到底行不行啊，小妖怪？"

而安没跟隋聿争论关于他是妖怪还是神的话题，别人说他是妖怪他肯定会生气的，但隋聿这么叫他，而安觉得还挺可爱的。他跟着隋聿走上楼，因为很擅长现学现用，看着弯腰换鞋的隋聿，他小声地喊了一句："小隋聿。"

隋聿手上的动作一顿，扭头看他的表情有些奇怪。

"在隋轻轻那儿都学了点儿什么有的没的。"隋聿别过脸，走进客厅坐在沙发上，停了一会儿才重新看向站在玄关没动的而安，问他,"我是虐待你了还是少你吃穿了,你跑她那儿去干吗?"

果然和徐放姐说的一样,男人,都擅长模糊重点。

而安走过去,但是没往沙发上坐,他随便挑了个离隋聿近的地方盘腿坐在地上。

"你不要模糊重点,我们是要好好谈谈的。"而安的表情有些严肃。隋聿靠着沙发扶手,很轻地叹口气才说:"行,谈吧。"

来找隋聿之前,而安提前打好了草稿,包括他要提出的问题和要告诉隋聿的一些秘密,但现在他的脑袋像是一盆糨糊,于是他只能挑还记得的说。

"你可能不太了解丘比特这个职业,没关系我不怪你,因为你是普通人嘛,不了解很正常的,你也不要太自卑。"而安不敢看隋聿的眼睛,只好垂着脑袋,一边抠手一边小声地说,"我知道我的做法可能有些激进,你刚开始会觉得不习惯,但是你可以跟我说,我可以改。"

而安这一通话没头没尾,看来酒精这东西真的厉害,隋聿看了眼手机,觉得这会儿隋轻轻应该到家了,站起来准备给隋轻轻打电话发难。一直低着头的而安突然伸手扯住他的袖子,仰着脸看他,问:"你听懂了吗?"

"听懂了。"隋聿笑着点点头,顺着而安的话补充道,"你是神,我是人,你很高贵,我很普通。"

隋聿这话没错,但而安总觉得哪里奇怪,可时间短暂容不得自己分析,于是而安只好夸他:"你很聪明。"

这话让隋聿笑了出来,他觉得而安一直仰着头会累,所以他蹲下来平视而安,停了停又问:"好,我很聪明……你想谈的都谈完了吗?"

不知道是不是受客厅的灯光影响，而安觉得这会儿隋聿看起来很温柔，和平时不一样，身上落了光，额头、眼睛、鼻子、嘴巴都变得柔和许多。而安用力地攥着隋聿的袖口，缓慢地眨了眨眼，试图让眼睛里的隋聿变得更清晰。

"还有最后一个话题。"而安看着隋聿，小声地问他，"你什么时候才能相信我是丘比特？"

客厅里很安静，外面好像下雨了，一滴一滴落在窗户上。隋聿眼角的余光无法控制地落在而安拽着他袖口的手指上，指关节因为用力变得发白。而安说的话没有因为雨声而变得模糊，所以隋聿听得清清楚楚，而安跟他说："我知道这种事很离谱，但是如果你一直不相信我的话，我可能会死掉。"

混乱的大脑逐渐变得清明，隋聿开始怀疑隋轻轻到底给而安喝了什么玩意儿。隋聿撇开那些奇怪的念头，抬起手摸了摸而安的头，耐心地开导："不管我相不相信你，你都不会死的。"

而安本来想要反驳，但隋聿在这个时候站了起来，走到阳台打电话。而安坐着没有动，他能听见电话那头隋轻轻的声音。隋聿询问她是否到家，对面的人说了"是"之后，隋聿的语气变得很差，几乎是压着火在质问对面的人是不是发疯了才带他去喝酒。

看来是失败了，而安盯着地板上的一小片花纹，看得久了，花纹变得模糊，边缘逐渐向周围扩散。

"真的会死的。"而安小声地念叨。

尽管隋聿完全不相信而安那套死活的理论，但那天晚上，他决定让而安睡卧室，确定门窗都关好之后才回到客厅。隋聿从小的家教都是站有站样，坐有坐样，父亲不允许他随便靠在沙发上，哪怕等他工作之后，他看家里的沙发时心情也并不轻松。

这还是他第一次躺在沙发上，隋聿个子高，长手长脚，难免觉得憋屈，尤其是沙发还缺了一块垫子。出来前他问了问而安沙发垫的下落，可是话刚说完，而安就垂下眼，语气有些失落："我就知道，你要把沙发垫要回去了。"

"没，没有啊，我就问问。"隋聿往后退了几步，手摸到门，一边关门一边道，"你要喜欢，就留着。"

而安是真的挺奇怪的，隋聿从沙发上坐起来，抬手按了按有些酸痛的肩膀。仔细想想，他们最初的见面就很奇怪，他虽然背对着街道，但是撞车的动静是真的不小，对于普通人来说，哪怕没有缺胳膊少腿，也不会一点儿事都没有。

隋轻轻更奇怪了，几个小时前送她上出租车的时候，她扒着窗沿一遍一遍念叨："他可真是个神人，你不要就给我，姐要发大财了。"

客厅里没开灯，隋聿又坐了一会儿，然后拿出手机，屏幕上的亮光打在他脸上。隋聿看着检索栏，刚打出一个"丘"字之后又删除，最后他把手机扔到一边，有些烦躁地揉了两下头发。

事实上隋聿一晚上都没睡好，他做了一晚上怪梦，梦里而安也跟他住在一起，腰上别着一把小箭，他一边笑一边炫耀自己刚打折买的翅膀。隋聿醒过来的时候，只觉得浑身上下都疼，他眯着眼走到卧室门口，把门推开了个小缝，看见床上的男孩儿缩成一团的背影。

隋聿冒出来了一个极其怪异的念头，他想问问而安，之前说的装翅膀的地方在哪儿。这个想法被隋聿迅速消灭，他黑着脸关上卧室门，轻手轻脚地走出家门。

一直躺着没动的而安在门落锁之后才睁开眼，他盯着眼前白墙上的裂痕，抿了抿嘴。

隋聿刚到所里就被魏民堵在了门口，魏民把他从头到脚看了个遍，最后靠近他小声地问："你是不是有女朋友了？"

隋聿皱了皱眉："你大早上发什么疯？"

"行，我就当你是真的不畏强权，高风亮节，副厅长的女儿都看不上。"魏民低头点了根烟，抬手指了指屋里的办公室，"去吧，刘一锋找你呢。你不是一直想找点儿事干干吗？这下你梦想成真了。"

隋聿没怎么听懂，他推开刘一锋办公室的门的时候，刘一锋正在写什么东西，听见声音也只是抬头瞥了他一眼。隋聿本来以为刘一锋又要因为陈卿媛的事情骂他一顿，但好像并没有。

刘一锋不开口，隋聿也站着没动，不知道过去了多久，刘一锋才把笔放下。他靠着椅背，不冷不热地冲着隋聿咧嘴笑。

"市局里有个案子，现在缺人，让我们在所里挑几个年轻力壮的过去帮忙。"刘一锋看了隋聿一眼，脸上的笑容更灿烂了，"你收拾收拾去市局报到吧。年轻人嘛，多锻炼锻炼也是好事，你说对吧？"

在隋聿上班的时候，而安光着脚走到客厅，看着缺了一大块的沙发，然后他坐到另一边，拿起桌上的手机。他走的时候没拿手机，但这会儿手机电量是满的，玩到一半的卡牌游戏前进了三关，现在这关也快打过去了。

而安盯着手机屏幕发了会儿呆，拨了个号码出去。

电话过了好久才接通，他听见电话那边微弱的风声，没说话。

过了好一会儿,他才小声地问:"你在外面啊。"

"嗯。"隋聿给准备发车的司机打了个招呼,拿着手机往边上走了走,压低声音说,"我今天工作可能会很忙,中午我叫隋轻轻给你送点儿吃的。"

而安想拒绝,厨房冰箱里还有好几个咖喱面包,这几天他还没有吃过。但他刚说到一半,电话那头的隋聿很强硬地否决了:"不行,我叫隋轻轻过去。"

"好吧。"而安很快妥协,他又偏过头看了一眼缺掉的沙发垫,顿了顿说,"我不该把你的沙发垫拿走。"

电话那边是一段很短暂的沉默,过了几秒,而安才听见隋聿说:"无所谓,你喜欢就自己留着。"隋聿好像很忙,而安能听见有人在催他,但隋聿没有急着挂电话,还是而安先开口说挂断,隋聿那边才说好,接着挂断了电话。

虽然答应了隋聿,但而安在等待的时间里还是没忍住,从冰箱里拿了两个咖喱面包。原本他只是想吃一个看一个,但最后经过极其复杂的心理斗争,他拆开了第二个面包的包装袋。于是隋轻轻开门进来的时候,看见扔在桌上的三个面包包装袋,以及坐在沙发上、正在进攻第四个面包的而安。

隋轻轻和而安四目相对,沉默了半晌,而安把嘴里的那块面包咽了下去。

"隋聿这个死人。"隋轻轻恶狠狠地走进来,把打包的午餐放在桌上,"他是不是根本没跟你说我要来送饭的事?我就知道,这就是报复,他就是在怪我之前带你去酒吧喝酒了,还打电话让我跑到城郊那儿买什么狗屁烧鸭,说你爱吃……他是不是没跟你说我要来?"

而安抬手抹掉嘴边沾着的面包屑，有些僵硬地点点头，说："对，他没跟我说。"

"我就知道。"隋轻轻一屁股坐在地上，随手拿了个咖喱面包，撕开包装袋后咬了一大口，一边嚼一边含混不清地骂，"隋聿这个浑蛋。"

而安原本想辩解，但是看见隋轻轻手里两三口就消失的面包，别过脸，抿了抿嘴没接话。

到最后，而安和隋轻轻谁也没动打包的烧鸭，他们俩干完了冰箱里所有的咖喱面包，中途隋轻轻还开了啤酒。几杯酒下肚，隋轻轻仰着脸，打了个酒嗝儿。

"其实吧，你想黏着隋聿这件事我是无所谓啊，毕竟隋聿这么大人了，有自己交朋友的权利，但我最多也就是能帮你吹吹耳边风之类的，别的就做不到了……你可别觉得我不够朋友啊，隋聿这人你也看见了，就是茅坑里的石头。"

而安转过头看她，想了一会儿才问："茅坑里的石头？"

这个问题把隋轻轻哽了一下，她撑着身体坐起来："茅坑，就是上厕所的地方；石头你知道吧，总结来说，就是又臭又硬的意思。"人一喝酒，那股好为人师的劲儿就会止不住地往外冒，隋轻轻原本还有很多长篇大论，但坐在一边的而安突然吸了口冷气，低着脑袋，表情有些痛苦地捂着自己的右手手背。

隋轻轻原本以为是抽筋，她刚打算说几个民间偏方，但而安紧捂着的指缝里突然流出了血，几滴红色液体滴在地板上。

隋轻轻没反应过来，她抬手揉了揉眼，在确定不是自己眼花之后，隋轻轻的酒醒了一大半，她蹲到而安身边，说话结结巴巴的："这……这是怎么回事？你碰到哪儿了吗？我……我没看到有什么尖的东西啊……"

血止不住地往下流，隋轻轻拿纸巾去擦，但纸巾很快被血浸透。隋轻轻满客厅找医药箱，最后只在柜子角落找到了半包已经开封的纱布。

"不行，去医院吧，我开车送你去。"隋轻轻的脚步一顿，低声骂了句脏话，"也不行，我喝酒了。"

"问问隋聿。"而安慢吞吞地抬起头，脸上没什么血色，"他受伤了。"

"你是不是脑袋真的有什么问题？"隋轻轻简直气不打一处来，她速度很快地又抽了张纸盖在而安的手上。她真想直接一个倒挂金钩把而安扛走，但又怕伤口的血流得更多。

隋轻轻瞥了而安一眼，压着肚子里的那股邪火说："你现在别想隋聿了，你跟我去医院，包扎好之后我给隋聿打电话让他过来。"

而安没再多挣扎，他跟着隋轻轻站起来，在走出门的时候又提醒了她一遍："记得给隋聿打电话。"

"你到底是哪儿来的神人。"隋轻轻忍不住说他。而安不甘示弱，跟在她身后一边下楼梯一边反驳："我是恋爱之神。"

虽然隋轻轻一直觉得而安这人很怪，但她没怎么放在心上，毕竟世界这么大，天赋异禀的人也不是没有，或许有些人真的就有点儿什么特异功能呢。但当某些事情邪门到超出她的认知时……

隋轻轻傻愣在医院门口，张着嘴半天都说不出话。

"这……这是……好了？"隋轻轻指着而安的手，声音颤抖。

"应该是吧。"而安低头看了一眼，然后抬起手冲隋轻轻晃了晃，笑着说，"不怎么疼了。"

从隋聿住的地方到医院，开车总共用了十二分钟，经过了四个路口，等了两个红灯，刚刚还血流不止的伤口现在就愈合了，还好有两张沾着血迹的纸巾能证明隋轻轻不是在发疯。

过了好一会儿她才缓过来，抬起头看着而安，表情复杂。而安没在意突然出现又突然愈合的伤口对隋轻轻的冲击，他愣愣地抬起头，看着不远处从医院门诊走出来的两个人。

"真没事？我让医生给你开盒止疼片吧，你这等麻药劲儿过去了，缝针的伤口肯定会疼的。"

"不用，没什么感觉——你们俩怎么在这儿？"

隋聿看着站在医院大门口的两个人。隋轻轻的脸色不太好，而站在旁边的而安的脸上没有什么表情。隋聿视线下移，落在而安手里沾着血的纸巾上。

"怎么搞的？"隋聿皱着眉走过去，他原本想看看伤口，但又怕掌握不好力度，于是扭过头看向旁边一言不发的隋轻轻，"怎么回事？"

"缝针了啊。"而安突然开口。他伸出左手，碰了碰隋聿被纱布包好的伤口，声音很轻地问，"疼不疼？"

隋聿怔了一下。

"不怎么疼。"

"那就好。"而安看着他笑了笑。

隋聿很轻地叹了一口气，理智告诉他，他应该是不知道而安为什么会出现在这里的，但是他又好像知道。如果是以前，他可能会装作什么都没看到。但这一次，隋聿没有偏过头，他看着而安沾满血迹的手背，顿了顿，低声开口问："那你呢？怎么弄的？"

"我也不知道呀。"因为阳光刺眼，而安微微眯起眼，但脸上的笑容没变,他看着隋聿,语气听起来很开心,"但是我现在已经好了,厉不厉害?"

再多说什么显得都很没有必要,隋聿垂眼看着而安,点了点头,笑着夸他:"厉害。"

隋聿过了好一会儿才想起自己的堂姐,他偏过头,看了一眼脸色惨白的隋轻轻,意识到这个平时不着调的堂姐在关键时刻还挺靠得住的。隋聿走过去,故作轻松地清了清嗓子,问她:"那个,晚上你没事的话,我请你吃个饭吧。"

隋轻轻平时自诩饭局女神,在任何饭局里都能游刃有余,但这回她有些迟疑地摆摆手:"算了,我晚上有事。既然你们俩都挺好的,那我就先走了。"她甚至没来得及听隋聿的后半句话,转过身往马路对面走。

比起走,更像是跑,逃跑。

隋聿没想太多,他又问了一遍而安,确定而安是真的没事之后才往前走,但是走了几步又退回来,和跟他从现场过来的女孩儿打了个招呼。女孩儿没多说话,看了隋聿一眼,又看了看跟在身后的而安,随后点点头。

因为而安不会骑自行车,下午的温度也正合适,隋聿没有打车,和而安往巷子里走。申江区是老城区,老旧弄堂的路并不宽敞,狭窄的石板路差不多刚好能让两个人并肩。隋聿让而安走前面,而安刚开始还有点儿不情愿,他便拿出在派出所工作的架势,顺便普及一些基本安全知识。

而安虽然有些不情愿,但还是点了点头转过身。

隋聿偷偷地松了口气,在确定而安不会回过头之后,他抬起眼,视线落在而安的背上。从小父母就告诉他,这个世界上没有毫无缘由的开始，任何事情都有因果。

答案还没想出来，一直往前走的而安突然停下来，接着慢慢地转过身。

"你能不能跟我并排走啊？"而安问他。

隋聿愣了一下，问他："怎么了？"

"你走在我后面，我看不到你。"

隋聿弯了弯嘴角，他往前走了两步，和而安站在一起。他们并肩往前走，偶尔有自行车从对面骑过来，隋聿都会侧过身，等车走了之后，再加快脚步跟上而安。

快要走到巷子口的时候，而安的脚步逐渐变慢，隋聿刚开始想装不知道，但而安的速度实在太慢，就连一直跟在他们后面的奶奶都开始不耐烦，用本地方言吆喝他们，说半大小伙子就不能用点儿力走路。

"你可以稍微走快点儿。"隋聿微微弯下身，凑近了而安一些之后，语气有些不太自然地说，"走到其他路上我也会离你这么近。"

而安朝他看过来，脸上充满惊喜，瞳孔里有他们第一次见面时很漂亮的光。

"真的吗？"而安问他。

隋聿移开视线，一边往前走一边点头说："真的。"

人在开心的时候会飘飘然，而安觉得自己这会儿不用翅膀都能飞起来。他一边踩地砖上的花纹，一边扭头看隋聿笑。他很少有这么开心的时刻，在遇到隋聿之前，这么开心的时刻，好像还是在他第一次拥有了丘比特的编号时。

当时而安以为这一生都不会有这样的时刻了，但遇到隋聿之后，这样的时刻变得好多，比如隋聿第一次给他买咖喱面包，隋聿第一次给他买手机，隋聿第一次带他去汀山寺。更神奇的是，这些时刻并没有因为次数多而变得廉价，它们一次比一次珍贵，哪怕现在上司要收走他的编号，他好像也觉得可以接受。

平时觉得很长的路，这会儿很快就走到头了。

隋聿拿钥匙打开门，刚走进去，就瞧见了放在茶几上的烧鸭打包袋。隋聿小幅度地挑了挑眉。他走到厨房，拉开冰箱门，之前装咖喱面包的袋子已经消失不见了。隋聿转过身，而安站在门口，垂在身侧的手很轻地拽了一下裤子。

"我和隋轻轻都想吃咖喱面包。"

隋聿点点头："行，那我把烧鸭热一热，晚上我们俩吃。"

而安喜欢"我们俩"这个说法，于是他迅速换了鞋，走到隋聿身边，拍了拍他的肩膀，又重复了一遍说："好啊，我们俩吃。"

热烧鸭的过程很简单，把它从打包盒里拿出来，放在盘子里，然后扔进微波炉里转一分多钟就好了。隋聿倚着橱柜等待，看着微波炉里匀速转圈的白色瓷盘。过了会儿，他终于没忍住，看了一眼始终贴着他站着的而安，语气里带着无可奈何："在家里就不用这么站着了吧？"

"为什么？"而安站着没动，他用力地嗅了嗅从微波炉里飘出来的香气，漫不经心地回答，"有法律规定而安不能和隋聿站在一起吗？"

隋聿被问得哽住，他舔了舔嘴唇，说："那倒是没有……"

"这不就行了。"而安转过头，又重重地拍了一下隋聿的肩，感慨道，"你们就是规矩太多。"

"……你以后别总是说你们你们的。"还不等而安开口，隋聿迅速接话说，"没有法律规定你不能这样说，但是其他人听见会觉得你很奇怪。"

"但我本来就不是人。"

这会儿隋聿的犟劲儿也被而安激上来，他有些强硬地反驳说："你是。"

"我不是。"

"你就是。"

"我不是。"

隋轻轻站在门外听见这一通对话简直快要疯掉，她抓了抓头发，深吸了一口气，转过身对身后的人使了个眼色，接着压低声音说："我觉得，我觉得我弟弟可能也撞邪了，大师，就靠你了。"

回家的路上，隋轻轻想了很久，她十分确定当时而安的手是突然开始流血的，出血量还不少，而安当时的表情看起来也很痛苦。打车去医院的时候，她好几次想要看而安的伤口，但她对血肉模糊的场面毫无抵抗力，加上当时喝了酒，她害怕自己直接吐在车上，所以没看。

就那么十几分钟的时间，再下车的时候，而安的伤口就愈合了。

这已经完全脱离了隋轻轻的认知范围了，不是无奇不有，这就是邪魔附体，或者鬼怪转世。隋轻轻还没回到家，就在几个群里呼救，一个关系还算好的朋友给她推了一个微信名片，说是一个从穿开裆裤就开始驱魔的"大师"，祖上和某个"神婆"沾亲带故。

隋轻轻死马当活马医，打电话火速约了大师，接上人就直奔隋聿家。原本隋轻轻还有些怀疑，但当她站在隋聿家门口，听见那一番对话的时候,她就彻底放弃了挣扎。

"这不是只有我听见了吧?"隋轻轻咽了口唾沫,抬手指了指门,用气声说,"他说他不是人,你们听见了吧?"

"听到了。"大师点点头,他把自己的长胡子捋到脖子后,"女士,请你站在我后面。"

隋轻轻让开地方,看着大师在门前默念了几句话,然后抬手敲响了门。

屋里安静了几秒,接着响起隋聿有些生硬的声音,问是谁。隋轻轻应了一声,过了会儿,隋聿才打开门。

"你不是说你晚上有事吗?"隋聿看了眼站在门前的长胡子老头儿,然后视线落在隋轻轻的身上。

"现在这件事比什么都重要。"隋轻轻拉着隋聿的袖子,把他拉到自己身边之后,又朝屋里看了一眼,才小声地说,"而安有问题,他住你家我不放心,我找了个大师帮忙看看。"

"能有什么问题?"隋聿把胳膊从隋轻轻的手里扯出来,然后走回去,把所有人堵在门口,"就算是脑子有问题,你该找的也是医生。"

"小哥,你放心,我只是进去看一眼。如果没什么问题,我分文不收,马上离开。"

隋聿冷眼看着开口说话的老头儿,不咸不淡地扯出一个笑容:"隋轻轻跟你说我是干吗的了吗?老头儿,我是警察。"

老头儿没说话,而隋聿抬手扶着门框,低头看着他有些混浊的眼睛:"有些话,你最好想清楚了再说。"

一直在厨房里的而安端着烧鸭走出来,他看着隋聿的背影,往前走了几步,小声地问:"你有朋友来了吗?"

"没有。"隋聿偏过头，嘴唇紧抿着，他看了而安一眼，语速有些快地说，"没你什么事，你先去客厅吃饭，不叫你你别出来。"

"小哥，你如果认为家里的人没问题，让我进去看一眼也没什么关系。"老头儿冲隋聿笑了笑，灰白色的胡子垂下来，"你不用害怕。"

隋聿看着门外站着的几个人，笑了一声道："我家里的人有没有问题我自己清楚，你们不用操心。"

"隋聿！"隋轻轻没办法控制自己的音量，她走到隋聿跟前，表情严肃，"你别在这儿闹行不行？有些事情你没看见你不知道……我这会儿也没时间跟你说，你就让大师进去看一眼，没什么事的话人家就走了。"

隋聿还是堵在门口，没有要动的意思。

"你小时候没看过鬼片是吧？那些东西刚开始都是对你客客气气的，把你喂熟了就要掏你心肝肺，把你吃得连骨头渣子都不剩……"

"吃你心肝肺了吗？"隋聿打断她，脸上的表情是隋轻轻从来没有见过的。隋轻轻后半句话卡在喉咙里，不上不下。

"没什么事就走。"隋聿瞟了一眼门口站着的另外几个人，停了停，说，"你们几个，在我家门口逗留超过三分钟，我就要开始执法了。"

不再听隋轻轻要说什么，隋聿"啪"的一声关上门。

直到听见门口渐行渐远的脚步声，隋聿才很轻地叹了一口气，转过身往客厅走。

放在白瓷盘里的烧鸭还是完完整整的，而安坐在旁边，转过头朝他看过来。

"隋聿……"而安小声地喊隋聿的名字。

"没事。"隋聿笑着走过去,不轻不重地捏了一下他的后颈,然后坐在他旁边,笑着说,"吃饭。"

烧鸭很好吃,外皮很薄,烤得又脆,内里的肉软嫩,咬一口满嘴都是香气,但他们两个人愣是没吃完。而安觉得腻,吃几口就要猛灌几大口水,这么来回几次,他的肚子里已经满满当当了。但这会儿看着被扯下来,但是没人吃的鸭腿,而安看了隋聿一眼,斟酌了一下还是开口问:"你不吃鸭腿吗?"

心不在焉的隋聿反应过来,他看着而安沾着油光的嘴,别过脸说:"不吃,你吃吧。"

隋聿没心情吃。

他太了解隋轻轻了,虽然她平时不太着调,会间歇性发疯,在钱包见底的时候就要网购几幅财神爷的画像挂在床头,但她绝对不会花大价钱找什么驱邪的大师来他家里。事实上,他也逐渐觉得而安有问题。

今天早上出任务的时候,他只是作为一个辅警来配合市局的行动,但原本负责现场记录的人突然拉肚子,他临时顶了上去,有幸看清现场发生的情况。在菜市场卖了十几年猪肉的老板突然发疯,捅了旁边两个菜贩子之后,又持刀绑架了一位买肉的客人。现场十分混乱,一队队长作为主要谈判人员,一边稳定犯人情绪,一边使眼色给旁边的队友。

站在隋聿前面的大汉一点点往左移,正前方的情况完全暴露在隋聿的眼里。满面通红的男人拿着刀,沾着血的手不停地颤抖,被他揽在身前的男人双腿发颤,裤裆的位置还有一片水渍。

干警察的人记忆力都不差,所以隋聿一眼就认出来,这个被吓得尿裤子的男人就是那天在商场里的那个人。

而安在脸上来回比画，说眉心有一片黑雾，要倒大霉的那个人。

在现场走神的后果很严重，市局干警上前扑倒犯人的时候，男人手里的刀脱了手，在所有人都避开的时候，只有隋聿条件反射往前跨了一步，伸手接住了刀刃。手指被划伤，手背的伤口更严重，伤口长达几公分，皮肉上翻，刀口很深，血迅速地冒出来。

伤口有点儿吓人，但隋聿只觉得有什么不对劲。

旁边的几个人都扑上来查看伤口情况，领队的队长皱着眉，摇头看他，一脸恨铁不成钢的模样。伤口还在不停地往外渗血，跟在旁边的女孩子拉着他去旁边包扎，缠纱布的时候忍不住抬头看他，小声地问他疼不疼。

隋聿愣了愣，他缓慢地抬眼，表情有些迷茫。他终于发现到底是哪儿不对劲了。是伤口，皮开肉绽、一直不断往外渗血的伤口。

他一点儿都不疼。

赶到医院的时候，急诊大夫眼睛睁得很大，在伤口上上了几次麻药后，还一直嘱咐他："缝针的时候可能会有点儿痛，你可以鬼哭狼嚎，但是不要动。"

隋聿是个很听话的伤员，缝针过程中他连眉头都没皱一下，结束之后医生专门送他到门口，扶着门框夸他："你真能忍，缝针都不哼一声的。"

隋聿干笑了两声，然后穿过急诊室的走廊，陷入沉思。现在有这么几种情况：第一，他的神经系统可能出现了问题，导致他失去痛觉；第二，他真的很能忍；最后一种，他早上喝的冰美式里掺了某种新实验药物。

"鸭脖你也不吃吗？"吃完一整个鸭腿的人举着鸭脖小声地问他。

而安的话把隋聿拉回现实，隋聿看着眼前的烧鸭，然后视线停在而安悬在半空中的手上。

"今天你的手是怎么弄的？"

而安第一次见隋聿的语气如此严肃，他收回拿着鸭脖的手，眨了眨眼，极其刻意地转移话题："你不吃鸭脖也不吃鸭腿，那你吃不吃鸭屁股？"而安一边说一边低头笑，他觉得今天自己的幽默细胞十分强大，但隋聿好像并不吃这一套。

隋聿脸上没什么表情，他伸出手，把桌上的烧鸭推到一边："我再问你一遍，你的手是怎么弄的？"

而安有点儿愣住了，他第一次见到隋聿的时候是逆着光的。他躺在地上，睁开眼的时候，周围的一切都亮得刺眼，只有隋聿是藏在光里的。当时他几乎是瞬间就想亮出丘比特的身份，掏出小箭给隋聿看。如果隋聿想，他甚至愿意违反规定，把自己的证件照也给隋聿看。但是现在看着隋聿的脸，而安有一种很奇怪的感觉，他好像不想承认自己是丘比特了，他想当一个正常又普通的人类。

"就是不小心划破了。"而安偏过脸，不再看隋聿。

两人之间一阵沉默，而安低着头，始终不说话，时不时会抬头瞥隋聿一眼，在即将对上视线的时候又迅速低下头。桌上的烤鸭歪七扭八地摆在盘子里，过了会儿，隋聿站起来，看着而安的头顶，说："还想接着吃的话去用微波炉热一热……微波炉会用吧？"

"会。"而安小声地说，"当然会。"

隋聿点点头，淡定地走到卧室门前，推开门，进去后不轻不重地把门关上。

在听到厨房里微波炉启动的声音之后,隋聿坐在床上,仰着头盯着天花板,叹了口很长的气。隋聿用了几分钟时间,重新调整好心情,然后打开电脑,十分平静地在搜索栏里输入了"丘比特"三个字,第一次认真地浏览了关于丘比特的所有资料。

全是国外的资料,隋聿连着翻了好几页,视线最后停留在页面右边的图片上。

那是一个丘比特小泥像,全身雪白,过长的头发微卷,垂在眼皮上,再往下看……泥像没穿衣服。隋聿"啪"地把屏幕盖上,坐在位置上缓了一会儿,又把屏幕打开,半眯着眼迅速关掉网页。

"什么丘比特……就算编瞎也得入乡随俗说个月老什么的,说瞎话都不会。"隋聿撕开一颗话梅糖丢进嘴里,表情复杂。

第五章

救命恩人

由于隋聿手受伤,第二天局里给他放了假。中午,刘一锋给隋聿打了个电话,明着说是要让隋聿注意身体,但话里话外都透露着另外一层意思。准备挂电话之前,刘一锋在电话那头叹气,说:"你看看你,折腾自己,放着阳光大道不走,非得去撞破头。"

"看来主任消息不太灵通啊,我受伤的地方是手。"隋聿笑着接话,"我脑袋还行。"

刘一锋沉默了两秒,挂断了电话。

隋聿没太多时间思考刘一锋的话,客厅里响起敲门声,没过几秒,隋聿听见而安很高兴的声音:"隋聿,轻轻姐来啦!"

隋聿愣了愣,拉开卧室门,看见正在玄关处、表情复杂的隋轻轻。

"你来干吗?"隋聿的语气不太客气。隋轻轻也不在意,她看了一眼而安，走到隋聿身边，扯了扯他的袖子，压低声音道："进屋说。"

隋聿抬起眼，看见正在关门的而安，他身上还穿着刚来的时候自己随便丢给他的睡衣。

"就站这儿说吧。"隋聿说。

隋轻轻简直要气死，她使劲冲隋聿使眼色，但这人压根儿没看她。隋轻轻被逼得没办法，只好又扯了扯隋聿的袖子。隋聿装作没看见，但是客厅里有个乖巧的，隋聿看着而安坐在客厅穿鞋，过了一会儿，他推开门，扭过头对他们俩说："你们说话我不偷听，我下楼转转。"

门很快关上，隋聿听见越来越远的下楼声。

"你满意了？"隋聿垂眼看隋轻轻。

隋轻轻松开手，身体靠着墙，双手抱胸看着隋聿："从我看见而安手流血，到跑到医院门口，总共就十几分钟，他的伤口就愈合了——你听见了没？这是什么光合作用吗？正流血呢，晒晒太阳就愈合了？你是警察，你见过这种事吗？"

隋聿站着没说话，隋轻轻盯着隋聿的脸。

"你说他没有名字，找不到身份证，也查不到户口……

"你就真的一点儿没多想吗？"

"想了。"隋聿垂在身侧的手动了动。

隋轻轻往前走了一步，她抿着嘴，有些紧张地继续问："然后呢？"

自从入了秋，老天爷也开始变得阴晴不定，没关严的窗户被风吹开，厚重的亚麻窗帘也跟着飘起来，一副要变天下雨的样子。隋聿偏头看着窗外铁青色的天空，手揣进口袋里，摸到半盒烟。

"他说他是丘比特,"隋聿笑了笑,顿了几秒后转过头看着隋轻轻,无所谓地耸了耸肩,"我信了。"

"成……就算他是丘比特,那是神仙吧?我叫大师过来看看也没什么问题。神仙嘛,说不定大师见到人还要'扑通'跪地,顺便再磕几个头。"

隋轻轻看着隋聿,顿了顿,还是把一直想问的话说出口:"你怕什么呢?"

"没怕什么。"隋聿把窗户关紧,没看隋轻轻的脸。

嘴上这么说,但隋聿心里是没底的,他作为一名警察,从小坚信这个世界上没有科学解释不了的事情。

隋聿在之前二十五年一直都是这么认为的。

外面的雨终于下下来,隋聿转过头看着隋轻轻,伸手揪着她的后衣领把她往门口拽:"我送你到楼下打车——"

"我还没说要走呢!"隋轻轻伸长了胳膊反抗,但隋聿的脑袋一偏,躲开了。

一下雨,楼道里的霉味迅速窜出来,隋轻轻下楼的速度很慢,还时不时回头看着隋聿,想要说什么。可隋轻轻还没来得及张嘴,隋聿就抬起手朝她小幅度地挥了挥,低声说:"下你的台阶吧。"

隋轻轻三两步蹦下台阶,她秉承着不抛弃不放弃的精神,想要最后再劝隋聿一次。

"隋聿……"隋轻轻转过身,皱着眉喊隋聿的名字。她停了两秒,隋聿的视线也没有落到她身上。隋聿站在台阶上,目光越过她的头顶看向右前方。隋轻轻闭上嘴,跟着隋聿的视线扭过头。

细密的雨丝在水泥地上留下小片深色水渍,而安背对着他们,站在花坛前某个生锈了的活动器械上,两只手捂着耳朵,身体随着晃动的脚踏板摇摇摆摆。隋聿始终没出声。直到瞥见站在楼道里的两个人,而安才转过身,用口型问他们:"你们的谈话结束了吗?"

始终保持沉默的隋聿终于点点头,而安放下捂着耳朵的手,小跑着来到他们俩面前。

"你们说的话我一句都没听见,我捂着耳朵呢。"而安看着隋聿,轻轻挑眉冲他使眼色,小声炫耀道:"你知道的,我听力很好。"

隋轻轻压根儿不用回头看隋聿的脸,也知道这个坑隋聿是栽定了。隋聿不但会栽,还会在跳进去之后自己把土填上,确保自己被埋得严严实实。作为姐姐的隋轻轻心情复杂,她这个弟弟是真的出息,从小到大都没什么朋友,现在倒是成为交友达人了。

不但有朋友了,这个朋友还有可能不属于灵长类这个物种。

"是,你听力好。"隋聿的脸上没什么表情,他伸手把而安拽到自己身后,才终于腾出时间看向隋轻轻,对她客气并有礼貌地下逐客令。

"没别的事你可以先走了。"隋聿完全不给隋轻轻留话口,话刚说完就侧过身给她留出离开的位置。

隋轻轻好歹是当姐姐的,虽然从小到大没干过太多靠谱的事,但也不希望弟弟会被不知道从哪儿来的"神秘物种"欺骗。

"你这么大人了,交什么朋友也不需要我来多嘴,但是最起码,你得确保自己的人身安全,叔叔婶婶就你一个孩子——"隋轻轻瞥了而安一眼,顿了顿接着说,"你是警察,这种事应该不用我提醒你。"

隋轻轻这一番话说得真心实意,隋聿身体紧绷,他看着隋轻轻,点头说:"知道。"

外面的雨越来越大，等到隋聿轻轻完全消失在小区门口，隋聿才转过身，看着一直安静地站在他身后的而安。还没等隋聿开口，而安表情严肃地看他，问："你会有危险吗？"

隋聿没回答，只是垂着眼盯着他看。

而安自认为对揣摩人心很有一套，他扒拉着隋聿的手背，轻轻地拍了两下之后，义正词严地说："别担心，有我在，我会保护你的。"

也不知道是不是妖魔鬼怪都这么蠢，下雨天也不知道找个树荫躲躲，站在空地上全身都淋湿了。隋聿看了而安一会儿，抬起手抹掉他眼皮上的水珠。

"明天所里要出任务，我也得过去。"隋聿放下手，"等会儿再买点儿咖喱面包。你还想吃什么也都买了，没什么事的话就不要出门……有人敲门也别开。"

而安缓慢地眨了眨眼，怔了怔才开口问："为什么？"

"没什么，你听我的就好了。"隋聿别开脸，简单地终止了这场对话。

隋聿不是什么别扭的性格，小时候在商场看见价格昂贵的小汽车也会迈不动步子，直到走出老远的父母折返回来，隋聿还会仰着脑袋说想要买。家里不富裕，每个月去掉生活费和他的学费，父母也剩不了多少钱。

父母说不行，隋聿也不伤心，点点头就能继续往前走。

小时候不那么别扭的人，活了二十多年之后倒是很多话都说不出口了，比如他没办法告诉而安，他是担心大师真掏出个什么法器把你逮走了，或者你会被某个保密机构抓去做实验。所以想来想去，他说出口的只有干巴巴的一句"你听我的就好了"。

但是隋聿也没想到而安真的这么听话。

他每天早上洗漱完准备出门上班的时候而安才起来，然后会坐在沙发上盘着腿冲他摆手道别；晚上他回家的时候，而安还坐在原位，只是桌上多了一瓶喝了一半的牛奶，还有几个装面包的塑料包装袋。如果说刚开始隋聿还会感慨而安的乖巧听话，那么几天之后，看着而安的脸，隋聿只觉得自己像个私自囚禁他人的大变态。

说白了，他不让而安出门，好像也是为了他自己，独处挺自在的，但当身边出现了能让自己笑出来的人之后，自在开始变得没有那么重要。

所以而安给他递饼干的时候，隋聿没接。他没接，而安的手也没收回去。不知道姿势保持了多久，而安抿了抿嘴，一点点把手收回去了。在隋聿准备开口的时候，他看见而安把右手里的饼干放到了左手上，接着抬起头，手重新朝他递过来。

隋聿看着而安，五秒之后放弃挣扎，把饼干接过来。下一秒，而安弯着眼睛冲他笑。

"你不是有个住在庙里的朋友吗？你想不想去找她玩？"

听见隋聿的话，而安顾不上塞了一嘴的饼干，含混不清地开口说："我现在可以出门了吗？"

隋聿觉得自己更像个大变态了。

"你想去的话，明天下午我早点儿回来，送你过去。"隋聿把饼干放下，没看而安的脸，转身走进卧室，关上了门。

客厅里很安静，电视里正在播的电视剧进入广告时间，屏幕里两个穿着西装的年轻人正语速很快地介绍一款手表，真金真钻，表盘原料是翡翠，原价一块是13999元，现在一块只要1399元。

而安知道隋聿不高兴了，但他并不知道原因，可能是工作上受了老板的气。而安坐在沙发上，盯着电视里说得面红耳赤的一对男女，屏幕右上角是正在倒数的数字，他们的表卖得很快，原本还有一千块，一分钟过去就剩下九十九块了。

而安希望隋聿能开心一点儿，所以他放下饼干，把手机拿出来，照着电视屏幕下方的数字一个个输在手机键盘上，又检查了几遍，按下了拨通键。

电话打了几遍才打通，而安说自己想要一块男表，但对面的小姐姐很贴心，说现在还有买一送一的活动。

"那可以要两块男表吗？"而安在电话那头小声地说。

"当然可以呀。"

而安开心地报了地址。晚上吃饭的时候，因为即将和隋聿拥有同款手表，他忍不住偷笑，有一次还笑出了声。隋聿有些茫然地看着他，在而安又一次吃着包子"扑哧"笑出声之后，隋聿皱着眉用手背贴了贴而安的额头。

"你没事吧？"隋聿问他。

而安又咬了一口包子，语气里有些得意："我要给你个惊喜，但是你现在不能问我……明天你就知道了。"

第二天，隋聿收到了两块镶着劣质水钻、表盘涂着某种绿色涂料的大金表。路过他工位的老魏伸长脖子看了一眼，含在嘴里的瓜子皮直接喷了出来。

"可以啊小隋，大金链子大金表，你这一下子都齐全了。"

隋聿还没来得及发作，桌面上的手机振了两下，隋聿点开，第一条短信是他绑在而安手机上的信用卡消费提醒，当前信用卡消费额为 1399 元。

第二条短信也很快跟上，是而安通过 Wi-Fi 网络发过来的，蓝色对话框里写着：惊不惊喜！开不开心！

没多久，整个派出所都知道了，原来平时黑着脸的帅气警察是会被土到掉渣的劣质手表击中内心的，不但喜欢，而且还会掏钱买，一买就买两块。隋聿把那两块手表塞进抽屉，假装无事发生似的开始整理前几天在市局经手的案子，但总有人不愿意见他安生。

魏民滑着椅子跑到隋聿身边，伸手推了推隋聿的肩："你那块阔气的大金表呢，怎么不戴啊？我还想长长眼呢。"

"你能不能闭上嘴？"隋聿皱着眉斜眼看他，虽然气势有了，但耳朵却忍不住发烫。两块破表这么贵，这一下就是小半个月的工资，隋聿瞥了一眼还亮着的手机屏幕，打算把这笔钱从而安的伙食费里扣除，而安后面这三个月都别想吃一口咖喱面包。

而安并不知道这个噩耗，他拿着手机盘腿坐在地上，眼睛紧紧盯着手机屏幕。

距离他发短信给隋聿已经过去五分钟了，但他并没有收到想象中隋聿激动万分的回复和感谢，甚至连个标点符号都没有。有那么几秒钟，而安觉得这份礼物隋聿可能并不喜欢，但他很快否定了这个想法。因为电视里的人说得很清楚，这块表老人、小孩儿都喜欢，尤其是成功人士最适合佩戴。

隋聿就是成功人士，所以他不可能不喜欢。

自己很难琢磨出隋聿这种成功人士的想法，而安打电话给绮丽求助，但绮丽现在的状况显然比他更差，接通电话还没多久，而安就听见绮丽在手机那头叹气："我教不了你，你自学成才吧。"

而安愣了愣，有些疑惑地问："为什么啊？"

"没什么。"绮丽停顿了两秒，再开口的时候有些做作地大笑几声当作前缀,"我用几个月的时间跑到深山老林里的寺庙,居然还痴心妄想觉得自己能接近一个修行的人,你觉得我这种智商还能教人吗?"

而安没说话,绮丽也开始沉默。而安不擅长安慰人,他憋了半天,才小声地问:"要不要我去陪陪你?"

"不用,没什么可陪的,我现在收拾东西准备撤了。"绮丽那头传来行李箱碰到地板的声音,"你呢,你那边怎么样?"

"目前进行到推心置腹的部分了,我本来觉得还挺好的……"而安低着头,右手不自觉地开始揪地毯上的毛,"但是我昨天给他买了礼物之后,他一点儿反应都没有。"

绮丽吸了吸鼻子,哑着声问他:"你买了什么啊?"

而安看着手里终于被揪掉的一大撮毛,又垂眼看了看秃掉一块的地毯,表情复杂地眨了眨眼。

"手表。"而安走到窗户边,把手里的毛丢到窗外毁灭掉证据之后,又补充道,"不是普通的手表,是很适合成功人士的那种手表。"

绮丽在电话那头叹了口气,感慨道:"他好难讨好,手表都不喜欢啊。"

而安罕见地没有替隋聿辩解,因为他也觉得隋聿有点儿难讨好,或许是因为隋聿真的是个很酷的人,已经完全脱离凡夫俗子的行列,视金钱和奢侈品如粪土。想到这一层,而安对隋聿多了一些敬佩。

眼看着绮丽老师也跌落神坛自顾不暇,而安只好选择挂断电话。在挂断电话之后,而安马上去看手机短信,但隋聿还是没有回复。估计全世界的物种都讨厌等待,而安的手心不自觉地开始出汗,他浏览了一下号码簿里的几个人,最终拨给了在他心里第二会推心置腹的人。

第一个电话没打通,而安想了想又拨了第二遍,电话提示音响到第三声的时候被人接起,对面的人没说话,但而安能听见很微弱的呼吸声。

而安抿了抿嘴,小声地说:"轻轻姐,你现在忙吗?"

隋聿的右眼皮突然开始狂跳。

隔壁工位上的几个人正围在一起嗑瓜子,以魏民为首,一个比一个嗑得响,而隋聿的太阳穴突突地跳。在键盘上敲完总结报告的最后一个句号,隋聿有些烦躁地把键盘推到一边,眼角的余光瞥见暗下去的手机屏幕,隋聿想了想,把手机拿过来。

前一条充满画面感的短信隋聿实在不知道该怎么回,他知道而安没恶意,但要让他充满惊喜地回复"开心",他也是真的做不到。

"老魏,帮我给主任请个假,我头疼,先回家了。"

魏民这边应下来,隋聿背上包,一边往门口走一边给而安发了条信息,问他晚上想吃什么。

而安的短信几乎是秒回的,隋聿忍不住笑了笑,垂眼点开。

而安:*吃烤肉可以吗?*

隋聿刚打算回复,第二条短信也弹了出来:*算了,不吃烤肉了。轻轻姐说晚上吃烤肉会胖。*

隋聿刚看了几个字,下楼梯的步子一顿,反应时间没超过三秒,他把手机揣进口袋,抬腿往十字路口跑。

从小到大,隋聿一直听父母的话,遵守社会规则和法律,例外在这一天出现,他连着闯了三个红灯,中途甚至还撞倒了一个垃圾桶，而他没有去扶。隋聿几乎没办法控制自己的大脑，明明知道隋轻轻找的大师也不会是什么靠谱的人，但他就是忍不住担心，但是自己具体在担心什么，隋聿也说不清。

他唯一能做的，好像就只有迅速回到家。

所里好久没有体能训练，跑过三个路口，隋聿开始体力不支，两条腿越来越沉，嗓子里像是塞了大把大把的棉花，让他喘不过气。但隋聿没想过停，他拐进一条小巷，一面跑一面小声地对迎面走过的人说"抱歉"。

跑到单元楼门口，拉开单元门，一步迈过两三级台阶，隋聿看见虚掩着的门。

在警校上学的时候，来开讲座的一个教授讲，人在某些特殊情况下会失去理智，包括肉体上的刺激以及精神上的崩溃。而作为一名合格的警察，要随时保证自己的情绪稳定，心理强大。隋聿想要做个好警察，这个念头可能大部分源于父母日积月累的灌输，既然没办法成为一名刑警，地方警察也要做到最好。

隋聿这会儿突然意识到，他不是个合格的警察，因为在面对某个人、某些情况时，他精神崩溃，失去理智，只需要不到一秒。

人类的情感总是无比神奇，他会让无神论者开始向上帝祈祷，使唯物主义者相信这个世界上真的有灵魂存在。隋聿好像突然开始拥有这种情感，并且在推开门的那一秒，他确实在向某个跟他完全不熟的神祷告，希望躺在地上的那个人不是而安。

那个跟他不熟的神还蛮灵的，因为倒在地上的人确实不是而安。

是上次被隋轻轻带过来、被他堵在门外的大师。

而那个让他心慌意乱的始作俑者正站在茶几旁，表情有些迷茫地开口问他："……你怎么这个时间回来了啊？"

隋聿扫了一圈站在屋里的人，黑着脸把背包丢在地上之后，走到而安面前，有些用力地握着他的手腕："我是怎么跟你说的？我有没有说过，我不在家的时候你不要给别人开门？我……"

"这位先生，请你放尊重些。"一直躺在地上的大师突然坐起来，花白的胡子捋到脖子后，混浊的眼睛瞪得很大。

隋聿本来就一肚子火，他瞥了一眼站在沙发角落的隋轻轻，冷笑一声："老爷子，你搞错了吧？你带着几个人跑到我家，还要我放尊重些？"

"我是让你对这位小施主放尊重些，像小施主这种高人，怎么能被你我这样的人随便触碰！"老头儿站起来，掸了掸长袍上的浮灰之后，朝而安走近了一点儿，微微俯下身，"小施主刚刚看清了没？老夫到底有没有慧根？"

被隋聿挡在身后的而安探出脑袋，表情复杂地回答他："你耳朵里长了一撮毛，我看不太清……"

隋聿没怎么听懂，他偏过头，看着而安："你们在说什么鬼东西……"

"你不懂。"而安叹了口气，他往前走了几步，拍了拍老头儿的肩，说，"你得好好收拾一下，要不然我没办法给你看。"

老头儿点点头："是老夫唐突了，那等我回去把多余的毛发都剪掉之后，再来打扰您。"

隋聿："……"

大师带来的家伙真的不少，把散落在地上的符纸和香灰收拾干净之后，他带着两个徒弟又冲着而安鞠了一躬才离开。而安送他们到门口，还顺便送了两个咖喱面包当作回礼。

门关上后，屋里又是一阵诡异的沉默。

最先打破沉默的是而安，他走到隋聿身边，低着脑袋开始认错，态度诚恳。

"对不起，我不该不听你的话随便给人开门，下次一定不会了。"见隋聿没动静，而安抬起眼，小心翼翼地打量隋聿的表情，接着小声地说，"看在我送你手表的分儿上，你就不要生气了。"

手表这件事不提还好，一提隋聿的脑袋就开始嗡嗡响，但是而安这张脸的蛊惑性实在太大，隋聿一肚子火没地方发，停顿几秒，他看向站在沙发旁边的隋轻轻。

"隋轻轻，你没完没了了是不是？"

"我道歉，我的错，对不起。"隋轻轻说完之后，甚至还朝他鞠了一躬。

隋轻轻的道歉彻底把隋聿搞蒙了，他从小和隋轻轻一起长大，早知道隋轻轻是胡搅蛮缠、不见棺材不掉泪的类型，不要说道歉，就连承认错误在她身上也是罕见。

隋聿看了看而安，又看了看隋轻轻："今天真是撞了邪了。"

一直表情复杂的隋轻轻终于抬起头，她瞟了而安一眼，小声地重复："是，真的撞邪了。"

这是隋轻轻有生以来过得最离奇的一天。她背着隋聿带着大师找上门，而安开门之后神态自然，跟她说了几句关于手表的事之后，目光投向正在满客厅贴黄色符纸的大师。后来而安小声地说了句什么话，隋轻轻没听清，但是上了年纪的大师却听见了，他转过头，跟而安四目相对了几秒，然后就跪下了。

膝盖撞地砖，那个动静大得把隋轻轻吓了一跳。

再后来，事情就完全超乎隋轻轻的预料了。一大把年纪的老头儿，躺在地上让一个男孩儿看他的耳朵。隋轻轻从头到尾大气都不敢喘，那个场面，已经不能用诡异来形容。

而安觉得气氛不太对，而他一向是活跃气氛的好手。他低着头，看了一眼隋聿空荡荡的手腕："我给你买的手表怎么没戴上啊？"

"我能问你个问题吗？"隋聿终于有了反应。

而安仰起头看他，十分愉悦地点点头。

隋聿转过身，看着而安微笑："你给我买手表，是怎么付的钱呢？"

"我用了你的信用卡呀。"而安眨了眨眼，"你怎么那么笨，我又没有钱，怎么付？"

隋聿气得笑出来，他把手揣进口袋里，问而安："那怎么是你买给我的表？"

"因为有两块表，买两块的价格跟买一块的价格一样，所以一块是你自己买的，另外一块就是我送你的。"

而安的强盗逻辑让隋聿无话可说，男人的胜负欲在这个时刻突然迸发，隋聿捋了捋袖子，打算发表一次演讲，一次性把而安奇怪的逻辑全部掰正。但演讲还没开始，就被隋轻轻打断了，隋聿皱着眉看拉着他袖子的手，停顿几秒问："干吗？"

"你跟我过来。"隋轻轻的声音很小。她扯着隋聿刚走到客厅玄关，就听见而安在身后问："你们要说悄悄话吗？是的话我就下楼。"

要是以前，隋轻轻肯定觉得而安是在搞笑，但她现在还有点儿发怵，于是她转过身，神情复杂地看着而安说："那……那麻烦您，先出去一下吧。"

隋聿的视线一直停留在而安身上，直到他消失在门口。

"隋聿你是不是有病？你知道现在是什么情况吗？你还在纠结两块破表是谁付的钱？"隋轻轻伸出手连着戳了隋聿好几下，直到隋聿"啧"了一声把她推开。

"现在是什么情况？"隋聿看着隋轻轻，倚着墙笑着说，"不就是你找来的大师要拜而安为师了吗？"

隋轻轻被哽住，她抿了抿嘴，低头发了会儿呆，才重新抬起头。

"先让我捋一下啊，而安能看得见倒扣在桌上的扑克牌，也能看得出来一个人是不是真的有慧根，连那个什么编号……"

"03276。"隋聿插了句话。

"对对，03276，这个编号如果也是真的……"隋轻轻琢磨了一会儿，接着抬手扶着墙，"所以，他说他是丘比特，该不会是真的吧？"

"不对，不对。"隋轻轻很快推翻了自己的说法，她看着隋聿，笑着说，"我也是看过书的人，丘比特，不就是射箭的，他的箭呢？"

隋聿伸手叩了叩卧室的门，给了隋轻轻致命一击："在我的床头柜里。"

隋轻轻彻底放弃挣扎，她动作僵硬地转过身，额头抵着墙，有气无力地嘟囔："让我缓一缓。"

在隋轻轻怀疑世界的时候，隋聿也陷入了沉思。就在刚才他才意识到，自己好像根本不在意而安的身份。每天柴米油盐也好，被网上购物欺骗也好，听而安胡言乱语也好，自己似乎都可以接受。

"隋聿。"隋轻轻还保持着刚才的姿势没变，声音比之前平静了一些,她停顿了几秒,开口问,"你真的相信吗,世界上有丘比特?"

"我之前说过了。"

"他说他是丘比特,我信了。"

隋轻轻转过身,对上隋聿十分平静的脸。

"晚上就吃烤肉了。"隋聿往门口走,手指碰到门把手的时候,扭头冲隋轻轻笑了笑,"丘比特说了他想吃。"

吃到烤肉的而安很满足。在吃掉第二条五花肉之后,而安抬起头,看着坐在对面跟酒精战斗的隋轻轻,有些担心地开口问她:"你这么喝酒真的没事吗?"

"能有什么事?"隋轻轻的脸颊发红,视线也变得不太清明。她的下巴抵着酒瓶瓶口,打了个酒嗝儿,"我七岁就开始偷喝我爸放在冰箱里的啤酒了,十九岁我就一个人干了一瓶五十三度的酱香白酒。别的女人是水做的,老娘是酒精做的。"

而安对这个话题很感兴趣,他转过头,眼睛盯着拿着夹子烤肉的隋聿。

"瞎看什么?"察觉到而安的视线,隋聿小幅度地弯了弯眼,把刚烤好的一小片牛舌放进而安的盘子里。

"隋轻轻说她是酒精做的,我在看你是什么做的。"而安又看了隋聿一会儿,接着若有所思地"哦"了一声,上扬的尾音拖得很长。"哦"完那一声,而安重新坐好,拿着筷子对盘子里的牛舌进行攻击。

隋聿发誓,他对而安这种幼稚又小儿科的手段完全不感兴趣,但时间过去五分钟,而安好像完全忘记了刚才的话题,咬着一片生菜一点点吃着。隋聿只觉得全身难受，眼角的余光瞥了一眼正认真地吃生菜的而安，有些刻意地清了清嗓子，问他："刚才你不是说要看我是什么做的吗……你看出来了没？"

因为跟炉子靠得近，而安的鼻尖和额头都出了汗，听见隋聿的话，他笑着抬起头，眼睛很亮。

"当然是肉做的了。"而安脸上的笑意收不住，嘴角恨不得咧到耳朵根，他用油乎乎的手拍了拍隋聿的肩膀，笑眯眯地说，"隋聿你也太傻了吧。"

隋聿的脸以肉眼可见的速度黑下来，他看了一眼而安搭在他肩上的手，憋了半天只说了一句："把你的油手收回去。"

"就不收。"肉壮尿人胆，而安一边说，一边抬着下巴，手又在隋聿的身上抹了几下。

看着衣服上深一道浅一道的油渍，隋聿深吸了一口气："我再说一遍，把手收回去。"

"就不。"

"最后一遍。"

"就不，就不。"

隋轻轻仰头喝了半瓶清酒，她开始对这个世界产生巨大疑惑。她弟弟，好歹当年也是高分考进警校的，现在就像是降低了智商一样跟人家来回争"把手收回去"这件事。而安就更奇怪了，奇怪到隋轻轻都不知道怎么开口评价。

"而安，你们丘比特没什么考试吗，像我们公务员考试一样？"

而安在地毯上笑得东倒西歪，在和隋聿玩"收不收手"的游戏时，完全抽不出时间来回答隋轻轻的问题。隋轻轻简直没眼看，她拿了半根胡萝卜，敲了敲烤肉盘，说："你俩差不多得了，肉都煳了。"

隋聿抓住而安的手腕，抽空回头看了她一眼："你可以自己翻。"

"真是世态炎凉，有了'神仙'就忘了姐。"隋轻轻咬了一口胡萝卜，嚼了几下发现自己实在咽不下去，最后只能吐进旁边的垃圾桶里。

"而安，你要真是丘比特，你就该做点儿自己该做的。"隋轻轻用手托着脸颊，冲而安使了个眼色，"我也老大不小的了，你帮姐姐看看，我到底什么时候能嫁出去。"

而安没接话，但隋聿还是捕捉到他突然抿直的嘴角。

隋轻轻的酒劲上来，她就是要而安帮她看，最后甚至撑着桌子站起来，身体越过烤炉，把脸凑得更近："是不是看不清？我离近一点儿，你帮我瞧瞧……就算说不准什么时候能嫁出去，帮我看看什么时候能有桃花运也成。"

隔着不断往上冒的白雾，而安看着隋轻轻的脸，她和隋聿的眉眼有点儿像，只是隋聿的眼型要更长一些。对视超过十秒，而安还是没什么反应，隋轻轻撇着嘴，语气里带着调侃："不是吧，这都看不出来？那要不然你随便预言一下？说点儿我不知道的，也让姐姐出去跟人嘚瑟嘚瑟。"

由于而安的沉默，氛围变得有些尴尬，隋轻轻自觉没趣，咂了咂嘴重新坐下去，仰头喝了一口手里的酒。

"徐放。"而安突然开口，他看着隋轻轻，小声地说，"徐放姐好像快要死了。"

烤盘上烧煳的牛舌边缘焦黑，深灰色的烟飘到天花板上又散开。大概有五分钟没人说话,客厅里安静到只能听见烤盘上的声音。最后还是隋聿先把烤盘关掉,十分生硬地转移话题:"有人要吃泡面吗?"

"我有点儿喝大了,就先回去了。"隋轻轻把酒瓶放到地上,撑着膝盖晃晃悠悠地站起来。隋聿也跟着站起来,走到衣架旁拿外套:"我送你。"

"不用。"隋轻轻没回头,只是摆了摆手,"你好好陪着而安就行。"

门关上后,隋聿站在门口半天没动,过了半晌,他听见而安小声地问:"我是不是说错话了?"

隋聿重新回到客厅,坐在而安旁边。而安嘴上糊了一层油花,在灯光下看起来亮晶晶的。隋聿抽了张纸递给而安,而安接过来,隋聿看着他,笑了笑说:"没有。"

而安的表情愣愣的,隋聿停了停,才接着说:"你说得太突然,她可能是没办法接受,毕竟她和徐放关系很好。"

"我知道的。"而安移开视线,他双手抱着膝盖,眼睛盯着烤盘上那片孤零零的牛舌,"轻轻姐说过,男女关系实际上并不牢固,她失恋的那天遇到徐放姐,徐放姐收留了她。某种程度上来说,徐放姐是她的救命恩人。"

而安这话说得已经很透彻了,隋聿没什么要补充的,他坐在旁边点点头。

"那你呢?"而安突然开口。

隋聿怔了怔,他转过头,意外地对上而安很亮的眼睛。而安看了他一会儿,两只手放在膝盖上,语气罕见地认真:"你有救命恩人吗?"

而安的表情比之前都要严肃，但隋聿还是能从他抿着的嘴角上看出一丝期待。隋聿好像知道而安在期待什么。但隋聿什么都说不出来，也没办法再看而安的眼睛，他只能强迫自己挪开视线，从桌子底下拿了瓶啤酒，易拉罐"砰"的一声被拉开，就像点燃了空气里的某种易燃物质。

"看来你没有。"而安垂着眼笑，手指又不自觉地开始揪地毯上的毛，"你和隋轻轻虽然是姐弟，但是你们俩一点儿都不一样。你看起来没有失过恋，自然也不需要有人来救你的命。"

隋聿握着易拉罐的手不自觉地用力，他看着而安坐着的那块快被薅秃的地毯，最终还是叹了口气，出手解救："你别揪地毯了。"

隋聿把而安的身体摆正，面向自己，组织了好一会儿语言才开口说："隋轻轻突然逃跑是没办法接受事实，你看她那个疯样子，实际上她的身边，能跟她通宵聊天的人也只有徐放，她肯定要缓一缓——"

"你还是没有回答我的问题。"而安打断他，但始终低着头，"我刚刚在问你，你有没有遇到过像救命恩人一样的朋友？"

隋聿松开握着而安的手，停顿两秒，说："可能有吧。"

听到答案，而安抬起头，隋聿能清晰地看到而安的眼睛亮了一下。

"我知道了，你跟轻轻姐一样，也需要缓一缓，才能把我当作救命恩人一样的朋友，对吧？"

隋聿被哽住，而安对话的解读一向很奇怪，他不知道而安是怎么把两个字的答案延伸到这一步的。隋聿罕见地露出有些局促的表情，他仰头连着喝了几口啤酒用来拖延时间，但眼角的余光还是能看到一脸期待神情的而安。

交朋友这件事好像是人生必修课，人这一辈子从小到大，好像得有几个酒肉朋友，再搭配几个知心好友才算体面。在警校上学的时候，这种情况变得更加明显，由于学校男女比例失衡，一个宿舍里的八个人会出现几个不同的小团体。

隋聿好像对这种状态没什么看法，所以他成了学校里被孤立的那个，也觉得没什么大不了的。警校的学习艰苦，只不过是几个人一起抱团取暖罢了，出了校门大概率都会分道扬镳。

隋聿没觉得自己有多么需要朋友，因为他既不需要抱团取暖，也不觉得生活艰苦。

于是保守的警察放下酒瓶，转过头看着而安，用极其轻松的语气问他："你想不想看电影，关于超级英雄的？"

而安愣了一下，很快被隋聿提出的电影带偏："超级英雄？"

"对，就是那种有超能力的人，有的会喷火，有的会飞……"

"会飞？那就跟我一样。"而安表现出了很明显的兴趣。

隋聿点点头，接着他的话说："对，跟你一样。你想不想看？"

而安拿了张纸把嘴擦干净，接着扭头冲隋聿笑了笑说："好啊。"

没有人能逃过超级英雄的电影，就算是隋聿也不例外，虽然父母拒绝带他去看各种国外大片，但上了大学之后，隋聿还是在寝室里狠狠地恶补了相关知识。警校的学生多少都带点儿个人英雄主义色彩，看这种电影更是热血沸腾，晚上一个个睡不着觉，要不就全都在梦里拯救世界。

隋聿精心挑选了自己最喜欢的一部电影放给而安看，但电影进程过半，而安似乎没有受到半点儿英雄主义的熏陶，反而陷入了购物旋涡。

"这个人脚底下踩的是什么？商店里有卖吗？"

"这个眼镜好酷，但他为什么只戴一只眼啊，不会看不清吗？"

"他的翅膀好好看，隋聿，我也想要。"

在而安准备说出下一个想要拥有的东西之前，隋聿拿了包薯片，撕开包装塞进而安的怀里："你吃点儿东西吧。"而安很愉悦地应下来，隋聿瞥了一眼安静地吃薯片的而安，摇头笑了笑。

这部电影哪怕看了许多次，在背景音乐响起时，隋聿还是会热血沸腾。镜头推进，扇着翅膀的猎鹰再次出现在视野里，隋聿还没来得及沉浸其中，就听见坐在旁边的人口齿不清地感慨："哈，他还没我飞得高。"

"……"

隋聿偏过头，透过蓝色光线看而安。而安好像没有发现，依旧在很认真地吃怀里那包薯片。

"你除了看上人家的翅膀、眼镜和加速器以外，就没有别的想法了吗？"

"有啊。"而安转过头，他看了隋聿一会儿，弯着眼睛笑了出来，"我在想，让我成为你的救命恩人这件事能不能别拖得太久啊。"

当晚隋聿又开始做梦，刚开始的梦境剧情和他上大学那时候差不多，他跟着超级英雄一起拯救世界。那是个大场面，几个人对着钢铁大楼一通乱轰。后来剧情走向逐渐变得怪异，是因为楼顶上方突然冒出来丘比特，他一头黑色鬈发，身上有着巨大的黑色金属翅膀。

丘比特落地之后,说的第一句话是:"隋聿,你看我的翅膀好不好看?"

隋聿睁开眼,搁在床头柜上的闹钟时针指向"5",天还没完全亮,透过窗帘投在床沿上的光白得像雪。这下隋聿完全睡不着了,他用力地揉了几把头发,趿拉着拖鞋推开卧室门。

客厅比卧室要亮,沙发边上的落地灯开着,在天花板上晕染出鹅黄色的光圈。隋聿走近了些,看见坐在地毯上的而安,他低着脑袋,右手下面压了一张纸。

从隋聿见到而安开始,而安就总是胡言乱语,只有在吃东西的时候比较安静。其实而安安静的时候看起来很像个普通人,做某件事的时候会皱眉头,唇角抿得很直,眨眼的频率会变低。

隋聿站在玄关处看了而安好久,久到时钟在六点整时报时,声音吓了隋聿一跳。

隋聿脱口而出的脏话引起了而安的注意。隋聿对上而安抬起来的眼睛,有些做作地咳了两声,然后伸了个懒腰走过去,说:"你起得这么早?"

而安点点头,看着隋聿很认真地说:"你也很早啊,光在那儿站都站了快五十分钟了。"

"你看见我了?为什么不叫我?"隋聿坐在沙发上,脸上没什么表情。

而安转过头看着隋聿,很快回答道:"你不是在看我吗?"

隋聿怔了一下,在他们每次对视的时候,最先投降、移开目光的都是隋聿。这次也一样,在明暗交错的空间里,隋聿最先竖起白旗。

"所以你起这么早,在干什么?"

听见隋聿的话,而安很听话地把身体往后靠了靠,露出白纸上用水笔勾勒出的线条:"我在画昨天在电影里看到的那对翅膀,我打算工作的时候问问管理员,看看能不能给我定做一对。"

"你要回去工作了?"隋聿的尾音上扬,显得有一些怪异。

而安点点头:"对啊,我的休假快结束了。"

"这是最后一周了。"而安说。

隋聿愣在那儿,半天都没说话。

他以前认为而安是个累赘,因为而安可能是精神病患者。而安也可能是社会的潜在威胁,所以他把而安安置在家里纯粹是为了工作。他给而安买好吃的是为了安抚,买手机是为了随时掌握而安的行踪,带而安去玩娃娃机和看电影是为了……

思路突然卡壳,隋聿想不出来了。

"所以,你要回去了?我的意思是,你要回到你原来的地方去?"

"还不知道呢。"而安摇了摇头,拿着笔在纸上又添了一条弯曲的线,"要看工作执行地在哪儿。"

隋聿没再说话了,他坐在沙发上,看着而安把那副歪歪扭扭的翅膀画完。天光大亮,刺眼的天光完全遮盖了落地灯的黄色光。挂在墙上的时钟再次整点报时时,隋聿动了动有些僵硬的手臂,他站起来,走到浴室洗漱,开始以往重复无数次的准备工作。

临走的时候,隋聿站在门口,犹豫了半响,还是对而安说:"我上班去了。"

"好。"隋聿听见而安很小声地回答他。

在派出所,隋聿是个难使唤、脾气又大的人,为数不多的优点之一大概就是每次交代的工作都能完成得很漂亮。

魏民摘掉眼镜，把手里的报告卷成纸筒，在隋聿面前用力地敲了两下："你到底有没有听我说话？"

"有。"隋聿回过神，他看着魏民有些下垂的眼皮，停了几秒，接着说，"你刚才说什么？"

"大哥，今天你是怎么搞的？写份报告都这么费劲？"

魏民除了生气，还真的有点儿担心，他算是看着隋聿进到所里工作的。起初隋聿并不负责报告撰写，但后来所长发现他真的有这方面的能力，才专门把这项工作交给他来做。这么多年过去，他们所里的报告撰写几乎没有出过错。

"是不是生病了？"魏民把手背贴在隋聿的额头上，感受了会儿温度，然后把手拿下来，"没发烧啊。你眼睛不舒服？"

"没。"隋聿声音很低，"可能是要变天了，闷得有点儿喘不过气。"

魏民坐在一边叹气，手搭在隋聿肩上，小声地说，"你可得注意，刘一锋本来就看你不顺眼，你工作再出错，小心他给你穿小鞋。"

隋聿知道魏民是替他着想，他冲魏民笑了笑："知道了。"

看着隋聿，魏民的表情变得有些复杂，过了一会儿，他戴上眼镜站起来，捏了捏隋聿的肩头："不想笑就别硬笑，笑得比哭还难看。"

隋聿脸上的笑容瞬间消失。

说实话，他这会儿的心情极其糟糕，糟糕到完全没耐心整理报告。可能是因为昨天晚上怪异的梦，很差的睡眠质量，还有好像随时都会离开的而安。隋聿有点儿生气，他在气而安，为什么快要走了也不提前跟他说一声。

好歹自己也好吃好喝地养了他这么多天。

隋聿走到门口，一口气抓了一把话梅糖，一股脑儿全都倒进嘴里。才刚晚秋，气温明显变凉了，风吹过的时候，暴露在空气中的皮肤会突然缩紧。

嚯，看来老天爷真是随心所欲啊。隋聿仰头看天，找了一片看起来最漂亮的云，嘟囔："你这么没有责任心是吧？想来就来，想走就走——"

"你瞎念叨啥呢？"不知道什么时候，站在隋聿身后的男人突然开口。

隋聿回头看了一眼，低着脑袋喊了声"所长"。

所长也纳闷，学着隋聿的模样抬头看了一圈，什么也没看见。

"没事赶快把报告整理完，整理完了你想上天入地我都不管……哦，对了。"所长抬起手，指了指不远处的花坛，"那儿有个小孩儿，说是找你的。"

顺着男人手指着的方向往外看，隋聿看见了站在花坛边上的人。

而安穿着他前天刚洗好的深蓝色外套，伸长了胳膊冲他打招呼。

隋聿的心情很离奇地变好了一些。

他小跑过去，站在而安面前，明明一肚子话想说，但最先说出口的偏偏是语气不善的问句。

"你怎么来了？"

而安并不在意，他晃了晃手里的布袋子，笑着说："我来跟你一起吃午饭。"

隋聿看着而安蹲在花坛边上，把饭盒从布袋子里拿出来，然后掀开盖子。隋聿看到了被切成各种奇怪形状的咖喱面包。而安转过头，冲他挑了挑眉："我做的，怎么样？"

把做好的成品面包放在盘子里切开并不能算是你做的，隋聿心里这么想，但他没有说出口。顶着冷风，隋聿坐在花坛边上，和而安一起吃正在不断往外流出咖喱馅的面包。偶尔有隋聿认识的同事好奇地往他们这边看，但隋聿和而安都没在意。

"我刚刚想过了，等我工作以后，我还要跟你住在一起。"而安说完，偷偷地看了一眼旁边的隋聿，在被隋聿的目光抓到之前，他迅速地移开视线，接着说，"我工作的时候，会发很多很多好东西，我都拿回来，都送给你，好不好？"

隋聿手里的面包被切成三角形，拿出来的时候，黄色的咖喱会从三边流到手上，看起来很狼狈。

"都行。"隋聿低头咬了一口面包，嘴角却无法控制地上扬。

而安很高兴地笑着，他长出了一口气，摇头晃脑地感慨道："真好。"

隋聿偏过头看他："什么真好？"

"我觉得，我好像不用死了。"而安也转过头，看着隋聿的眼睛，脸上的笑容更灿烂了，"真好。"

小时候父母教过，别人给的食物不要乱吃，但隋聿是在把那几块凉掉的咖喱面包吃完才想起来的。他吃完午饭准备回去上班，走出去五米远之后，他停下来，转过身。

"我要去上班。"隋聿低头看着而安，后面半句隋聿没说，露出一副"你自然懂"的表情。

而安点点头，把剩下的面包收拾好，放进袋子里之后，他看了隋聿一会儿，想了想还是提议道："隋聿，你要不要当小白脸啊？"而安这句话说的声音不小，正从他们旁边路过的几个人步子很明显地停顿了一下，其中一个女孩儿没忍住，朝隋聿那边看过去，正好跟隋聿的视线对上。

隋聿不笑的时候有点儿吓人，女孩儿迅速收回视线，拉着旁边的人的袖子加快脚步往所里走。而安完全没注意到，他只是盯着隋聿看，见隋聿不接话，好脾气地耐心解释："你不知道小白脸是什么吗？小白脸就是，你不用去上班，你可以吃我的、喝我的，花我的钱……"

"可以了。"隋聿深吸了一口气。

而安露出很期待的表情："那你愿意吗？当我的小白脸？"

"你这些话都从哪儿听来的？"隋聿问他。

听见隋聿的话，而安很期待的表情略微收敛，他错开视线，心里想要怎么隐瞒早上不小心开通电视收费频道的事。其实他刚开通就后悔了，因为那上面的电视剧真的不怎么好看，他看了几十分钟，电视里下了五次大雨，女人被男人堵在墙角七次，强吻之后男人被扇巴掌十二次。

而安决定另辟蹊径，他重新看向隋聿，眼睛弯下来，露出了很乖巧的笑容。

"我工作能赚很多钱，我们会过得很好的，而且我还很有经济头脑你知道吗？今天我看电视的时候，上面突然蹦出来收费频道，有周卡、月卡、季卡，还有年卡。周卡和月卡用天数来算其实都挺贵，年卡是最划算的——"

"所以？"隋聿突然开口打断。而安抬起头，只觉得隋聿的表情好像有些呆滞。他拿不准自己该用哪种语气，但笑总是没错的吧？而安保持着脸上的笑容，小声地跟隋聿说："所以，我就买了年卡。"

"多少钱……"隋聿问。

"应该是365块，算下来一天一块钱。"而安能看出来隋聿的心情不佳，他抿了抿嘴唇，小心翼翼地问，"我算错了吗？"

"没。"面对而安那张单纯无害的脸，隋聿发不出火，只能在心里盘算这个月的工资够不够他们俩撑到月底。而安还在盯着他看，隋聿大概是被气昏了头，声音带笑地夸道："算得挺好。以后别算了。"

而安点点头，安静了一会儿，又绕到第一个问题："那你到底要不要做小白脸啊？"

于是隋聿在接下来的十分钟里，苦口婆心地对这位嘴上没把门的主儿进行了一番演讲，内容极其正能量，包括人要自食其力、两个人可以一起好好努力、共创辉煌等。刚刚讲到第二条，而安毫不掩饰地打了一个哈欠，隋聿闭上了嘴。

"我把你说困了是吧？"

而安摇头："没有，我很精神。"

"行。"隋聿双手揣在口袋里，垂眼看着而安，十分平静地说，"那你重复一下，我刚刚都说什么了。"

接下来就是一场持续三十秒的沉默对峙，好几次而安想要转移话题，都被隋聿一声"嘘"给扼杀在了摇篮里。三十秒之后，而安慢吞吞地移开视线，重重地叹了一口气后，对隋聿说："隋聿啊，你哪儿都好，就是太难缠。"

"说不出来就诚实点儿，别学隋轻轻说话。"隋聿黑着脸，顿了顿，终于忍无可忍地抬手抹掉了而安嘴角沾着的一小片黄咖喱。

被戳穿的而安撇了撇嘴没接话。隋聿又看了他一会儿，很轻地叹了口气："你先回去，我晚上下班买点儿活虾，咱俩开个荤。"

而安的眼睛亮了一下，隋聿看着而安低下头，右手在口袋里摸了一会儿，接着掏出一张皱巴巴的纸。

"其实不用那么麻烦的，我刚刚在来的路上拿了一张纸。"而安把纸一点点摊平，隋聿瞧见右上角画着的彩色海鱼，"是水族馆，我们可以直接去水族馆。"

"然后呢，你进到水族馆，隔着玻璃箱用意念让鱼直接飞到厨房的水槽里吗？"隋聿说着说着就把自己逗乐了，眉眼舒展。

这样的隋聿很少见，而安有点儿看愣了，过了一会儿，他突然发现自己好像掌握了让隋聿开心的秘密。原来隋聿喜欢这样啊，而安这么想着，把水族馆的宣传页拿起来，很阔气地让隋聿挑："你随便挑，你想要这上面的哪一只都行。"

隋聿觉得好笑，他偏头看着而安，笑着问他："我要是说我想飞呢？"

而安拿着宣传页的手顿了一下，然后转过头，眨了眨眼，用极其真诚的语气回答："你真的想吗？你加入我们就可以飞了。"

隋聿被哽住了，活了二十多年的经验告诉他，人是不可能飞起来的，但这会儿脑袋里有另外一个声音，就像有人正拿着大喇叭在他耳边喊一样："你要飞了。"

"没有。"隋聿别过脸，清了清嗓子，"开个玩笑。"

已经接近上班时间，有不少人陆陆续续拎着饭盒往所里走。而魏民见过而安，这会儿要是让他看见而安，难免会生出不少事。隋聿伸手拿着那张水族馆宣传页，看了两眼之后折起来塞进而安的口袋："你先回去，等我下班了，咱俩就去水族馆。"

"真的？"而安睁大眼睛问他。

隋聿点点头："真的。"

"好，那我回去等着你。你上班的时候也可以想想要哪条鱼，我先在厨房的水槽里放满水，省得到时候鱼死了……不过你要是挑的鱼太大了，厨房的水槽可能放不下，看来我得把浴缸也放满水才行。"

而安说这些话的时候表情很认真，认真到隋聿不忍心打断并告诉他自己没打算把水族馆的鱼带出来，等而安把那通毫无道理的话说完，隋聿才回答他："行。"

"那我回去了。"而安拎着袋子往大门口走，走到一半，他又回过头，露出很漂亮的笑容冲他说，"我在家等你哦。"

隋聿是真没想到自己会这么吃这一套。

接下来的五小时里，他无数次想起而安临走前对他说的最后一句话。

应该是天时、地利、人和，温度适宜，吃了味道还可以的食物，又站在花坛边上，一切都刚刚好。这种美妙的心情一直持续到下班前一秒，看着桌上的表的时针停在六点，隋聿迅速地站起来，十分利索地收拾好桌上的文件，关掉电脑，头也不回地迈出大门。

上次去水族馆是什么时候，隋聿已经记不太清了。或许是因为时间太久，隋聿竟然也对这趟行程产生了激动的感觉。骑车回家的时候，隋聿停在路口，看见斜对面电线杆下发传单的人，没怎么思考就骑车过去，问人家要了一份水族馆的宣传页。

宣传页做得很花哨，看起来是用来吸引年龄在十六岁以下的青少年的，隋聿翻到背面，右下角写着水族馆限时开启的活动，可以和海豚零距离互动。

而安应该很喜欢这个,隋聿垂眼笑了笑,把宣传页整齐叠好,放进口袋,然后踩着脚蹬加快速度往家里骑。

今天的一切都很美好,隋聿走进楼栋里,闻见一股很诱人的火锅味。他上楼,在心里盘算着晚上要带而安去吃一家很地道的四川火锅。但是而安今天又偷偷花钱开通了电视收费频道,所以隋聿打算不给他点虾滑。

不过要是而安像今天中午那样盯着他看,他可能还是会心软。一份虾滑而已,也没几个钱,他想吃就让他吃得了。

隋聿推开家门,屋里没开灯,微弱的橘黄色光线从窗帘缝隙里透出来。

"而安?"

隋聿站在门口,喊而安的名字,但是屋里好安静。

捉迷藏这种游戏是极其容易出乌龙事件的。

隋聿和隋轻轻小时候玩捉迷藏,由于他藏的技术太高超,隋轻轻找了十多分钟都没找到,七岁的隋轻轻的耐心比二十七岁的她要少很多,所以七岁的隋轻轻很快就放弃了。

她拍了拍裤子上的土,扭头就去街口买刚做好的糖人,但她擅自结束游戏这件事也没给隋聿说。隋聿从小好胜心就旺盛,所以在接下来的一个多小时里,他藏在放扫帚簸箕的柜子里大气都不敢喘,谁叫都不应,最后爸妈甚至还去警局调了监控。

隋聿在门口站了一会儿,然后伸手开灯:"你再藏一会儿,水族馆可就关门了。"

没人回应,隋聿笑着摇了摇头,他把包丢在地上,一边往厨房走一边说:"行啊,那你就藏着别被我抓到。被我抓到以后,这周末我们就取消吃你想吃的虾饺。"

厨房空荡荡的，隋聿走进去，打开了碗柜的门，伸着脑袋看了好一会儿才确认里面没有人。接下来是浴室，然后是书房和卧室，但是都没有人。

隋聿在过道里站着，几秒钟之后，他冒出了一个离谱但又合理的念头。

"你别给我搞什么隐身术之类的啊，我可没闲工夫跟你玩这种游戏。"隋聿笑着在过道里喊，"而且你这算作弊，性质很严重。"话说完，隋聿甚至还仰着头在屋里看了一圈，看看有没有什么人形随着光源显现，说不定还会掉下来几根白色羽毛。

这种情景并没有出现，隋聿走到客厅，看着沙发右边消失的沙发垫，伸手从口袋里掏出手机。

第一通电话没人接，隋聿皱着眉又拨了一遍，这次电话提示音没响多久，对面的人接起来。

"你催命吗？"隋轻轻尾音拖得很长，吐字还带着厚重的鼻音，一副宿醉未醒的样子。

隋聿皱了皱眉，但是并没有接话，他顿了顿才说："而安去你那儿了是吧？"

"没。"隋轻轻回答得很简短。

隋聿冷笑了一声："别瞒了，你告诉他，如果他再不回来，这个月都别想吃咖喱面包了。"

电话那头是一阵短暂的沉默，隋聿听见布料摩擦的响动，然后是一阵叹息。

"隋聿，你幼不幼稚？"隋轻轻很不客气地说，"你觉得，而安跟我说了徐放的事……徐放的事之后，我还有心情跟你开这种玩笑吗？"

隋聿没说话，后来安静的时间过长，隋轻轻还把手机拿下来看了一眼，确定通话还在继续之后，她问："怎么了？而安不在家啊？"

　　"嗯。"隋聿反应了几秒，才不轻不重地应了一声。

　　"那你有没有在家里检查一下，看看食物少没少，沙发垫还在不在……说不定他觉得你人不咋样，打包行李去住山洞了——"

　　隋聿在屋里打转，听见隋轻轻的话，压着嗓子打断她："隋轻轻。"

　　"好了好了，不说了好吧。"

　　隋聿没搭理她，房子都快翻过来一个遍了，对着空气也嚷嚷了不少威胁的话，如果而安在家的话，他早就该出来了。隋聿心里有点儿不踏实，像是低血糖了，视线落到窗台上放着的半盒烟上，他看了一会儿，然后伸手抽了一根。

　　听见电话里打火机的声音，隋轻轻愣了愣，才问："你不是戒烟了吗？"

　　"今天中午而安来找我，我们俩一起吃了凉掉的咖喱面包，然后约好等我下班之后一起去水族馆。"有些陌生的辛辣触感划过喉咙，隋聿咳了两声，说，"但是他现在不见了。"

　　隋聿用极其平静的口吻陈述今天发生的事情，但隋轻轻听着，却像吃了一大口棉花一样难受。

　　隋聿挂掉了电话，挂掉电话有两个原因：一是尼古丁熏得他嗓子疼，不想说话；第二个原因是他一直放在床头柜里的那把小箭没有了。

　　隋聿坐在床头，看着空荡荡的抽屉发愣。

　　在城市里找一个人很困难，在隋聿确定而安把手机也带走了之后,他关上门,一边下楼梯一边打电话给而安。第一通电话没人接,第二通也是,隋聿开始还有点儿烦躁,但在出租车上拨出去十几个电话之后,隋聿只觉得心慌。他让司机放慢车速,方便他认真仔细地看路边出现的每个人,然后继续机械性地重复往外拨电话。

绕了半个城区,计价器即将步入三位数,司机好心情地播放了一首十几年前的经典老歌,脑袋随着节奏来回摇晃。在劣质音响开始播放第二遍《吻别》的时候,电话接通了。

隋聿垂着眼看手机屏幕上的通话计时,停了几秒才反应过来,他迅速拿起手机,想象中要冲着而安发火的场景并没有出现。隋聿长叹了一口气,手机话筒贴着嘴唇,语气平静地问:"你去哪儿了?"

"水族馆。"

而安的声音很小,背景的杂音让隋聿快捕捉不到他的声音,隋聿只能把手机和耳朵贴得更紧。

"你知道水族馆里有喂海豚的游戏吗?可以喂它、摸它,还能亲它。"

隋聿伸手拍了拍司机的座椅,报了水族馆的地址,接着说:"你就待在那儿不要乱跑,我现在过去。"

电话那头传来一阵很响的水声,接着是观众此起彼伏的欢呼,应该是有观众上台和海豚互动了。

"隋聿。"而安突然叫他。

隋聿"嗯"了一声,马上回答:"怎么了?"

"我现在知道你为什么要缓一缓了。你要缓一缓是对的。"

隋聿皱了皱眉,他没太听明白。

而安低头看着铺在膝盖上的本子,还有旁边的小箭,手指很轻地碰了一下本子第一行"隋聿"这两个字。

"虽然我知道你天赋异禀,很有机会成为我们的其中一员,但是现在你不用再担心我会继续天天黏着你了,你会像你一直想的那样,安稳地过完这一生。"而安突然觉得鼻酸,他用手揉了揉,但心酸和难过传染的速度好快,而安又开始感觉眼眶发烫。

剩下半句他几乎没办法说出口,虽然他真的觉得跟隋聿做朋友很开心,但是他没办法那么自私。因为他知道隋聿是会拥有美好婚姻的人,如果隋聿真的跟他走,就会错过本该属于他的很多美好瞬间。

"你是有命中注定的伴侣的。"而安强迫自己笑着说,"恭喜你啊。"

第六章

心甘情愿

　　普通人堕落的速度很快，而安在好吃懒做这方面也完全不落下风，被隋聿养了一个多月，他已经会经常感慨不用工作的日子真好了，所以当假期快要结束的时候，而安瘫在沙发上，直勾勾地盯着天花板，觉得全身上下都拧巴着，难受。

　　好在他自我调节的能力很强，这种拧巴的感觉很快一扫而空，想到工作之后就可以有钱贴补家里，而安便动力满满。他在客厅里转了一圈，决定等拿到工资以后先买一个烧烤架，就放在阳台上。他们每次吃烤肉的时候，隋聿都嫌弃烟大，放在阳台上的话方便通风，不烤肉的时候还可以用来晾衣服。

　　浴缸也可以再大点儿，而安拉开浴帘，垂眼琢磨浴缸的尺寸。他打算从水族馆里弄条鳐鱼回来，太小的浴缸放不下。估计好尺寸大小，而安晃到卧室门口站着看了会儿，打算把烧烤架的顺序往后调一调。

他还是应该先买一张床，这样他就不用再睡沙发了。

确定好购物清单，而安就想马上开始工作。他偷偷地跑进隋聿的卧室，拉开床头柜，把隋聿放在里面的箭拿出来。而安把东西往外拿的时候有点儿心虚，明明是他自己的东西，但放在隋聿那儿时间长了，他就觉得这东西好像是隋聿的了。

隋聿也应该跟自己一样，有这种自知之明才行。而安拿着箭和小本子往楼下走，打算等隋聿晚上回来的时候跟他好好讨论一下这件事。自己都在这儿住了这么久，隋聿也该给自己划分一下自己所拥有的领地了。

秋天的阳光还是挺好的，而安在楼下的小花园里挑了片看起来土质很肥的地方，蹲下来把箭插进土里之后，他把笔记本放在地上。按道理来说，他以前的工作都是有专门的人来交接的，会告诉他要把哪两个人连在一起，又要把哪两个人拆开。但现在他还没有正式上班，只能依靠这种毫无科技感的土法子来确定。

在等待的时间里，而安低头看了一眼自己沾着泥巴的裤腿，忍不住再次感叹："真的好土啊！"

好在这种缺乏高科技感的技术还挺好使，而安盯着笔记本上逐渐显现的黑色笔迹，睁大了眼睛又往前凑了凑。先在本子上出现的是数字，这次要配对的人不多，总共只有四对，而安判断应该是男女比例失衡的原因。

第一对，男生的名字有点儿奇怪。

第二对，女孩儿的名字有点儿好笑，能看得出来她的父母沉迷于谐音梗。

第三对，这个男生的姓笔画好多啊……

是隋聿。

而安的职业道德大概在这一秒画上了句号,他完全没去看第四对的姓名好不好笑。"隋聿"两个字的边缘开始不断往外扩散出黑色的墨迹,而安觉得呼吸都变得很困难。他突然觉得难过,明明是自己先遇到隋聿的,自己用了很多时间讨他开心,让他高兴,还给予他标记。

而安希望隋聿可以逐渐接受他,然后他们做朋友,将来成为同事,坐在桥头或者山洞里一起吃咖喱面包。

但这个女孩儿出现之后,他后面的所有假设统统都变成了不可能。

怪不得,怪不得隋聿一直跟他保持距离,因为隋聿有命中注定的女孩儿,他会拥有很美好的婚姻,可能还会有好几个孩子,子孙绕膝,过完这一生。

叠成方块的宣传页从口袋里掉出来,左上角画着的巨大鲸鱼正用豆大的黑眼睛盯着他看。

他能干什么呢?能把水族馆里的鲸鱼变到家里的浴缸里,但是隋聿要一条鲸鱼干吗?家里放不下,也不能吃,还不能给隋聿生孩子。想到这儿,而安好像越来越难过了,但他还是很想去水族馆。

可是现在,他好像不能跟隋聿一起去了。

水族馆离这里不远,而安不想搭公共交通,最后在家属院外面找了一辆共享单车。他见过隋聿骑车,样子很帅气,他好几次想要坐到隋聿后面,但每次隋聿都以"共享单车不能载人"当理由,义正词严地拒绝他。

现在想想,应该都是借口。

而安学着隋聿的样子扫了一辆共享单车,但他不会骑,也不想丢掉，最后他决定一直推着它走到水族馆。大概推着共享单车往前走很可笑，路上有很多人看他，也偶尔会有开车的漂亮姐姐停下来，问他需不需要帮忙。

而安看着女人微卷的长发发了会儿愣，最后才摇了摇头。

女孩子真好，她们漂亮会打扮，还心地善良，隋聿肯定会喜欢得不得了。

等到了水族馆门口，而安的心情已经完全跌入谷底，尤其是看到水族馆大门口并排站着的男男女女，而安只觉得眼酸。买票的时候，售票员笑着给他介绍双人套票，第二张半价。而安点点头，然后偏头看了眼旁边的共享单车，抿了抿嘴问人家："我能和我的共享单车一起买双人套票吗？我想带着它进去。"

听见他的话，售票员脸上的笑容变得有些僵硬，但她的工作素质很高，十分礼貌地拒绝了而安的请求。而安买了一张单人票，进场之前，他站在树下和共享单车告别。

应该是受工作日的影响，水族馆里的人并不多，全景通道里也没有几个人。原本站在而安前面的女孩子因为眩晕跑到外面吐了，很长的通道里一下子就只剩而安自己。透明的玻璃水箱里种满了颜色鲜艳的水草，随着水流来回摇晃。原本准备游过来的鲨鱼在和而安对上眼之后，迅速掉头折返。

动物比人聪明，它们能看出来而安不一样。

而安抬起头，看着从他头顶游过的浅灰色鳐鱼。鳐鱼无害，主要靠嗅觉捕食。很多人觉得鳐鱼长得奇怪，而安对此没办法理解。鳐鱼游速很快，而安仰着脸跟它走了好一段路。如果他不知道隋聿马上要有伴侣的话，他应该就会选这条鳐鱼了，把它养在隋聿家的浴缸里。

口袋里的手机又振了起来,而安垂眼看了看,还是隋聿。从他出门不久,隋聿就开始给他打电话,几乎是一个接一个。而安很想告诉隋聿,他这次没有偷拿家里的东西,但他害怕自己接通后说出来的话就不一样了,可能还会哭,那样太丢脸了。

　　但是他拿隋聿总是没什么办法,电话接通的时候,而安已经做好隋聿要发脾气的准备了,可是隋聿的语气很温柔。

　　以前执行任务的时候,而安也会有私心,他希望善良的女孩子能够匹配到足够优秀的男孩子,现在面对隋聿,他的私心明显有点儿过重了。其实每个人的配对内容是不能告诉本人的,但因为那是隋聿,所以而安哪怕再难过,还是要告诉隋聿。

　　"你是有命中注定的伴侣的。"而安笑着说,"恭喜你啊。"

　　在等待隋聿的时候,而安看完了整场海豚表演,饲养员总共在观众里挑了五个人。即便观众人数很少,但而安还是没有足够幸运。

　　散场的时候,而安是最后一个走的。他走到前排,低头看着水里的海豚发了好一会儿呆,直到水面上出现另一个人的倒影。

　　"没喂到海豚吗?"隋聿站在他旁边,语气很平静,但而安还是注意到隋聿不断起伏的胸口。

　　而安摇摇头,隋聿笑了笑,说:"明天我们再来喂。"

　　"下周,我就要把你和另外一个女孩子配对了,她的名字很好听,肯定不是像我一样随便起的。"

　　"你哪是随便起的?"隋聿看着他,"不是专门跟我起的什么组合名吗?"

　　而安说:"那也是假的。我没有名字,名字是我瞎编的。"

　　隋聿不知道该怎么接话,正在犹豫的时候,眼角的余光突然瞥到有一滴水落在了栏杆上。隋聿转过头，看见而安很平静的脸，还有正在"啪嗒""啪嗒"往下掉的眼泪。

"明明是我先遇上你的，我觉得你很有天赋，我还跟老板报告说我找到了一个好苗子……我跟你一起住，跟你一起吃饭……"而安的情绪变得激动，语速也越来越快，"我想你可能需要缓一缓，怎么缓着缓着，你……你就要抛弃我了啊！"

隋聿从来没见过别人这么哭，他手忙脚乱地去给而安抹眼泪，安慰的话翻来覆去只有一句："你别哭。"

而安终于抬起头，睫毛上都沾着眼泪，眼睛和鼻尖很红。

"你能不能来安慰我一下？"而安吸了吸鼻子，朝隋聿张开手臂，剩下半句话还没说出口，眼泪就又流了下来，"我……我怎么这么可怜啊隋聿！"

隋聿从来没见过丘比特掉眼泪，原来他们跟人一样，哭久了会开始抽抽搭搭，眼圈发红，吸鼻子的频率变高，掉下来的眼泪也并不会变成珍珠或者钻石。而安和其他人唯一不同的是，大概只要他哭，就能让对方检讨自己是不是真的罪大恶极。

隋聿没有出门带纸的习惯，袖口和肩膀都被弄湿了，他松开手臂，有些无措地在口袋里乱翻，最后在裤子口袋里摸到几颗还没来得及吃的话梅糖。

他只能死马当活马医："你……你要不要吃颗糖缓缓？"

而安抬手胡乱地抹了把脸，盯着隋聿手里的糖愣了一会儿，点了点头："你帮我剥开吧，我……我哭得太久，手一直在抖。"

"好好好，我给你剥开。"隋聿哄着。他撕开糖果之后又用手背给而安擦了擦脸，"那你先吃会儿糖，不哭了好吧？"

酸甜的话梅糖迅速在口腔里化开，而安觉得自己好像平静了点儿,他刚想抬起头好好跟隋聿说几句话,但是当隋聿漂亮的眉眼出现在视线内的时候,他的鼻子又开始发酸,像是用力撞到墙一样。

"你把脸转过去。"而安揉了揉鼻子,补充道,"我看见你就很难过。"

"……成。"

隋聿有些无奈地别过脸,他双手撑着栏杆,眼角的余光瞥见而安正垂眼盯着栏杆发呆,脸颊边鼓鼓的。他是真的很不会安慰人,刚开始做见习警察的时候,偶尔会在所里看到因为迷路而大哭的小孩儿,一般安抚孩子这种工作都由年龄最小的警察去做。隋聿真的是很努力在做了,但没说几句话,小孩儿总是会哭得更厉害。

现在面对而安,隋聿更不知道要说什么了。

"会不会弄错了?"隋聿斟酌着自己的用词,停了停接着说,"你这么久没上班,有没有可能会出现失误?"

身边的人没出声,过了好一会儿,隋聿听见而安用比刚才还委屈的声音对他说:"你现在已经开始质疑我的工作能力了。"

"不是,我不是那个意思……"隋聿有点儿着急,他转过头,对上而安很红的眼睛。

"你扭过去。"

隋聿点点头,他重新背过身,继续保持耐心:"我的意思是,同名同姓的人应该挺多的,我这名字也算不上多特别。"

"挺特别的。"而安声音很小地接话。这句话说完,而安又接着说,"我确认过了,家庭住址、工作单位、年龄、身高、体重,而且我们的工作不会出错,准确率是百分之百。"

我即将被你赶走的概率也是百分之百,但这句话而安没说。

而安那一通话说完,隋聿好久都没说话,因为隋聿背对着他,而安也看不到隋聿的表情。

"那个女生的地址你有，对吧？"隋聿问他。

而安低着头，没说话。

隋聿去上班的时候，而安都在看电视，他最喜欢的是在上午播出的连续剧，剧情跌宕起伏，男女主角要经历八十多集才能修成正果。他们分分合合好多次，有很多令人心碎的台词。而安有时候也会坐在沙发上跟着抹眼泪，但那些台词都没有隋聿刚刚说的那句让人难过，难过到他有点儿缓不过来。

也对，没人会对自己未来的妻子不感兴趣。

"有啊。"而安尽量让自己的语气听起来没那么委屈，他看着栏杆上的铁锈，问隋聿说，"你已经等不及想要见见她了吗？"

隋聿很大方地说："应该去见见。"

而安没办法伪装了，他没抬头，很轻地"嗯"了一声。

"而安。"隋聿喊他的名字。而安慢吞吞地抬起头，才发现隋聿不知道什么时候已经转过身。

"我们一起去见见她。"隋聿的脸上没什么表情，语气也很平静。他看着而安，说，"我跟她好好地解释一下，看看她能不能理解……而且，说不定人家已经有男朋友了。你们也是得以民为本，为民服务的吧，总不能拆散人家小情侣。"

而安有些呆滞地看着隋聿，只觉得心跳得好快，垂在身侧的手不自觉地摸进口袋，手指碰到冰凉的箭头。

"我不知道你们的工作性质，但是如果配对当事人不同意的话，是不是可以跟你们上司商量一下取消配对？"隋聿说这些话的时候脸上没什么表情，但而安应该是走火入魔了，他觉得这会儿的隋聿看起来比自己更像是神。

"哦，对了。"隋聿突然想起什么，他看着而安，问，"如果你没完成任务，会不会受惩罚？"

箭柄从外套口袋里露出一半，而安愣愣地看着隋聿，停了几秒之后机械地点点头。

"那到时候我跟你上司谈一谈。"

"好。"而安移开和隋聿对上的视线，他看着右边清澈的靛蓝色海水，抿了抿嘴，小声地说："我……我现在又突然觉得自己有点儿可怜，你可不可以再抱我一下啊。"

"可以。"隋聿突然变得很好说话。这一次，而安看着隋聿冲他张开手臂，然后走近他，很轻地把他搂在怀里。隋聿的右手在他的头顶揉了揉，接着凑到他耳边，压低声音道，"但是你能不能先把口袋里的东西收起来？我可不想在海豚池旁边被捅。"

而安愣了愣，接着把箭重新装回口袋，他的额头抵着隋聿的胸口，他知道现在的氛围很不错，不说话可能更合适，可是他憋不住。

"那你想在哪里被捅啊？"

"……"

的确很煞风景，隋聿笑着叹了口气，他不轻不重地拍了一下而安的脑袋，小声地说："没人说话的地方。"

这一次而安很懂事地没再出声。隋聿抱着而安，突然意识到很多事情可能没他想象中的那么可怕。就像原本准备当刑警的他因为某些意外做了片儿警，梦想做一番大事业的他其实也就是帮老太太搬搬煤气罐，可能觉得遗憾，但并不影响他过得开心。

"而安——"

"不好意思。"隋聿准备说的话突然被女声打断。隋聿转过头，视线和站在门口穿着蓝色工作服的女人对上。

女人在看见满脸委屈的而安时抿嘴笑了笑，然后冲他们说："我们现在要打扫一下表演馆，要不……要不你们去外面吧？"

"好的。"隋聿拉着而安的手腕往门口走。在靠近女人的时候，他清了清嗓子，"不好意思，耽误你们打扫了。"

女人又瞟了一眼脸上满是泪痕的而安，飞快地摆摆手："没事没事，不耽误。不过你怎么把小孩儿气得哭成这样啊？"

隋聿没说话，他拽着而安往外走，脚步平稳，看不出一丝慌乱。

"隋聿。"而安加快步子和隋聿保持平行，他仰着脸看了看隋聿，接着小声地说出自己的判断，"你现在是不是有点儿尴尬啊？"

"你别说话了。"隋聿语气僵硬。

因为太过尴尬，隋聿他们俩没在水族馆多待，隋聿拉着而安的手穿过企鹅馆，从侧面溜了出去。中途他们路过海底隧道，而安仰起头指着头顶跟着他们游的鳐鱼，小声地问隋聿："它是不是很可爱？"

隋聿顺着而安指着的方向抬起头，刚好和贴在玻璃上的灰色鳐鱼对上眼。

"你不要想把它弄到家里去，我养你一个已经很费劲了，你知道这个月你一共花了多少钱吗——"

"好饿啊！"而安飞快地打断隋聿，手按着自己的肚子，转头看着隋聿说，"你饿吗？我们晚上吃什么呢？"

隋聿后半句死死地卡在嗓子眼儿里，而安的表情太过真挚，足够让隋聿放他一马。隋聿用力地捏了捏而安的手腕，笑着说："你就先饿着吧。"

其实关于花钱这件事，而安是有点儿内疚的，毕竟他早就知道隋聿薪水不高，生活过得并不富裕。走出水族馆，而安停下来拽着隋聿。隋聿转过头，表情有些疑惑。

"我以后不乱花钱了。"而安说，"工作以后，你就跟着我混。我在我们那儿还是有点儿地位的，以后我把发的钱都给你，保证你不会很辛苦。"

而安说真话和说假话总是很容易分辨。他说假话的时候，眼睛总是不老实，很黑的眼球来回乱瞟；讲实话或者做出承诺的时候，会定定地看着对方的眼睛，嘴角抿着，表情坚定到像是随手能掏出喇叭吹起冲锋号。

"好。"隋聿点点头，"那我们现在能去办正事了吗？"

得到隋聿的认可，而安的心情变得很好，笑着说："好的。"

隋聿和而安在水族馆门口打了辆车，坐到后座之后，而安从口袋里掏出笔记本，给司机报了地址。而安说的那个地方离市区比较远，这会儿又到了下班高峰期，汽车前进的速度十分缓慢。司机大叔眼看着越来越烦躁，频繁按喇叭，隋聿担心而安会觉得吵，于是伸手碰了碰而安搭在膝盖上的手。

"怎么回事？"隋聿看着而安的手，皱起眉，"手怎么这么凉？"

而安转过头，他看着隋聿，垂着眼睛小声地问："隋聿，我能不能自己去啊？"

隋聿愣了愣："为什么？"

而安看着隋聿，然后偏过头看向窗外，说："就是想自己去。"

而安心里很不踏实，这种感觉是从隋聿出现在水族馆开始的，一开始这种感觉被喜悦和激动的外壳包裹还不明显，但外壳慢慢融化，最终还是露出了内核。从坐上车，司机一下一下踩刹车，而安就开始后悔答应跟隋聿一起去找那个女生了。

如果那个女生很漂亮，性格也很好，脑袋聪明，隋聿反悔怎么办？两情相悦的恋人被狠狠拆散的故事也不是没有，比如他前几天刚刚看过的《白娘子传奇》。可是隋聿不是许仙，那个女孩儿肯定也不是蛇精，他也不想当法海。

要是隋聿真的喜欢，他好像也没什么能做的，只能双手合十表达祝福，然后转头抱着沙发垫远走高飞。

而安的情绪低落得十分明显，隋聿看了他一会儿，最终先竖白旗："这样吧，我找个人陪你一起……你有什么事就给我打电话，别自己瞎想瞎跑知道吗？"

多好的人啊，不带去给上司看看真的是可惜了。而安感慨完之后，很轻地点点头。

跟司机说了一声之后，隋聿和而安找了个路口下车。站在公交站旁边，隋聿走到一边打了个电话，时间很短，可能只有十几秒。然后他们俩就站在公交站牌下面等，中途有几个老奶奶等车结伴去逛花市，公交车来了的时候，隋聿小跑过去，帮她们把小推车一个一个拿上去。

没有人会不喜欢善良的帅气小伙儿，车都开走了，老太太们还把头从窗户里探出来，跟隋聿摆手道别。

公交车没走多久，一辆蓝色出租车停在他们面前，后座的车窗摇下一半，露出女人乱蓬蓬的一头栗色鬈发。隋轻轻耷拉着眼皮，在隋聿和而安的身上来回扫了一遍之后，慢吞吞地把手伸出来，竖了个中指。

"你俩是真能折腾人。"隋轻轻打了个酒嗝儿，看着隋聿说，"他都多大人了，去干点儿啥事还得找人陪着？"

隋聿被隋轻轻说得也有点儿难为情，他别过脸，胡乱地找了个理由："他晕车，我怕他路上吐人家车上，处理不好。"

"哦。"隋轻轻皮笑肉不笑地抬抬嘴角，转移攻击目标，"你不是会飞吗？你倒是扑扇扑扇翅膀飞起来啊，又能走最短直线距离，还不用担心堵车。老娘要是会飞，早飞到埃菲尔铁塔上来个三百六十度飞踢。"

司机听得一愣一愣的，隋聿从后视镜看见男人的脸，表情有些复杂。

"她喝多了，说胡话呢。"隋聿冲着司机笑笑，然后拉开后车门把而安塞进去。关车门之前，隋聿弯下腰，看着而安，"有什么事就给我打电话，我随时都能过去。"

隋轻轻没眼看，背靠着另一边座椅，翻了个巨大的白眼。

关上车门，隋聿退回台阶上，看着蓝色汽车完全消失在视野中，才掏出手机往反方向走。

两秒之后，隋轻轻的手机屏幕亮起来，她眯着眼给手机开了锁，读完那条信息之后把手机拿给而安看："看来我弟弟已经跟你统一战线了啊。"

而安看了看短信，抿着嘴笑了一下，但笑容消失得很快："但现在出现了新的问题。"

"什么问题？"隋轻轻拖着很沉的身体坐直了一些，她把手机拿回来放进口袋，仰着脸问，"是不是隋聿突然发现你已经活了三百多岁了，开始嫌弃你年纪大？"

司机又开始透过后视镜往后瞟，而安觉得有点儿不好意思，他小声地对隋轻轻说："你别乱说，三百多岁都能当领导了，我现在还是基层员工。"

隋聿回到家之后就捧着手机坐在客厅,他没换衣服,如果而安给他打电话,他能在一秒之内接起来,然后穿着鞋就能出门。

不过现在隋聿有点儿担心,原本他叫上隋轻轻是为了以防万一,万一其他人认为而安是神经病报警,隋轻轻起码能帮个忙安抚一下,可惜摄入酒精之后的隋轻轻看起来并不比而安正常多少。

窗外的天色暗下来,电视里的晚间新闻也结束了,还没有而安的消息。

隋聿正在犹豫要不要给而安打个电话问一问,手机突然响起来。隋聿看了眼来电显示,是隋轻轻。隋聿迅速按下接听键,他还没来得及开口,就听见隋轻轻撕心裂肺的吼叫声。

"隋聿你快点儿过来!你赶快来救我!要出人命了!"

隋聿愣了愣:"怎么——"

"这个人真的会飞啊!"

隋聿愣了好一会儿才反应过来,他拿着搭在沙发上的外套,用下巴和肩膀夹住手机,一边穿衣服一边往外走:"你们现在在哪儿?"

"在哪儿,在哪儿……"隋轻轻自顾自地念叨了一会儿才说,"在神山陵园。"

隋聿下楼梯的脚步一顿,他看了一眼窗外黑压压的天,跳下三级台阶:"你们不是去找人吗?找人找到陵园去了?"

"你问我?你还有脸问我?"隋轻轻气不打一处来,她扶着旁边的铁架子,喘了几口气才继续说,"我没法儿说……你赶快给我过来,我真就一介凡夫俗子,搞不定一个发了疯的丘比特。"

挂掉电话,隋聿往小区门口跑,在路上他打开打车软件,输入地址之后却迟迟没人接单,最后没办法,隋聿咬着牙加了五十块小费,"叮"的一声,屏幕显示接单司机的距离。

大晚上跑到陵园去已经挺诡异的,再加上接单的司机似乎有点儿疲劳驾驶,隋聿这一路上精神紧绷,时不时还需要跟司机搭话,确保他不会突然陷入睡眠。平时白天需要七十多分钟的车程,在不堵车的情况下只用了半小时,车子停在陵园侧门,隋聿付了钱迅速下车。

晚上陵园没开什么灯,隋聿开了手机电筒往深处走。秋天气温凉,陵园内零零散散种着几棵梧桐树,风一吹便发出令人头皮发麻的细碎声。隋聿拢了拢外套,脚步不自觉放轻,他正在犹豫要不要给隋轻轻打个电话,脚下突然发出一阵轻响,隋聿吓得骂了句脏话。与此同时响起的,还有前方女生的尖叫。

隋聿举着手机跑过去,光照在隋轻轻发白的脸上。看到隋聿,隋轻轻怔了怔,接着迅速变脸,咬牙切齿地在隋聿的胸口上挥了几拳:"你吓死我了知不知道!大晚上的你穿一身黑是想要送谁走?"

"我穿一身白你觉得合适吗?"隋聿尽量安抚隋轻轻,他抬起头往附近看,没瞧见而安。

隋轻轻也不是胆小的人,只是今天超自然的事情发生太多,她一下缓不过来,这会儿出现的隋聿把她重新拖回了现实。隋轻轻深吸了一口气,伸手把隋聿往前推了推,指着正前方一棵巨大的梧桐树道:"你别管我了,赶快过去看看吧……在那儿躲一个小时了。"

白光顺着隋轻轻指着的方向照过去,地上铺满落叶,在粗壮的树干后,隋聿看见了一小片浅色的羽毛。隋聿怔了一下,关掉手电筒,放轻步子往前走。即使在来的路上隋聿已经做足了心理准备,但当他看见那对高出他半头的巨大翅膀时,隋聿还是差点儿一口气没上来。

厚重的白色羽毛在黑暗中依旧能看见漂亮的光泽，从肩膀处长出，一直垂在地面。隋聿缓慢地眨了眨眼，视线落在男孩儿暴露在空气中的皮肤上，跟翅膀连接着的肩胛骨正在往外渗血。

"你转过来。"

而安没动，隋聿站了一会儿，伸出手很轻地碰了一下而安的背，指尖碰到冰凉的皮肤。而安像是被吓到，猛地缩了缩脖子。

"变黑了。"而安突然开口，声音很小。隋聿没怎么听懂，过了几秒，而安接着说，"翅膀变黑了。"

因为天色暗，隋聿的目光完全被雪白的羽毛夺走。而安说完，隋聿才注意到左边的翅膀尾端的羽毛是黑色的，几乎和黑夜融为一体。

"因为我插手了你的姻缘，所以翅膀变黑了，我会越来越难看。"而安低着头，后颈的一小块骨头异常突出。

"挺好看的。"隋聿走近了一点儿，他看着而安，把外套脱下来，"你的翅膀还能缩回去吗？"

听见隋聿的话，而安的肩胛骨很轻地颤了一下，但他还是没有任何反应。隋聿看见而安偷偷伸出手，抓住翅膀尾部的羽毛往身前拽。

"算了。"隋聿想用外套把而安包住，但衣服不够大。隋聿贴着而安的后背，抬手按着而安的肩膀，低头问他："我这样压着你的翅膀，你会不会疼？"

而安先摇头，过了一会儿又补充说："不疼。"

接下来就是沉默，隋聿的耐心好像一下子变得出奇地好，如果而安不动，隋聿似乎就能在这儿站到明年。

而安真的不好再耽误隋聿的时间了，他已经做错了很多很多事,现在还让隋聿和隋轻轻在这儿跟他一起吹冷风。

"你们先走吧,再等一会儿翅膀应该就能收回去了。"

身后还是没有动静,隔着衣料,而安能感受到隋聿的温度,早就锁起来的委屈又被放出来,而安吸了吸鼻子,声音颤抖地说:"你先走啊。"

隋聿"嗯"了一声,但还是停在原地。过了一会儿,而安听见隋聿用很平静的语气问他:"不是去找人吗?怎么跑到这儿了?"

被隋聿压着的翅膀颤了一下。

"你应该去见一见她的。"而安说,"她很漂亮,也很有礼貌,住在一个好大好大的庄园里,旁边有一片草坪,我过去的时候,她正准备去上马术课。"

隋聿点点头:"然后呢。"

"我没有职业素养,也很自私。"而安抿着嘴,"每个人的配对都是算好的,你的爱人是一个非常非常好的女性,我不能扰乱你的生活,还有她的……都是算好的,她很适合你,我的上司都是算好的。"

几乎是在看到那个女孩儿的一瞬间,而安就崩溃了,她比自己想象中还要好无数倍,而安甚至觉得,就算没有丘比特,隋聿在见到她的瞬间也会坠入爱河。而安原本计划要说的话一句都没能说出口,他只是站在那儿。女孩儿即便心里有疑惑,但依旧好教养地站在那儿等待。

"对不起。"而安说完这句话,就转身离开了。

当时隋轻轻站在树荫下看着,酒精散得差不多了,她只觉得嗓子眼儿难受,别过脸不再看。后来而安说他想去墓地看看的时候,隋轻轻也都依着他,大概是同情心或者是共情能力发作,大晚上的隋轻轻也愿意陪着他一起去发疯。

但接下来的情况完全脱轨，而安开始给自己挑骨灰盒，他选了一个花色朴素的盒子之后，便把它抱在怀里，站在墓地里流眼泪。然后隋轻轻眼看着而安的背后隆起，单薄的长袖上衣纤维裂开，厚重蓬松的翅膀在他背后出现。

隋轻轻无法控制自己，开始尖叫。

而安意识到他吓到了隋轻轻，但因为情绪崩溃，翅膀怎么也收不回去，于是他藏在树后面，一直到现在。

听完了整段故事，隋聿没做出任何反馈，他只是直直地站在而安背后，低声说："要说自私，没人比我更自私了。

"虽然感觉有朋友在身边挺好的，但我为了维持所谓的高冷人设，从来没主动说过，所以拖着你，不让你走，也不给你回应。我的行为恶劣到这种程度，也差不多该被辞退了。"隋聿的声音听上去很轻松，尾音上扬，听起来像是在讲什么好笑的事。

"所以，你现在能转过来了吗？"隋聿抬手碰了碰而安的翅膀，"硌得我疼。"

这句话很有用，而安愣了愣，随即慢吞吞地转过身。

隋聿终于看到了而安的脸，睫毛和眼睛在夜里混成黑压压的一片，衬得皮肤更白。外套没能遮住的腰露在外面，很窄，肌肤光滑。隋聿低头看了一眼，找到心脏的位置之后，抬起手指了指。

"你的上司算的可能也不是很准，我跟那个女孩儿明显不在一个阶层，应该不怎么配。"

而安抬起头，和隋聿对上视线。

"而且，你们的工作是不是很有意思？"

而安只是听着，从始至终都没说话，隋聿看着而安的眼睛，低声问他:"你现在就没什么想说的吗?"

而安很短暂地愣了愣,他不知道现在该说什么,于是只能实话实说:"你的身材真的很好。"

隋聿笑了出来,眉眼舒展,落在额头上的碎发一颤一颤的。

"带着你的箭子吧。"隋聿脸上的笑容没有消失,他小幅度地挑了挑眉,说,"你不是一直想捅我吗?

"我允许了。

"以后,我可就跟着你混了。

"03276。"隋聿跟他说。

而安几乎是愣在那儿了。

这种感觉就像他花了很多精力跋山涉水去偷一个宝藏,他努力探索得到宝藏的方法,最后甚至还受到了诅咒。可现在宝藏就那么突然地出现在他的面前了,不但不需要密码,还跟他说:"你快点儿来偷我吧。"

看见而安傻站着不动,隋聿又捏了一下他的手腕:"你怎么不捅?"

"我也不知道。"而安微微张了张嘴,吐出几个字。

隋聿的脸色变黑,他压低身体,眉毛皱在一起:"你该不会是现在打算反悔吧?"

而安连忙摇头,反驳说:"没有,怎么会!"

"那你还不快点儿。"

"我觉得——"

"你别觉得了。"隋聿打断而安,"我说现在捅,就现在。"

最终忍无可忍的是隋轻轻,她走近了一点儿,抬手搓了搓手臂,咬着后槽牙说:"我拜托你们俩能不能换个地方发疯?你们知道我今天受了多大的惊吓吗?"隋轻轻指着而安的翅膀,"你,今天莫名其妙给我弄对翅膀出来。"

隋轻轻话音刚落,手指一划,指尖冲着隋聿:"你,多大人了还在这儿给我玩什么文字游戏?什么捅不捅的,你要捅给我回家捅去。"

隋轻轻发起火来嗓门儿极大,尾音在空旷的陵园里震出回声,估计方圆一里的人都能听到。而安低着脑袋不作声,隋聿别过脸,不去看隋轻轻,睫毛不自然地颤了颤。

见到这俩终于不再闹腾,隋轻轻深吸了一口气,她转过身找了个信号好的地方,准备叫车。她突然想到什么,扭头看了眼而安背后巨大的翅膀,在选择车辆的时候备注:要一辆后排座宽敞的。

叫来的车是一辆七座的SUV,司机大概接的货物单特别多,停到侧门的时候司机下意识地开门下来,想帮他们拿东西,但面前并没有很重的货物。

是三个人,一男一女,还有一个背着大翅膀的男孩儿。

大晚上在墓地看见这种场面会让人发怵,司机表情有些僵硬,为了避免尴尬,他立马活跃起气氛:"你们是准备去什么漫展是吧?搞cosplay(扮装)嘛,我懂得。"

"是,他准备扮演黑无常,我扮白无常。"隋轻轻伸手往后一指,皮笑肉不笑地说,"这个是天使。"

司机也被逗乐了,他一边帮他们拉开车门,一边笑着说,"你们这组合还挺新鲜,东方、西方的角色都有啊。"

隋轻轻坐上去,头靠着椅背,盯着车顶有些麻木地笑:"配合世界潮流,搞文化融合嘛。"

她已经把气氛缓和得很好了,而安跟着上了车,摆好自己的翅膀之后,他想了想还是凑到隋轻轻旁边,小声地说:"我不是天使,是丘比特。"

隋轻轻转过头,看了他一眼,眼睛弯下来,说:"你再多说一个字,我就是你老子。"

隋聿关上车门,坐在而安旁边,不轻不重地说:"不知道你爸知不知道你在外面天天自称'老子'。"

"隋聿!"隋轻轻伸手把头发全部捋到脑后,睁大眼睛看着隋聿,"你多大人了还玩打小报告那一套?"

"我的主要工作就是打小报告。"隋聿冲而安笑了笑,问他,"你说是吧?"

而安其实没太听懂,但隋聿说什么就是什么,所以他很顺从地点了点头。

隋轻轻彻底放弃挣扎,她今天折腾了一晚上,这会儿又累又饿。她抻了抻手臂,整个人窝在座椅上。

车开上高架桥时,隋轻轻转过身,看着隋聿说:"我出门的时候没带钥匙,今天住你家。"

"你不是有备用钥匙放在外面吗?"隋聿看了她一眼。

隋轻轻移开视线,停了一会儿才含混不清地说:"在徐放那儿,太晚了,懒得过去拿了。"这个答案让隋聿没办法接话,他抿着嘴没再出声,直到车子拐弯驶下桥,隋轻轻才又转过头,看着而安说,"都怪你。"

而安怔了怔。

隋轻轻憋了一肚子话没地方倒,反正今天能让人报警的事发生得够多了,隋轻轻什么也顾不得了,她坐直了身体,开始像倒豆子一样说:"从小到大我没什么朋友,我觉得遇见徐放已经算得上是一个奇迹了。你不知道我跟她有多聊得来,我们能睡在同一张床上,一起敷面膜,一块儿喝酒,我俩合拍到我酒后的荤段子她都能接得住。"

隋轻轻的声音突然卡住,她移开视线,看向窗外亮着的路灯:"我甚至都想过,老了之后如果儿女不孝顺,就跟她一起挑个最贵的养老院,住双人间。"

"可是……"而安的双手绞在一起,他看着隋轻轻的侧脸,后半句想了想还是没说出口。

"我知道你要说什么,你只是把事实告诉我。她突然变成光头的时候你以为我就没想过吗……所以说我就是个浑蛋,为了不失去这个朋友,就假装什么都没发生,一直像以前那样。我根本不想有任何改变。"

隋轻轻的情绪变得激动,而安看见她用手背抹了一下脸。而安没带纸,犹豫了好一会儿,他偷偷地拽了根羽毛递给隋轻轻,声音很小地说:"都怪我,对不起。"

羽毛轻飘飘地落在掌心,隋轻轻捂着脸笑了出来,她的脸颊上还有没有擦掉的眼泪,这会儿显得很滑稽。

"跟你开玩笑的。"隋轻轻的手还覆在脸上,声音闷闷的,"像我这种人,道貌岸然,嘴里的话没一句真的,心里想一套,面上做一套,就算知道好朋友大难临头,还凑过去要让她喝最后一杯酒。"

这话说得难听,但坐在车里的人都没反驳,包括开车的司机,还有看向窗外的隋聿。

等车停在隋聿家楼下的时候,隋轻轻的情绪已经稳定了很多。他们三个人上楼打开门,隋轻轻连鞋都没换,拖着步子扑到沙发上。

"今天我就委屈一下自己睡沙发了。"隋轻轻偏过头,看了一眼站在客厅的而安,笑了笑说,"你睡床上的机会来了,不用谢我。不过,你的翅膀是不是变颜色了?"

隋聿转过头看了一眼,眉头皱起来:"右边黑一半了。"

听见隋聿的话,而安垂着眼,把身上的外套裹紧了点儿,垂在身侧的手又开始不自觉地拔右边的黑色羽毛。

"别拔了。"隋聿走过去,拉着而安的手,有些好笑地说,"再拔就秃了。"

"秃了就成秃鹫了。"隋轻轻在旁边接话。

而安的注意力很快被转移,他本来还想问秃鹫是什么,但刚张了张嘴,就被隋聿拽着拖到卧室。卧室的窗帘没拉,路灯的亮光透过玻璃落在床上。隋聿把卧室门关上,转过头看着站在床边、表情有些局促的而安。

其实隋聿也有点儿紧张,做这种事他也是第一次。

"有什么仪式吗?比如你要念几句咒语,或者点几根蜡烛之类的?"隋聿坐在床上,抬头看着而安。

隋聿坐在那一小片光亮里,不像平时那么凶,整个人柔和得不得了,而安看了隋聿好一会儿,才缓慢地摇头。

"那一会儿你的手可别抖。"隋聿垂眼笑了笑,他把而安拉近了一点儿,"瞄准点儿,别把我弄死了。"

"不会的。"而安终于抬起头,他看着隋聿,抿了抿嘴,"只要你是心甘情愿的,就一点儿感觉都没有,我也不会让你死掉。"

隋聿点点头,很轻地叹了一口气之后,把衣服脱掉。

而安觉得自己紧张得快不能呼吸了,他看着隋聿赤着的上半身，后背和手心开始出汗，他没来由地抓了一下外套的领子，小幅度地扇了扇风。

"你热吗？"隋聿注意到而安的动作，抬头问他，额前松散的头发有一簇不听话，翘了起来。

"有一点点。"而安对上隋聿的眼睛，看了几秒，又迅速移开。

卧室里很安静，且而安的听力很好，所以当隋聿抬起手拉开他的外套拉链的时候，连隋聿的呼吸声都被放大了好多倍。外套散开，一直被箍在背后的翅膀像是重获新生般向两边张开。

"挺好看的。"隋聿短暂地怔了一下，他看着而安，抬手碰了一下半边黑色的羽毛，笑着点点头，"挺酷。"

而安的肩膀僵硬，摇头小声地反驳："不好看。"

"好看，白的好看，黑的也好看。"隋聿看着而安，表情很认真，"我说真的。"

一直紧绷着的神经终于放松了一点儿，而安从裤子口袋里掏出银箭，朝隋聿走近了一点儿。他想了想还是跪在床边，翅膀尾端垂在地面。隋聿已经做好准备了，但他不知道而安为什么把战线拉得极长，他静了几秒，才断断续续地听到而安在小声念叨着什么。

"你傻不傻！"隋聿笑了出来，语气有些无可奈何，"现在不用倒数十个数了。"

而安愣了一下，然后点点头，攥着箭的手微微发抖。他从来没想过自己会这么紧张，明明以前想要追着隋聿这样做的，但真的有了这个机会，他好像突然变得胆小了。

"你真的不会后悔吗？"而安抬头看隋聿，停了停，又补充道，"要不然你还是去看看那个女孩子吧，这样——"

隋聿没给而安说完那句话的机会，他直接把而安攥着箭的手往前拽了拽，低声跟他说："男人都是要速战速决的，知道吗？"

　　一直软塌塌垂在地上的翅膀动了动，而安颜色很深的眼睛里映了点儿光，他没听说过这种话，于是诚实地摇头："不知道。"

　　"那我现在教你了。"隋聿松开手，手臂撑在身侧。

　　"谢谢你愿意相信我。"而安顿了顿，又说，"谢谢你，愿意成为我的同伴，你会做得很好的，我——"

　　"我也要谢谢你。"隋聿打断他，脸上带着很轻松的笑容。两秒后，而安听见隋聿对他说，"谢谢你给我机会，让我有话可以跟朋友说。"

　　而安缓慢地抬起手，毫不犹豫地瞄准隋聿的心脏。

第七章

别放下箭

隋聿的心情很美好,明显到连魏民都发现了。

魏民拿着报纸在隋聿的工位前晃了半天,终于没憋住,探头过去问:"今天是有什么好笑的新闻吗?你别光自己笑啊,也让我看看。"

"没有。"隋聿端着杯子喝了一口水,再抬眼看魏民的时候表情平静,"你这么闲吗?要不然这个月的工作总结你来写?"

"别啊。"魏民龇着牙笑,他把夹在耳边的烟拿下来递给隋聿。隋聿摆摆手,魏民撇撇嘴,叼在嘴里,"社区里的刘阿姨组织联谊,让我告诉你一声,晚上下班了过去一趟。"

隋聿的眼睛盯着电脑屏幕,很快接话道:"没空。"

这下魏民是真的觉得隋聿有情况,本来这一段时间他就觉得奇怪,虽然以前隋聿对任何事都不太积极,但真有事情托到隋聿身上，隋聿一般都会应下来。但这一阵子，隋聿不但请了年假，而且每天一下班就背着包往外走，连头都不带回的。

"小隋，你跟我说实话。"魏民把烟拿下来，挤眉弄眼地问，"你是不是最近有事啊？是打算跳槽还是怎么的，我跟你说啊，刘一锋最近可问我了，问我你最近是不是跟市领导走得近。"

一周前刘一锋把隋聿安排到市局帮人干活儿，知道点儿内情的人都明白，刘一锋是趁这机会给隋聿穿小鞋，但最后因为隋聿的手受伤不了了之。隋聿懒得去猜刘一锋的心思，他随便找了个借口把魏民打发走，开始写这个月的工作总结。

但他明显专心不起来，脑子里全是今天早上的事情。

早上上司跟而安在电话里聊过了，擅自取消配对这件事并不算多严重，只要理由说得过去也能通融，今天中午而安便约了他的上司见面。不过而安好像对自己的翅膀变黑这件事非常难过。吃早饭的时候，隋聿看而安的手机，在网页的搜索记录里看到：如何把丘比特的翅膀变白。

但而安应该是没搜到解决办法，因为隋聿看见了第二条：怎样把黑狗变成白狗。

尽管他和隋轻轻都在安慰而安，翅膀一半黑一半白也挺好看的，但而安看起来并没有开心起来。他一边低头喝汤一边小声地说："再这么下去就会全部变黑了，那样看起来就真的很像秃鹫。"

看来是偷偷搜过秃鹫的图片了，隋聿看了隋轻轻一眼，隋轻轻假装什么都没有发生，咬了一口烧卖后若无其事地问隋聿："不过，昨天而安拿箭射你的时候，你有感觉吗？比如说凉凉的，周围散发着金色的光芒那种？"

"你幼不幼稚？"隋聿夹了一个烧卖放在而安的盘子里。

隋轻轻笑了出来，她放下筷子，身体靠着椅背："大哥，在我面前坐着的这个人，他有一对翅膀。"

隋聿"嗯"了一声，喝完手边的豆浆之后抬起眼看着隋轻轻，说："那又怎么样，你羡慕了？"

"昨天你被射了一下之后，就自动加入丘比特部落了是吧？"搞清楚状况的隋轻轻问。

这话有很大的歧义，隋聿差点儿被豆浆噎住，眼角的余光瞥了一眼而安。原本安静吃饭的人突然抬起头，看着隋轻轻问："什么是部落？"

隋轻轻喜欢的解惑答疑时刻又来了，她身体往前探，手放在桌上："就是一个族群，你懂吧？比如说大猩猩，大猩猩里会有一个领头的，然后下面有很多小兵蛋子。"隋轻轻想了一会儿，笑嘻嘻地指了指旁边的隋聿，说，"隋聿就是你的小兵蛋子，你还可以给他起外号。"

而安的眼睛亮了一下，他扭头看着隋聿，很期待地问："是吗？"

隋聿的表情变得有些复杂，而安以为隋聿是担心名字会不好听，于是他搬着凳子往隋聿旁边又挪了挪，跟隋聿讲："既然你以后得跟着我混，我可以向主管申请，叫他给你批一个好听的数字，你喜欢什么数字？888还是666？"

话题完全偏了，隋聿清楚这番对话完全没有进行下去的必要，但他还是忍不住问："你们那儿有靓号？"

"没有。"而安说，"但是你想要靓号的话，我可以帮你申请。"

"……不用。"

"你不用跟我客气。"而安拍了拍隋聿的肩膀，很贴心地说，

"放心，我会罩着你的，你想要什么我都会尽量满足你。"

隋轻轻在旁边已经笑得不行了，听见而安的话，她拍了拍桌子对而安说："大气。"接着她拿起手边的绿豆汤，"来，我敬你。"

而安也笑了出来，他拿起隋聿喝过的豆浆，跟隋轻轻碰了一下。

算了，隋聿妥协了，只要而安忘记黑翅膀的事，开开心心的就成。

即将拥有靓号的隋聿写完了月度总结的最后一个字，这时还差三分钟到中午十二点。手机屏幕忽然亮起来，隋聿拿起来看了一眼，是而安发来的信息：我给你留了一半。

隋聿笑着往下滑，而安还附带了一张照片，是吃了一小半的红丝绒蛋糕。

这会儿三分钟变得很难熬，隋聿站在门口等，直到手机屏幕上的时间变成"12:00"，他推开门往外走。门快要关上的时候，隋聿听见同事在工位上叹气，说下周将会迎来一次大降温。

无所谓，不管天气好坏，总有个人在家里等他。

下午一点零几分的时候，隋聿到达咖啡馆对面，立在路口的红绿灯正在倒数，隋聿站在马路对面看咖啡馆合着的百叶窗。不知道丘比特是不是真的有心有灵犀那一套，隋聿的目光停留到第三秒的时候，紧闭着的白色百叶窗突然被拉开，站在窗前的人的视线稳稳地落在了他身上。

隋聿看见而安抬起手，冲他使劲儿晃，然后傻笑。

这会儿隋聿也不在意自己会不会看起来很傻了，他站在排队等候的人群里，伸出手臂朝而安晃了好几下。隋聿的回应好像让而安的劲儿更大了,他又往前走了两步,鼻尖贴着窗户,脸上的笑容越来越灿烂。

是真的很可爱。红灯变绿,隋聿加快脚步。

这时咖啡馆的人并不多,隋聿推开门,头顶的风铃跟着响起来,刚刚还站在窗前的人现在就站在他面前。隋聿笑着说:"你是觉得我在咖啡馆里也会迷路吗?"

"没有啊。"而安拉着他往里面走,一边走一边回头回答他,"我就是想来接你。"

隋聿垂着眼睛笑,他本来还想再说点儿什么,但再抬头的时候才发现刚刚而安坐着的位置对面还坐着一个人。刚刚在马路对面的时候,他只顾着看而安,完全没注意到还有人坐在对面。隋聿脸上的笑容消失,他跟着而安坐下,几秒后微微点头说:"你好。"

"能骗到我们员工主动给予标记,你还是第一个。"男人有些做作地扬着下巴,试图用鼻孔跟隋聿打交道。

"不是这样——"而安开口打断他,表情显然不太乐意。

"你闭嘴。"男人皱了皱眉,身体往窗边侧了侧,接着压低声音说,"我早就告诉过你,不要看人长得漂亮帅气就凑上去,我当时让你看的《倚天屠龙记》你没看吗?殷素素当时怎么跟张无忌说的,她说漂亮的女人都会骗人!"

"隋聿又不是女人。"而安这会儿的脑子突然极其好使,他语速很快地反驳,"我也不是只看脸,而且张无忌也没听他母亲的话,找的女孩子一个比一个漂亮。"

"所以张无忌不是被骗了吗!你看赵敏和周芷若,不是都骗他了吗!"

"我看张无忌被骗,也挺开心的。"

隋聿完全插不上话。

在昨天说过要和而安的上司谈话之后，隋聿提前模拟了好多次可能会出现的情景。如果双方谈得很愉快，而安的上司说不定会帮而安把翅膀变白；如果谈崩了，有可能会出现双方"斗法"的场景。隋聿想着他们应该也会有纪律，例如不能让他们这些普通人类看见扑扇着大翅膀的人在天上乱飞，为此隋聿专门把见面地点挑在了人流量很大的市中心。

没有"斗法"，没有大翅膀，只有两个为了《倚天屠龙记》里到底谁更好看而争得面红耳赤的成年人。

这种场面不在隋聿的预测范围之内，搁在桌上的半块红丝绒蛋糕已经没了形状，红色奶油化在白色瓷碟上，像某个凶杀案现场。在两人休战的那一秒，隋聿开口说："我觉得小昭比较漂亮。"

坐在对面、正在闭目掐太阳穴的男人突然睁开眼，打量了隋聿一会儿之后，幅度很小地点了点头："看来你的审美还不错。"

隋聿还没反应过来，而安突然抓着他的手，语气很激动："风向南认可你了！隋聿，你真的好厉害！"

"……还好吧。"隋聿不知道该怎么接话。

而安坐在旁边摇头，抬手拍了拍他的肩膀："你不要太谦虚。"

事情的进度在隋聿说了一句"小昭比较漂亮"之后开始加快，风向南推了推鼻梁上的眼镜，然后从旁边的公文包里掏出一沓文件："我看过你的档案了，给你匹配的伴侣算得上是Ｓ级，有几辈子都花不完的财产，有文化，性格也不错。"

风向南说到这儿，抬眼瞥了隋聿几秒，接着把最上面的文件推到隋聿面前："这种伴侣不多，你确定要放弃吗？"

在隋聿停顿的那几秒，隋聿感觉到而安的身体突然变得紧绷，他在紧张。隋聿转过头,对上而安很亮的眼睛。似乎没想到隋聿会突然转过来,而安愣了一下,接着露出有点儿苦涩的笑容,语气轻松地说:"没关系,你好好想一想,想反悔也没关系的,你不用考虑我。"

"回家以后,你再把大翅膀弄出来让我玩一玩。"

而安没听懂,他眨了眨眼:"什么?"

"如果你答应我,以后每天让我都可以玩一会儿你的翅膀的话,我就答应你永远不会反悔。"

"好。"而安有些用力地点头,他想了一会儿,再抬起头的时候脸上的表情很认真,"你如果想要翅膀的话,我可以把我的翅膀割下来送给你。"

而安是真的不会讨好人,好像他会用的每个方法,都是以伤害自己为前提,例如给予标记,或者把翅膀割下来。

"你自己永远是第一位的,不管谁跟你说想要你的什么东西,只要会伤害到你自己,就都不能答应,懂吗?"隋聿回过头,略过文件上方密密麻麻的几十行字,在右下角签上了自己的名字。隋聿签名的时候应该是很坚定的,笔迹划得很深,最后一笔在纸上定了几秒,留下一小片圆形的黑墨。

签完名也没听到而安的回答,隋聿又抬头看了而安一眼,皱着眉问:"你听到了没?"

"听到了。"而安垂着眼,小声地说。

风向南从头到尾都没有参与他们的对话,他始终一副高高在上的样子,在隋聿签完第一张之后,他把下面的一大摞也推给隋聿,让隋聿把每张都签上名字。

隋聿开始头大,他随便翻了一下,大概有几百张。

"不能复印一下吗?"隋聿顿了顿,接着说,"或者你们有没有什么魔法,说个咒语就能把签名弄到纸上?"

风向南开始摇头叹气,他看向而安,挑了挑眉:"看见了没有,人类有多么好吃懒做。"

隋聿不再说话了,开始埋头签名。

在不断签名的几个小时里,隋聿听见风向南开始向而安普及人类的缺陷,以及某些他从来没听过的保养方法,听到最后隋聿忍不住抬头问:"不知道您今年多大岁数?"

"反正比我大很多。"而安接过话,"我记得我很小的时候,阿风还抱过我呢。"

堆在桌上的文件还剩下一小半没签,但是隋聿拿着笔没动,他看了看坐在对面皮肤紧致的风向南,转过头又看了看旁边的而安。

"我什么时候能变得跟你一样?"隋聿觉得这话有歧义,又补了一句,"就是能长命百岁。"

"要先等流程走完,然后再分配工作,按照你们的时间算——"而安仰头眨眨眼,嘟囔了一会儿,得出结论,"有可能需要几十年吧。"

"所以你的意思是,等我变成头发花白的老头儿,牙也掉完了,可能还坐着轮椅的时候,你还是现在这个样子?"

"哪有那么夸张。"而安笑了笑,仰着脸看他,"我肯定也会比现在成熟一些的。"

所里的味道开始变得有点儿怪异,源头来自办公室里永远不会散开的烟味,还有放在隋聿工位旁边从没有拔掉过电源的养生壶。浅粉色的热水咕嘟咕嘟冒着泡,带着花梗的玫瑰花漂在水面上。

魏民不敢吭声，瞥了一眼正在低头喝玫瑰花茶的隋聿，然后叩了叩晓敏的桌子，小声地问："你就说离谱不离谱？"

"魏叔，说实话，我都有点儿害怕了……"晓敏咽了口唾沫，表情复杂，"你说隋聿会不会是中邪了啊？"

魏民说："你别问我，我也不知道。"

"隋聿变得奇怪"这件事半个办公室的人都知道，起初其他人在讨论的时候魏民还不相信，听他们聊了半天，笑着敷衍他们："你们可拉倒吧。"隋聿算得上是整个派出所里魏民唯一能聊得来的小辈，其他人都叫他魏叔，只有隋聿喊他老魏，一下子辈分和距离都拉近了不少。

知道其他人在说隋聿的闲话，魏民打算找隋聿聊聊，从刘一锋的办公室出来后，他看了一眼在工位上坐得很直的隋聿。

多精神的小伙子，魏民一边感慨一边往隋聿那儿走。他年纪大，步子重，平时还没走到跟前就会被隋聿发现。但这会儿隋聿好像正在看什么资料，注意力极其集中，就连魏民站到身后都没发现。

于是魏民看到了隋聿电脑屏幕上的字，四四方方的加粗正楷写着：皮肤早衰？快来定制属于你的肌肤年轻化方案吧！魏民感觉自己的两条腿好像扎进水泥地里了，他大气都不敢喘，看着电脑屏幕上右下角小对话框里咨询的对话。

"您现在多大年纪呢？"

"二十七岁吧，还没过生日。"

"这样啊，那您具体是想要选择什么类型的项目呢？我们主打的是抗衰，您现在这个年纪刚好可以做一下初期的抗衰项目呢。"

隋聿在电脑前想了一会儿，才把手重新放在键盘上：不要初期的，直接上功效最好的，最好是能让我看起来像十七八岁的高中生。后面的对话魏民不敢看了，他蹑手蹑脚地往回走，路过晓敏的工位时，刚好对上女孩儿有些复杂的表情。魏民叹了口气，先是抬手指了两下自己的脑袋，然后摇了摇头。

早些年魏民听说过，他们这儿曾有几个郁郁不得志的男人辞职，跑去卖保险，最后搞得精神失常，想不到现在这种事会出现在隋聿身上。想来估计是上次去市局帮忙，没做出什么成绩受到了刺激，魏民觉得隋聿有点儿可怜，于是在快要下班的时候，从柜子里翻了盒自己藏了好久都没舍得抽的烟。

"别泄气，天生我材必有用嘛，而且你还这么年轻呢，以后机会多得很。"魏民看着隋聿面无表情的脸，从口袋里把烟掏出来递给他，"真有啥过不去的坎，抽根烟缓缓也就过去了。"

隋聿看了眼红色烟盒，转头把养生壶里的水加满，按下开关之后才说："我戒烟了，以后你也少抽点儿，对皮肤不好。"

魏民接不上话，拿着烟盒的手举着也不是，收回去也不是。正当他不知道怎么结束这场怪异的对话时，隋聿突然抬头看他，停了几秒，问："我看起来老吗？"

魏民愣了愣，笑了笑把烟收回来："你要是看着老，那我在别人眼里岂不是兵马俑在世了？"

这个答案隋聿不太满意，他站起来，眉毛皱在一起："你认真看看，我看起来是不是就像二十六七岁的人？跟十七八岁的小孩儿站在一块儿是不是显得年纪特别大？"

"没有，真没有，你看起来顶多也就二十岁出头。"魏民咽了口唾沫，往后撤了几步，又补充道，"真的，看起来贼年轻。"

"好吧。"隋聿坐下来，把手边的玫瑰花茶倒满，端着杯子低头吹了吹热气。仿佛得到特赦令，魏民转过身，一溜烟儿跑开了。

往前数的二十多年里，隋聿从来没有在意过自己的年龄和长相。他父母都在公安机关工作，从小对他的教育是男孩子就要在泥巴里摸爬滚打长大。为了人民和国家，头可断血可流，关键时刻屎都是能吃的，不断上升的年龄是人生的勋章，长相更加不值一提。

小时候父亲甚至会因为他的漂亮脸蛋频频叹气，在餐桌上，会把往下滴油的肥肉放进他的碗里，强迫他全部吃掉。

"多吃点儿，吃胖点儿，脸盘子大了以后这鼻子、眼睛看起来就没那么像小姑娘了——你长大以后是要做刑警的，刑警就是要掉在人群里找都找不到才行，要不然你怎么出任务！"

相貌对隋聿来说，是最不重要的东西，它会影响到父母对他的期待，以及父母希望他拥有的未来。但是现在不一样了，有人天天说他好看，说他心地善良。因为善良，所以相由心生。

早知道前几年不那么折腾了，大夏天去社区做活动的时候应该抹点儿防晒霜之类的。右边眼角是不是长出斑了？隋聿面无表情地看着镜子里的自己，顿了几秒，有些烦躁地去卫生间用冷水洗了把脸。

隋轻轻接到晓敏电话的时候刚刚结束了一场心理咨询，咨询对象是一个十六岁的男孩儿，长得清秀，身材瘦小。

是他父母带他来咨询的，那对中年夫妻穿着朴素，表情始终局促。隋轻轻让男孩儿先进房间，自己留下来跟父母了解情况。

"我们起初以为他是脑子有问题，跑到市医院看了，也拍了片子，大夫说他的脑袋很正常。"女人说话的时候没有抬头，两只手绞在一起，"后来，一个小护士说我儿子……我儿子可能是心理问题，但是市医院的心理咨询太贵了……我们是真的负担不起……"

隋轻轻笑了笑，伸出手拍了拍女人的肩膀："您放心，我先跟他聊聊，您的儿子也有很大可能是没有问题的。"

"怎么可能没问题！"一直站在旁边抽烟的男人突然开口，声音很大，充血的眼睛朝隋轻轻看过来，"十六岁的男孩儿突然说自己是个女孩儿！要穿裙子，要扎辫子！

"大夫，你就给他治，扳不过来的话您扇他几个巴掌，打他一顿也没关系。"

女人有些紧张地点头，手握着隋轻轻的手，语气恳切地说："大夫，都靠你了。"

做心理咨询久了，隋轻轻接待了不少父母带着来的小孩儿，在父母眼里，他们的状况很严重，会突然发脾气，会自残，会无缘无故地酗酒打架。但是来找她做咨询的父母，从来没问过是不是自己有问题，为什么孩子会这样。

隋轻轻见过叔叔是怎么教导隋聿的，所以她曾经也担心过，还专门留了派出所晓敏的联系方式。但好在这么多年过去，隋聿除了脾气大点儿，没有其他问题。所以当晓敏给她打电话的时候，隋轻轻一时间没反应过来。

"什么叫……隋聿好像有点儿问题？"

"我……我也不好说。"

晓敏的声音很小，过了好一会儿，隋轻轻才听见电话那头的人跟她说："就是隋聿刚刚突然问，平时我都用什么牌子的面膜……"

"隋聿！你在发什么疯！"

隋轻轻的嗓门儿大得吓人，隔着听筒隋聿好像都能感觉到唾沫星子喷了他一脸,站在旁边的导购员表情有些尴尬。隋聿冲她点点头,把免提关掉。

"你在发什么疯?"隋聿把手机夹在肩膀和耳朵中间,腾出手拿起架子上的面膜,垂眼看包装背面的功效介绍。

"我发什么疯?你知道你们所里的人现在都怎么说你吗?我看你那天是被而安捅到脑子了是不是?"隋轻轻坐在车上,系上安全带之后踩了一脚油门,偏着脑袋恶狠狠地说,"早晚传到你爸耳朵里,到时候别说是丘比特了,丘处机也救不了你!"

没有一句重要的话,隋聿没等隋轻轻说完就把电话挂断,他连着拿了几包有抗老功效的面膜,抬起头对傻站在一边的导购员说:"谢谢,我就要这些。"

隋聿付款的时候,站在收银台的两个女孩儿掀着眼皮打量他,然后问他要不要办张会员卡,下次购买面膜的时候可以买十送二。隋聿没拒绝,因为他以后买面膜的次数应该会很多。

天气预报说是下周降温,但现在的冷空气已经开始不饶人,风刮在脸上,像是有人在不停地扇巴掌。好像说是吹冷风会让皮肤变得干燥,隋聿把外套领子竖起来,尽量挡住脸,低着头往家里走。

在遇到而安之前,隋聿的午饭都是在办公室解决的,派出所门口常年卖盒饭,价格实惠,两素一荤只要十三元。隋聿去的次数多,盛饭的阿姨会好心肠地给他多弄点儿米饭。比起夏天,冬天有点儿难熬,饭菜从门口拎回办公室的时候通常都会冷掉,厚重的油脂冒出来,青菜和排骨都变得难以下咽。

那个时候隋聿还没这么矫情,再难吃的东西两三口都能解决,因为父亲说了,吃饭是为了填饱肚子,他们这样的人,没有工夫品尝美食。但现在不一样了,隋聿走进单元楼,刚到门口,紧闭着的门从里面打开,而安站在门口,眼睛弯着,嘴角恨不得咧到后脑勺儿。

"我把你昨天晚上买的烤鸡热了一下。"而安笑的时候会皱鼻子,头发一颤一颤的。

人好像就该吃热乎乎的饭菜,这点隋聿居然是从而安身上学到的。

烤鸡两个人分刚好,隋聿坐在茶几旁边,看而安把一对鸡翅膀扯下来给他。

"我有翅膀,所以鸡翅膀给你吃。"

隋聿觉得这个说法有点儿好笑,他挑了挑眉,把两个鸡腿也扯下来放进自己的碗里:"你也有两条腿,所以鸡腿也可以给我吃。

"你也有脖子,鸡脖子也给我。"

而安的表情变得愣愣的,他看了一眼正在憋笑的隋聿,抬着下巴把鸡屁股也拽下来放进隋聿的碗里:"那我也有屁股,鸡屁股也给你吃。"

"那不用。"隋聿刚拿起鸡屁股就被而安伸手按住。

"用。"而安说。

"不用。"

"用。"

车轱辘话最后是被震天响的敲门声打断的,隋聿过去开门,隋轻轻瞥了他一眼就走进来,她看着桌上被五马分尸的烤鸡,冷笑一声说:"抢鸡屁股呢?"

阴阳怪气大概是隋家的家传,隋聿坐过去,把鸡屁股拎出来放在纸巾上,看着隋轻轻说:"是啊,你是冠军,'鸡屁股'奖杯给你了。"

隋轻轻把包丢在沙发上,看着乖巧地坐在旁边的而安,还有旁边袋子里的某个名牌的面膜。

"警察不干了?现在打算去当八十八线网红了是吧?"隋轻轻走过去,把袋子里的面膜拿出来,浅金色的包装右上角用花体英文写着品牌名。

隋聿站起来,伸出手把面膜拿过来,隋轻轻不咸不淡地看他,笑着说:"抗老啊,你准备回到几岁?眼睛一闭一睁就变成个胎盘是吧?"

隋聿没接话,把面膜重新放回袋子里,然后坐在沙发上。

房间里突然变得很安静,在这段沉默的时间里,隋轻轻突然冒出个不清晰的念头,但这个念头还没来得及仔细打磨,而安开口问:"隋聿,你是害怕变老吗?"

隋聿拎着袋子的手指攥紧,他垂着眼,没说话。

没说话对于隋轻轻来说就是默认了,但而安不懂,他站起来走到隋聿身前,动作缓慢地蹲下来,手搭着隋聿的膝盖,歪着头试图去看隋聿的眼睛:"是不是啊?"

而安的手心很软,隋聿挪开他的手,笑了笑说:"没有。"

"骗人。"而安的声音很轻,他看着隋聿,顿了顿,又说了一遍,"你骗人。"

撒谎真的不容易,隋聿很轻地叹了口气,脸上的笑容没变:"好吧,我是害怕变老。"

桌上的烤鸡没人动,深秋温度低,家里也还没送暖气,原本热腾腾冒着白气的烤鸡很快凉掉,焦黄色的鸡皮皱巴巴地缩在一起。人过了二十岁之后,嘴里的实话就变得越来越少,不管是跟朋友、同事还是父母。有些谎话说出来,别人就算听出真实性不高,也不会像而安一样直愣愣地说出来。

"我确实有点儿害怕。"隋聿深吸了一口气,他抬起头,直视而安的眼睛,"以前看网上讨论年龄焦虑,我也没什么感觉,但是现在好像突然觉得时间过得太快,有点儿害怕了。"

而安很认真地听隋聿说话,认真到隋聿开始有点儿尴尬。

隋聿靠着沙发,挑眉笑着说:"不过也就有一点点害怕。"

"我很开心。"而安看着隋聿,慢慢开口,"如果你希望我变成白头发,我明天就把头发弄白;如果你活的时间很短,我也可以跟你一起……"

"你别咒我。"隋聿笑了出来,伸手碰了一下而安的发梢,"我都想好九十大寿要怎么办了,我可不是短命鬼。"

"你当然不是短命鬼。"而安也跟着隋聿笑,"你是帅哥。"

剧情发展得太快,短短十几分钟,就从荒诞悲剧转变成网络喜剧,隋轻轻刚刚冒出头的眼泪又憋了回去。她吸吸鼻子,捡起桌上的鸡屁股,抬手就往隋聿身上丢。

"帅哥,吃点儿鸡屁股保养保养吧。"

隋聿胡乱地骂了两句,三个人在沙发上笑成一团。人确实有生老病死,但"生"毕竟排在最前面,先把"生"快活地完成才是正经事。

凉掉的烤鸡三个人都难以下咽,隋聿端着盘子去厨房,打算再热一下,隋轻轻坐在沙发上玩手机。在等待烤鸡再次变热之前,而安站在阳台上,把装在口袋里的银箭拿出来。他看着不远处楼顶的太阳能板,指尖很轻地抠掉了箭头上的一点儿银屑。

微波炉转完最后一圈,响起"嘀嘀"的提示音,隋聿端着重新加热过的烤鸡走到客厅,看着而安的背影,笑着喊他:"你再不过来，我和隋聿轻轻就把鸡屁股留给你吃。"

而安把小箭重新装回口袋，笑嘻嘻地转过身，说："给我留个鸡腿吧，好不好？"

"行，鸡屁股留给隋轻轻。"隋聿把叉子摆好，说。

隋轻轻坐在旁边翻了一个巨大的白眼，手拿着叉子来回乱舞："无语。"

隋聿的抗衰计划并没有取消，他还是每天都煮玫瑰花茶，有的时候还会往里面丢几粒枸杞，魏民看见过几次，最后还是忍不住笑话他："玫瑰泡枸杞，你这是走的哪条道？"

隋聿不接话，只是垂着眼睛笑。

"刘一锋找你呢。"魏民能看得出来最近隋聿心情不错，他晃着胳膊坐到隋聿旁边，压低声音问，"最新的小道消息，跟你和刘一锋有关系的，听不听？"

隋聿看了一眼手边的文件，在键盘上敲了几个字，停了几秒说："我和刘一锋没什么关系。"

"好关系没有，烂关系可是不少。"魏民耷拉着眼皮，朝身后紧闭着的办公室大门瞥了一眼，"起初你刚来，他拿捏不住你本来就心里不痛快，后来你又拂他的面子，把副厅长的女儿丢在那儿，刘一锋心眼儿小，可是记恨上你了。"

隋聿"嗯"了一声，眼睛还盯着电脑屏幕："我知道，反正都在一块儿工作，谁也别妨碍谁就无所谓。"

魏民冷笑一声，他的目光来回扫了一圈，见没人注意到他，搬着凳子又离隋聿近了一点儿。

"我那天路过办公室，听见刘一锋那孙子在讲电话，好像是省里面想要把你要过去,刘一锋压着,死活不愿意放人。"

按键盘的手指一顿,隋聿多打了一串逗号,把逗号一个个删掉之后,隋聿才转过头,看着魏民:"省里为什么突然要把我调过去?"

"都什么时候了你小子还跟我装?"魏民摸了摸口袋,想要找个槟榔,但摸了半天,只在裤子口袋里摸到一个已经撕开的包装袋。魏民"啧"了一声,咂巴咂巴嘴,掀着眼皮看隋聿,"你老爹原来是省里的刑警一队大队长,这件事你还打算瞒多久?"

隋聿没说话,魏民笑着拍了拍他的肩膀,语重心长地教育道:"让老爹出面帮忙不丢人,有这层关系该用就得用,现在清高,以后可有你后悔的时候。"

窗外的大风把虚掩着的窗户吹开,一连吹倒了好几个空花瓶,有一个从窗台上掉下来,发出清脆的响声。魏民剩下的半句话被打断,他骂骂咧咧地跑过去关窗户,又招呼几个人过来扫地,留下隋聿坐在电脑前发愣。

他的父亲是一位老警察,在隋聿的记忆里,前十年他基本上没在家里见过父亲的人影,父亲缺位这件事在他心里再正常不过,因为母亲一直跟他说:"你的父亲是个英雄。"

据说他父亲一辈子两袖清风,除了自己该得的,其余的补贴一分都没要过,退休之后又被返聘到警察学校,给新生讲课。

这样一个人,现在居然拉下脸找省里的领导,希望把他调到省局去。应该开心才对,他终于可以施展拳脚大干一场,接很多案子,成为一名像他父亲一样的刑警。

但是隋聿的面部肌肉好像坏掉了,他一点儿都笑不出来。

地板上的玻璃碴子被人扫走,但还有一块漏网之鱼躺在浅黑色的砖缝里，在白炽灯光下变幻出各种各样美妙的颜色。隋聿转过头，视线落在还在加热的玫瑰花茶上，原本浅粉色的液体因为煮的时间过长，变成有点儿发紫的红，浮在水面上的玫瑰花苞明明已经死了，现在却花瓣舒张，一副春天即将到来的样子。

身后办公室的门紧闭，隋聿又坐了一会儿，才站起来往办公室门口走。呛人的烟味隔着门板也能闻见，应该是刘一锋正在为了怎么把他留下来而发愁。毕竟原本他还能给隋聿穿小鞋，要是隋聿真去了省局，等到再见面的时候，他也得点头哈腰，冲隋聿笑着喊一句"隋刑警"。

隋聿抬手敲了两下门，三秒之后，里面的人说了声"进来"。

隋聿推开门，浓厚的白色烟雾扑在他的脸上，熏得他睁不开眼，于是隋聿就那么开着门站在门口，闭着眼散了散烟味才走进去。刚刚那一系列的操作应该让刘一锋心里更不爽了，隋聿觉得刘一锋的脸色比往常更黑，甚至连掩饰性的笑容都消失了。

"来了啊，坐吧。"刘一锋双手托着下巴，眼睛瞟了一眼对面的椅子，看见隋聿站着没动，他笑了两声，接着说，"你早说你父亲以前是省局的啊，这样平时的工作我也少交给你一些，要不然把你累着了，去省局的时候难以开展工作，你说是吧？"

这是刘一锋惯用的话术，先是把他架起来一顿冷嘲热讽，再把自己的姿态放低，阴阳怪气。

"主任交给我的工作不算多，而且都是为了我好，想要锻炼我，我心里清楚。"隋聿停了停，接着说，"我平时不懂事，也给主任惹了不少事，还希望主任能别跟我计较。"

隋聿说话的时候脸上没什么表情，语气也淡，刘一锋一时间也有点儿发蒙，弄不准隋聿到底是什么意思。但是话都说到这儿了，刘一锋不接倒显得他不懂事，刘一锋靠着椅背，笑着说："年轻人嘛，脾气大点儿都是正常的，能理解，而且你的能力也确实不错，待在我们这儿确实屈才。"

话说完，刘一锋开始打量隋聿的表情，试图从他的脸上得出一点儿信息，可惜隋聿还是维持着刚刚进来时的表情。

"省局那边给我打了好几个电话，希望能把你调去刑警二队，但是你应该也知道，你要是走了，所里就少了一个真正能干实事的人，我也很为难啊……"

"您说得对。"隋聿接上刘一锋的话口，脸上出现轻松的笑容，"我在所里也待了好几年，跟同事都有了感情，社区那边的很多工作也是刚上手。

"所以，刘主任，"隋聿往前走了一步，手背碰到桌子，蜷着的手指握成拳又逐渐放松，"我想留在所里。"

刘一锋听见这话一愣，他现在是真的有点儿摸不着头脑了。隋聿年轻，能力又强，现在能从一个区派出所调到省局去当刑警，晚上睡觉时应该都能笑醒才对。没有人会拒绝，不该有人会拒绝。

"你可考虑好了，这种事可开不了玩笑。"刘一锋拿了支烟，但是没点，"该不会是有比省局更好的去处吧？要是这样的话，你到时候可别忘了我这个主任啊。"

刘一锋又露出了那种笑容，五官都挤在一起了。

隋聿强忍着胃里的恶心，冲着刘一锋笑了笑，态度毕恭毕敬："主任别开玩笑了，我是真的想在所里好好干。"

"成，你这么说我心里就有数了。"刘一锋终于站起来，走到隋聿身边，抬手拍了拍他的背，"省局那边我就帮你拒了，以后后悔了可别怨我啊。"

刘一锋像是在烟灰缸里腌过的一样，走过来的时候，全身都散发着令人难以忍受的气味，但是隋聿的忍耐力突然提高，他对着刘一锋垂了垂眼，说："谢谢主任。"

周五的工作和平时差不太多，隋聿带着几个人去社区调解一对闹离婚的夫妻，其间男人突然发怒，扬起手臂就要扇妻子巴掌，隋聿把人拦下来，最后把他送回了派出所。男人在小黑屋里骂了一个下午，直到下班的时候，来了一对自称是男人父母的老年夫妻把他带走了。

不知道把人领回去之后，那个女人会不会挨打，隋聿原本想要跟过去，但魏民冲他使了个眼色，把他拉住了。

"人家的家务事，少掺和。"魏民这么跟他说。

隋聿心里窝火，但是又无能为力。

到了下班时间，所里的人陆陆续续走得差不多了，隋聿今天值班，他只开了自己工位上的灯，映着橙色的光线。这时手机屏幕亮起来，他看见而安发来的短信：外面好冷，我去给你送件厚的外套。

隋聿看了眼窗外黑下去的天，正打算给而安回消息，让他不要来，而安的第二条信息立刻发了过来。是一张自拍，照片里，而安穿着不知道从哪儿翻出来的黑色羽绒服，戴着帽子，帽檐上浅灰色的毛遮住了他的眉眼。

照片下面还跟着一句话：这件可以吗？应该很暖和，我都出汗了。

隋聿扶着额头笑了出来，他不知道是不是所有的丘比特都这么可爱，大概不是，这个应该是最可爱的。

隋聿：那就麻烦03276同志给我送过来。

隋聿的消息刚发过去没几秒，而安的信息就回了过来，还是一张自拍。这次而安穿的是自己的薄外套，怀里抱着黑色羽绒服，另一只手手指并拢，竖在额头前，做了个十分不标准的敬礼动作。

而安：03276用飞的，马上就到！

隋聿只顾着低头盯着手机傻笑，就连门口站着人都没发现，直到男人冷哼出声，隋聿才猛地抬起头。

门口站着一男一女，男人穿着深色的中山装，两鬓花白，面色却依然红润。

"看来派出所养废人这话真是没说错。"

隋聿站起来，停顿了两秒，才喊了声："爸。"

隋聿上次见到父母应该是去年过年的时候，大年三十晚上，他在一家百年老店排队买烧鸡，等了将近半小时才轮到他，隋聿挑了铁盆里最大的那只，然后坐大巴车回了家。

其实在车上的时候隋聿就有预感自己会挨骂，但是另一个小人儿在脑子里跟他打架，说："今天可是大年三十，你爹再怎么样也不会在这一天教育你。"可惜父亲就是父亲，不管是大年三十，还是世界末日，这件事都是既定事实。

隋聿刚推开家门，还没来得及换鞋，就听见男人怒其不争的声音。

"一个男人，连最基本的时间观念都没有，真是家门不幸！"

确实是比约定好的时间晚了十几分钟，隋聿没什么可辩解的，他换了鞋走到客厅，把还冒着热气的烧鸡放在桌上，冲着在沙发旁边站军姿的男人笑了笑："爸，吃鸡。"

"你要是把你贪嘴的劲儿用到工作上，也不会到现在还是个社区干警。"

春节联欢晚会已经开始了,穿着红色拖地礼服的女主持人站在舞台中央,笑容满面。烧鸡最后有没有吃光隋聿已经记不清了,他只记得那天过了零点之后,在新的一年,他对父母说的第一句话不是"新年快乐",而是"我会努力"。

晚上风大,隋聿看着隋一国站在门口,后脑勺儿的头发被风吹到前面,让这个常年都很严肃的父亲看起来有些滑稽。要是而安看到了,可能会说他父亲看起来像美杜莎,因为而安最近沉迷于各种欧美特效电影,见到谁都想给人家起外号。

自己都是有翅膀的人,居然还会在看见钢铁侠飞天的时候发出惊呼,并且用力地鼓掌。

隋聿感觉自己的心情好像放松了一点儿,他往前走了几步,看着皱着眉的父亲以及在旁边站着的母亲,伸出手把门关上。

"你们怎么突然过来了?"

"不过来怎么知道你天天都在干些什么?"隋一国站着没动,他看了隋聿一眼,停了停才接着说,"领导把值班的工作交给你,你就是这么值班的?"

"是。"隋聿垂着眼,脊背挺得很直,"我的错,下次一定注意。"

积极的认错态度可以最快得到原谅,隋一国从鼻子里"哼"了一声,绕到他的工位旁边,仔仔细细地看了一会儿,抬起头问:"你最近主要负责什么工作?"

"社区工作,又快到年底了,最近在排查户口,闲的时候也会替一些上了年纪的阿姨叔叔跑跑腿。"

估计是对这个答案不太满意,隋一国半天都没吭声,直到一声长长的叹息之后，隋一国双手背在身后，走到隋聿面前："下个月，你就给我去省里报到。"

"算了吧还是，我现在在这儿干得挺好的。"隋聿抬起眼，对上男人有些混浊的眼睛，"而且你不是也老说，为人民服务才是最光荣的工作吗？"

隋一国的耐心见底，他有些烦躁地挥了挥手，说："你别跟我扯那些有的没的，我还总说让你好好干，别丢我的人，你听了吗？"

这次隋聿又接不上话了，从小到大，他都不太会跟父亲争执，倒也不是他嘴笨，而是天生对隋一国的敬畏。原因可能是小时候其他小孩儿闯祸的时候，家长都会说"你再捣蛋我就叫警察叔叔把你抓走"，隋聿不存在这种担心，因为他家里时时刻刻都坐着两个警察。

一直站在门边的女人终于开口，她往前走了几步，伸手扯了扯隋一国的袖子，皱着眉说："你又发什么火？路上我是怎么跟你说的？隋聿又不是听不进话的孩子，你就不能好好跟他说？"

这话挺管用，隋聿能看见隋一国紧攥着的手逐渐放松。

"这个机会很难得，你现在这个年纪去省局也是小辈，好好干几年，提岗绝对没问题。"隋一国的态度罕见地和缓。隋聿看着男人的脸，能看得出来他的父亲正在积极地向他展现父爱。

"虽然在所里也是为人民服务，但是父亲相信，你去省局，进了刑警队可以做得更好，保护人民，守卫国家。"

这番话的父爱含量应该已经是隋一国能表达的极限了，可能比当时他对着警徽宣誓的感情都要饱满，再不答应，多少是自己有点儿不知好歹。隋聿低着头沉默了一会儿，再抬头的时候刚好对上隋一国的视线,是那种充满期待、让人压力骤升的视线。

"我知道。"隋聿笑了笑,停了几秒,才开口说,"但是爸,我真的不想去。"

一个极其不孝顺并且不知好歹的儿子出现了,比起失望,隋一国脸上更多的是震惊。他想不明白,从小到大都听话懂事的孩子,为什么现在会变成这样。

"为什么不想去?"隋一国憋了好久,尽量缓和自己的情绪,试图成为一个可以和儿子好好沟通的父亲。

外面的风好像越来越大,隋聿好像能听见玻璃震动的声音,他低下头,眼角的余光瞥见自己工位上已经凉掉的玫瑰花茶。

"我知道省局很好,你跟妈能把我弄进去应该也费了不少力气。"隋聿编瞎话的技术很差,他深呼了一口气,最后决定在老刑警面前坦白从宽。

"现在市里不太平,上个月在滨里还发生了枪战,我离开警校太多年,手已经生了——"

后面半句隋聿没来得及说,清脆的响声在办公室里显得格外刺耳。一秒过后,隋聿能感觉到自己的左脸火辣辣的,像是被火烫过,但是一点儿痛意都没有。

隋聿抬起头,对上隋一国震怒的脸,以及还没收回去的高举着的手。

"你还记得警察的职责是什么吗?你才毕业几年,在学校学的知识都喂狗去了吗!"隋一国的唾沫乱飞,脸上下垂的皮肤因为情绪激动正在发抖,他用手指着隋聿的脸,咬着后槽牙,"怕不太平、怕受伤、怕死,你到底还有没有脑子!我怎么生了你这么个东西!"

脸还是很热,应该是肿起来了,隋聿抬起头,和父亲对视。

"让你和妈失望了，对不起。"隋聿说，"但是我已经决定了。"

顾不上什么父亲深沉的爱了，隋一国张了张嘴，但什么都说不出来。他往前走了几步，再次扬起手臂，毫不犹豫地朝隋聿的左脸抡过去。

这一巴掌打上去估计嘴里都要出血了，隋聿觉得跟而安在一起待久了，自己可能也拥有了某种超能力。譬如现在隋一国高高举起的手像是慢动作，他能看得清男人暴怒的脸，还有旁边母亲怒其不争的神情。

想象中的巴掌声并没有出现，在手指快要落到脸上的时候，隋聿突然伸出手，用力地握住了隋一国的小臂。年轻时再怎么意气风发的刑警队长，都扛不住时间流逝，隋一国使劲把手腕往下压，却一点儿都动不了。

隋聿抬起头，看着面前父亲脸上十分复杂的表情，顿了几秒，才开口："对不起，爸，但我真的不想受伤了。"

这应该是压死隋一国的最后一根稻草，隋聿看着男人把胳膊从他手里抽出来，点了点头，转过身往门口走，不再看他。隋聿在原地愣了几秒，跟着走过去，没有说挽留的话，只是帮他们推开门。冷风毫不留情地往办公室里灌，隋聿看见隋一国的头发又被吹起来，白发在夜晚显得刺眼。

"你就好好守着你这条命，以后我就当没你这个儿子。"

"你们路上慢点儿。"隋聿顿了顿，说，"我还要值班，就不送你们了。"

门关上了，隋聿没去看父母离开的背影，他站在办公室，视线扫了一圈，最后落在魏民桌上开着的那包烟上。隋聿走过去，拿了一根，但是没抽，不知道是不是那一巴掌打得太重，隋聿盯着眼前的那盆绿萝有点儿恍惚。

直到身后传来轻微的响动，门被打开，冷风吹过他的后背。

隋聿背后的脚步很轻，他垂着眼，把夹在指间的烟丢回桌上，笑着说："你不是用飞的吗，天上也堵车？"

身后的人也跟着笑，停了两秒，隋聿感觉到有人用敞开的外套包住他，带着温度。

而安笑着吸了吸鼻子，小声地说："外面好冷啊，你冷不冷？"

隋聿没说话，他转过身，低头看着而安的眼睛。而安的眼睛很黑，睫毛几乎和瞳孔融在一起，但是隋聿没有心情欣赏，他抬起手，用手背很轻地碰了一下而安发红的脸颊。

"莫名其妙让小飞人挨了巴掌。"隋聿顿了顿，接着说，"对不起，以后不会了。"

而安笑嘻嘻地拍了一下隋聿的肩膀，说："有什么嘛，又不疼。"

隋聿没说话，两个人就那么站了一会儿，而安突然开口问："刚刚那两个人，是你的父母吗？"

"嗯。"

"你母亲很漂亮，你跟她一样漂亮。"

隋聿笑了笑，觉得心里好像平静了很多，他抿了一下嘴，抬眼看站在他对面一脸单纯的而安。

"你怎么不评价一下我爸？"

而安眨了眨眼，似乎正在考虑措辞，三秒过后，他仰起脸，看着隋聿笑着说："你父亲很像美杜莎。"估计是害怕隋聿理解不了，而安的手在自己头发上绕了两圈，"头发像这样，都飞起来了。"

隋聿也跟着笑，他摸了摸而安开始肿起来的脸颊，低声说："是有点儿像。"

可能一巴掌对于丘比特来说真的不算什么，隋聿看着而安走在他前面，像个阔少一样光临每一家卖小食品的店铺，最后而安在一个卖糖葫芦的推车前挥金如土，一口气买了八根糯米糖山药，还有一袋炒栗子。

好吃的就是要跟别人分享的，而安从袋子里拿了一串糖山药，还没等隋聿拒绝，一股脑儿地塞进隋聿的嘴里，差点儿戳到隋聿的嗓子眼儿。

"你现在这个行为，我能判你谋杀你知道吗？"隋聿拿着糖山药，跟着而安往前走。

而安看了隋聿一眼，然后停下来，把隋聿拿在手里的糖山药拿走，站在原地几秒后又重新把糖山药递给他，笑眯眯地看着他说："这样可以了吧？"

最终是隋聿妥协，他拉着而安的袖子，一边低头吃糖山药一边提醒而安注意看车。在人行道旁等待红灯的时间里，而安吃完了第三串糖山药，把木签放进袋子里之后，他突然伸出左胳膊，十分夸张地向上抬。过长的袖口顺着力道往下滑，露出手腕，还有戴在上面的大金表。

"哎呀，都快十一点了。"而安转过头看着隋聿，眉毛皱在一起。隋聿还没来得及问怎么了，就看见而安十分利索地拉开外套拉链，脱掉之后塞进他的怀里，然后双手捏着上衣下摆，开始往上脱。

作为警察，隋聿抓过几个暴露狂，大冬天的就只穿大衣和拖鞋，整天在人流量最多的路口晃悠。于是隋聿很快按住而安准备继续脱衣服的手，有些警惕地看着而安："你别，这么冷的天你就算觉得热，也不用脱光吧？"

"十一点了。"而安盯着他看。

隋聿愣了愣,然后点点头说:"我知道。"

而安仰着脸看他,很黑的眼睛睁得大大的,眨眼的速度变慢,像是对隋聿接下来要说的话抱有极大的期待。

但是隋聿不知道自己该说什么,理智告诉他,这会儿确实应该说点儿什么才行,于是隋聿停顿了一会儿,在自己的知识库里搜索各种神话故事,然后压低声音问而安:"你是不是有什么问题了?比如到了十二点就要变身之类的?"

站在旁边的女生捕捉到这边的谈话,朝隋聿瞟了一眼,然后转回头,身体却小幅度地朝他们倾斜。

"你不记得了吗?"而安的语气变得委屈,他抿了抿嘴,确定隋聿真的不记得了,才开口说,"你说过,每天晚上都要看一下我的翅膀,现在已经快十一点了,再不看翅膀就要到明天了。"

隋聿愣了一下,接下来很快开始反思自己。可能是跟人打交道的时间太长,大家都习惯用"以后"还有"改天"敷衍彼此,几个人说下次约饭,但有极大的可能性,这是他们这辈子最后一次见面。

而安不一样,他说的每句话都不是为了敷衍别人,所有的都要说到做到。

"这里人太多了。"隋聿抖了抖外套把衣服敞开,像卷寿司一样把而安包起来,然后垂着眼看他,小声地说:"我回去再看。"

"行。"而安笑眯眯地把外套穿好,"回家了再给你看。"

到家准备观赏翅膀的某个人这会儿正坐在沙发上,看着另一个人当着他的面脱掉上衣,露出很白的皮肤。隋聿开始心不在焉,脑子里冒出一些小时候看动画片时的幼稚想法，而安完全没注意到，他来回抖动背后的翅膀，全部心思都在如何把羽毛整理得更加顺滑上。

分歧从这一刻开始，而安转过身和隋聿说话的时候，隋聿没理他，而安又喊了他几声，但隋聿始终维持神游状态。

"你在想什么啊？"而安蹲在隋聿的面前，仰着脸看他，翅膀尾端软塌塌地垂在地面，确认他跟自己对上视线之后，而安抿了抿嘴，嘟囔说，"都不理我。"

"没想什么。"隋聿没好意思说自己在想圣斗士星矢，下意识撒谎。

不知道警察说谎是不是也要吞一千根针，而安死死地盯着他看，隋聿突然觉得喉咙难受，把头别到一边。

丘比特是真的很难缠。

而安伸出手，捧着隋聿的脸强行把他的脑袋掰正，又凑近了一点儿，皱着眉问："你为什么不看我？"

这个怪异的姿势保持了将近十秒，隋聿有些用力地把而安的手拽下去。而安瞪大了眼睛，左手被按下去，右手又抬起来，你来我往几个回合，最后愣是把隋聿气笑了。

"你笑什么？"而安站起来，又开始重复上一个问题，"你刚刚为什么不看我？"

隋聿抬起眼看而安，好一会儿才低声说："我也是普通人，真的看见大翅膀也会想点儿有的没的。"

而安点了点头说"好吧"，顿了顿又补充了一句："是帅气的普通人。"

隋聿笑了一声，低头看着而安，开启了一个极其无聊的话题：

"你知道东土大唐最帅的人是谁吗?"

"是谁?"而安很给面子,接话道。

"是唐僧。"

"唐僧是谁?"

而安又露出那种很天真的表情了,眨眼的速度很慢。隋聿坐直了一点儿,开始认真地普及名著知识:"就是几个人闯关的故事……"

"好看吗?"隋聿的科普才刚开始,他看见而安张了张嘴,没头没脑地问了一个问题。

隋聿顿了顿,反问他:"什么好看吗?"

"你说的那个闯关的故事啊,"而安把隋聿推开了一点儿,"好看吗?"

"……还行吧。"隋聿说。

下一秒,原本蹲在地上的而安一个翻转,一屁股坐在他旁边,一边把不小心压在屁股底下的翅膀抽出来,一边让隋聿拿电视遥控器:"在哪个台啊?"

接近凌晨一点,客厅里只开了一盏落地灯,橙黄色的暖光照亮半扇玻璃窗,隋聿和而安坐在沙发上。一个因为沉迷于老版《西游记》猴哥的魅力而满面红光,一个因为片头曲的声响而感到头疼。

"猴哥也太帅了吧!我也想跟他去取经。"而安从茶几上拿了一袋薯片,吃了两口。

随后隋聿听见而安问他:"你觉得猴哥和钢铁侠打起来,谁能赢啊?"

隋聿的太阳穴突突直跳,他垂眼在手机屏幕上噼里啪啦打了一串字,眼角的余光瞥到而安充满求知欲的脸,停了停才说:"钢铁侠吧。"

"是吗？我觉得是猴哥。"而安坐起来，薯片从敞口的外包装里掉出来几片，而安一边捡身上的薯片一边发表评论，"钢铁侠毕竟是人，他跟猴哥是有本质上的区别的。钢铁侠虽然很有钱，但是碰到猴哥应该还是打不过——"

"钢铁侠碰到猴哥，应该会把他抓起来，送到基因研究中心去，看看一只猴子的话为什么会那么多。"

这个话过于现实，而安闭上嘴不再说话，转过头认真地看电视。

这版《西游记》隋聿看过好几遍，已经到听见台词就能确认是第几集的程度，现在的剧情应该是到准备三打白骨精了，隋聿低头看了一眼手机屏幕，上面是隋轻轻刚发来的短信。

隋轻轻：刚刚我可听我爸说了啊，你爹在酒店里摔了俩杯子。你可以啊，卧薪尝胆多年，一造反就是把你爹气死的程度。

剧情进行到唐僧分不清好坏，责怪孙悟空滥杀无辜，而安共情力极强，站在沙发上替他猴哥打抱不平。

隋聿：我爸身体没事吧？

隋轻轻：好得很，骂你三百回合都不带换气儿的。

猴哥被赶走了，而安的心情久久不能平复，连薯片都吃不进了。隋聿看了而安一眼，他现在正挥舞手臂替一只金发猴子抱不平。

"下一集你的猴哥就回来了。"隋聿说，"别生和尚的气了。"

而安扭头看了他一眼，抱着薯片袋子在沙发上坐好，点点头说："好吧。"

结果是隋聿没能撑到孙悟空回到唐僧身边就睡过去了，上班人员没有那么多精力，光是应付上门的父亲就已经精疲力竭了。

电视音量被调到最小，而安看着躺在沙发上的隋聿，小心翼翼地蹲在他旁边，看他的眉骨、眼睛还有鼻子。

给隋聿盖上毯子之后，而安走到浴室，反手关上门，拿出手机拨了一个电话。

提示音响起四秒后对面的人接起来，声音里带着酒意："这个点儿我只接财神爷的电话。"

而安愣了两秒，在电话这边点点头，小声地说："那我先挂了，明天再打给你……"

"别。"隋轻轻开始叹气，"有什么事？"

"今天隋聿的父亲打他了。"而安停顿了几秒，想了想接着说，"我觉得他们之间有误会，我想让你带我去见见隋聿的父亲，解释一下……"

隋轻轻的酒醒了大半："我不去，我从小见他爹就害怕。"

确实，而安想起来今天在黑暗中看到的那个男版老年美杜莎，但是没关系，丘比特是坚强勇敢的，不会被任何困难以及各种版本的美杜莎打倒。

"那你把他父亲的电话给我吧。"

隋聿是什么样的人。

而安在寺庙见到绮丽的时候，绮丽问过他这个问题，当时而安坐在小板凳上，托着下巴想了一会儿，给了一个这样的答案——"是长得很帅、身材又好的警察。"

盘腿坐在榻上的绮丽差点儿被嘴里含着的枣核噎死，她表情复杂地看着而安，两秒之后翻了一个巨大的白眼。这个答案几乎肤浅到了极致。不管是东方还是西方，有很多人都会向神许愿，在他们眼里，神就是神圣和高深的代名词。但其实不是，神活的时间太久了，久到从复杂高深里跳出来，返璞归真，重新成为一名合格的看脸主义者。

他是，绮丽也是。

后来这个问题而安也问过隋轻轻，隋轻轻瘫在懒人椅上，晃了晃手里的半瓶啤酒，笑眯眯地给了他一个更加敷衍的答案。

"是个弟弟。"

所以当时在而安的大脑里，隋聿就是个长得帅的警察弟弟。但是按道理来说，这种组合产生的新鲜感并不会长久。于是而安花了好多个晚上，躺在沙发上假睡几个小时后，慢吞吞地晃到隋聿的卧室里进行深度思考。

隋聿很爱干净，每天要洗两次头发一次澡，所以他身上总是香香的。而且隋聿还很大方，明明那么穷，但他还是每天给而安买咖喱面包，还有各种各样的进口小零食。他的同事好像也蛮喜欢他的，而安偷偷跑去看隋聿上班的时候，瞧见隋聿的好几个同事跟他说话的时候都在笑。

隋聿应该也是善良的，他们走在大街上的时候，隋聿总是会帮等车的奶奶拿重行李，又或者是帮走上坡路的阿伯推车。隋聿总是说自己没有梦想，当警察只是为了完成父母的心愿，但是在而安玩隋聿的电脑的时候，翻到了他上学时写的一篇论文。

隋聿说，他作为一名警察，并不是为了保护弱者，而是希望弱者的那些弱点不会成为在社会上生存的缺陷。

他应该还是很喜欢自己的职业的，就像自己小时候非常想成为一个丘比特一样。

所以没关系，肯定能说清楚的。

在隋聿去上班三小时后，而安拿起手机，照着隋轻轻昨天给他发过来的号码把数字一个一个输进去，然后按下了绿色拨通键。其实还是有点儿紧张的，在等待电话接通的几秒里，而安觉得呼吸困难，甚至开始流鼻涕，他必须坐在浴缸里才能保持冷静。

提示音最后一声只响了一半突然停止，电话接通了。

"哪位？"

男人的声音浑厚有力，而安确定，这不是处于暴怒状态的"美杜莎"。而安窝在浴缸里，握紧拳头，小声地开口问："请问你是隋聿的父亲吗？"

第八章

最佳组合

从上午坐在办公桌前开始，隋聿的右眼皮就开始狂跳，中间有一两分钟跳得非常夸张。隋聿一度觉得右眼正在背叛左眼，跑去参加了一场踢踏舞比赛。

晓敏路过的时候瞧见了，走回自己的办公桌，给隋聿拿了单支的眼药水，说是冲冲眼睛能好点儿。隋聿还没想好要不要滴，从外头拿材料回来的魏民晃过来瞧了他一眼，就开始摇头。

"右眼跳灾啊。"魏民咂了咂嘴，"小隋，你这是要犯太岁。"

隋聿看了他一眼，把手里的一把枸杞丢进保温杯，说："你得了吧。"

"你就是年龄小，见识少，有些事情就是邪门得很，你还别不信。"

你知道什么，我还见过有人扑扇翅膀双脚离地呢，但是这话隋聿没说。自从刘一锋知道他不去省局之后,对他的态度稍微柔和了一些,甚至在给他布置完工作之后,会很轻地拍拍他的肩,露出有些慈爱的笑容。

快到年底,派出所跟附近的几个社区要进行居民清点,所里基本上没人愿意接这个活儿,所以刘一锋把这个工作交给了他。这是毫无挑战性,但是琐碎的工作。光是整理户籍档案,隋聿就弄了将近四个小时,在电脑上打完最后一个字的时候,隋聿也刚好喝完了保温杯里最后一口枸杞茶。

到了中午,同事陆陆续续往门口走,隋聿在位置上坐了一会儿,伸出手指点了一下手机屏幕,卡通版金色卷毛丘比特完整地出现在视野里,而安今天没有给他发信息,一条都没有。

隋聿正在发愣,突然有人拍了一下他的后背。隋聿转过头,对上魏民的脸。

"吃不吃饭?街口新开了家小面馆,买两碗送一份酥肉扣碗。"

"你去吧,我现在不饿。"隋聿说。

"行吧。"魏民往前走了两步,想了想又拐回来,"你的手机壁纸换一下吧,我们几个真的都看不下去了。"

隋聿没搭理,看着魏民的背影消失在大门口,他重新低头看着手机,过了一会儿,给而安发了条短信,问而安中午吃什么。短信发过去,他还没来得及放下手机,屏幕瞬间亮起来。

秒回啊,隋聿笑着点开,看到而安的回复:我不吃了,现在肚子和脑袋都不太舒服。

隋聿看完短信就站起来往外走,他记得早上而安还好好的,不知道是不是昨天晚上的鱼肉没炖熟,还是因为降温。也不知道而安生病,吃普通的药管不管用,隋聿准备给而安打电话的时候,屏幕又亮了起来。

而安：而且，我觉得你父亲也有点儿不舒服。

而安：他已经好久没动了。

或许是因为文字不太好说明情况，而安又贴心地附上了一张照片。照片有些模糊，角度也奇怪。在画面里，他的父亲正以一种十分怪异的姿势躺在地上，脑门儿朝下，可能是因为害怕躺着的人不舒服，脑门儿下面还垫了一个沙发垫。

隋聿感到一阵头晕目眩。

隋聿不知道自己是怎么跑回家的，因为大脑突然宕机，他甚至忘记先打"120"叫救护车。可能是食物中毒，又或者是心脏病发作，但是而安也觉得身体不舒服，那应该是食物中毒。隋聿三两步跨上台阶，但当他真到了家门口，推门的手却怎么也伸不出去，他的心跳很快，快到心脏好像要从嘴里蹦出来似的。

这样的情况在将近一分钟之后才逐渐缓解，缓解的原因是，隋聿站在门口，听见了透过厚重门板传出来的声音。

"来，小丘同志，我们再走一个——你看不起我是不是？觉得我岁数大了，陪不了你是不是？"

紧接着，咬后槽牙的声音取代了强烈的心跳声。

几个小时前，而安站在客厅打了一个电话。

"我是隋聿的朋友，我觉得您可能对隋聿有点儿误会，所以如果您有空的话，能不能来家里一趟啊？"而安尽量让自己的语气听起来很有礼貌，但话说出去后等了好久，他都没听见对面的人说话。

而安把手机拿下来，确认通话还在继续之后，他意识到可能是信号不太好。于是他从浴缸里站起来，尽量把手机举高，对着听筒大声地重复刚才说过的话："我是隋聿的朋友！我觉得您可能对隋聿有点儿误会！所以如果您有空的话！能不能来家里一趟啊！"

"你突然声音那么大干什么！我能听见！"男人的声音变得有些暴躁。

而安抿了抿嘴，拿着手机重新坐回浴缸，小声地说："那您怎么不说话啊？我还以为信号不好。"

"我都不知道你是谁，你叫我去我就得过去？"

男版美杜莎的警惕性很强，而安不知道该怎么介绍自己，想了会儿只好把隋轻轻搬出来，他声情并茂地讲述了自己和隋家姐弟的关系，但话还没说完，对面就把电话挂掉了。

好难打交道的老人啊，而安开始有点儿可怜隋聿了。

隔了一分多钟，而安接到了隋聿父亲的电话，他说了句"我一会儿过去"之后就迅速挂断了。

估计是跟隋轻轻沟通过，确定他不是个骗子才决定来的。而安没有跟老年人打交道的经验，于是他又给隋轻轻打了个电话。作为隋家的一员大将，隋轻轻把自己的毕生经验都倾囊相授。

"他说话的时候你千万不要插嘴，也不要反驳，就安安静静乖巧地听着。

"如果他问你问题，你不知道正确答案的话，点头微笑就好了。"

"……"

通关密码也不是很复杂，而安点点头，说："记住了。"

对待长辈应该很有礼貌才行，在等待隋一国到来的时候，而安站在浴室里思考怎么样才能更有礼貌。按道理来说，他应该下楼迎接一下才对，但他没有钥匙，家里的两把钥匙都被隋聿带走了，如果他下楼的话，他跟隋聿的父亲就都进不来了。

而安仰头望着天花板，终于在三分钟后想到了一个好主意。

于是在隋一国刚走到单元楼楼下的时候，听见头顶上有些熟悉的叫喊声，他抬起头，在四楼敞开的窗户里，看到了一个男孩儿。男孩儿半个身子几乎都探在外面，右手高高地举起来，冲他来回晃。

"叔叔您好！我在这儿！您看见我了吗！"

隋一国开始皱眉。

男孩儿看起来是不达目的誓不罢休的类型，没有得到回应，于是打招呼的声音变得更大，摆手的幅度也更夸张。

"叔叔您看不到我吗！我在这里！"

隋一国的眉毛狠狠地皱在一起，他闭着眼深吸了一口气，两秒之后，抬起头冲着窗户那边的人喊："我看见了！别喊了！"

男孩儿点点头，他上半身撤回去，然后一边关窗户一边大声地回答："好的！"

第一步做得很好，而安暗暗给自己加油，顺便表扬一下自己。他非常有礼貌，没有出错。算着隋一国上楼梯的时间，而安跑到客厅开门，在瞧见老人花白的头顶的时候，而安先开口说："叔叔您好。"

这会儿隋一国才真正看清楚这人的长相，有一张很可爱的脸，白白嫩嫩的，眼睛又圆又大，看起来比隋聿还要小几岁。身高适中，身材却偏瘦。隋一国双手背在身后，上下打量了他一圈，才耷拉着眼皮开口。

"你怎么在我儿子家里？"

而安本来想说是隋聿把他带回来的，但想到隋聿轻轻给他讲的几个注意事项，想了想，他抬眼看着隋一国，小声地说："您觉得呢？"

隋一国的眉毛挑起来："是我在问你！"

隋一国的大嗓门儿把而安吓了一跳，看来是又切换到了"暴躁美杜莎"模式了，而安垂在身侧的手捏着裤子边，他看了隋一国一眼，嘟囔："您怎么这么凶啊！"

这话把隋一国说得一愣，他看着面前的小孩儿，估计也就刚上大学，隋一国顿了顿，说："我凶了吗？"

"当然凶了啊。"而安转过身，抬手指了指浴室门，"您还没来的时候我就站在窗户边等着给您打招呼了。我还跑过来开门等着，一见您就主动说了'叔叔您好'。"

而安说话的语速很快，噼里啪啦几句话快要把隋一国砸晕。听完他说的话，隋一国开始思考自己是不是说话的语气太强硬了点儿。僵持了将近一分钟，隋一国终于迈开腿，走进了客厅。

客厅里的布置和他一年前来的时候差不多，没什么大变化，除了沙发少了一个垫子。隋一国看了一圈，转过头看向站在他身后的男孩儿，斟酌了一下措辞才开口说："你跟隋聿是同学？"

"不是，我们是在申江路遇到的。"而安露出乖巧的笑容，"那个时候我刚刚被车撞过。"

隋一国看着面前细胳膊细腿的人，脸上的表情变得复杂："那你得注意身体。"

"没关系，我身体很好。"而安往厨房走，再出来的时候手里多了一个面包，"叔叔您要不要吃咖喱面包？"

很单纯，而且热情，甚至有点儿太热情了，隋一国看着男孩儿把面包塞给他，又跑进厨房拎了两个大袋子出来，里面装着各种牌子的小零食。就算是老刑警也有点儿招架不住，隋一国坐在沙发上，拿着面包抬起眼，开始进入正题。

"你说我对隋聿有点儿误会？"

而安点点头，他把一直没舍得吃的牛肉干拿出来放在桌上，停了好一会儿才说："隋聿不是怕死，也不是怕受伤。

"他真的很喜欢做警察。"

面前的小孩儿表情很认真，隋一国忍不住在心里叹气。或许是他们这个年代的父母都这样，望子成龙，望女成凤，希望他们能按照父母制定的路线往前走，能少走一段弯路算一段。

明明是好心，但话说出口好像又变了味。那天回到宾馆，隋一国就开始为打了儿子又撂了狠话而感到后悔，但软话却怎么都说不出口。

"都是普通人，又有几个是不怕死的。"隋一国顿了顿，"但他是我的儿子，就算再怕也得给我忍着，那些当兵当警察的，被捅一刀、中一枪哪个不疼？但是这种工作总得有人做吧！想当年我还没退，任务失败在工厂等救援的时候，赤手空拳也得一挑三，肩膀上被扎一刀不也得忍着，我……"

因为原本情绪激动，所以当隋一国闭口不言的时候，客厅里就更显得安静了。隋一国看着站在对面的男孩儿，有些无奈地摇头笑了笑，表情怅然。

人上了年纪，就失去了创造辉煌的能力，过去再怎么精彩的人生都成了老皇历，没人愿意听一个老头儿翻来覆去讲过去那些事。既没有电视剧激动人心，也没有小说气氛紧张。当时去大学开讲座，台下的学生面上附和，但藏在抽屉里打游戏的手指都快翻成花了。

"然后呢？"一直沉默的男孩儿突然开口，"然后您是怎么做的啊？"

隋一国怔住了，靠着沙发的后背逐渐挺直，他看着男孩儿的脸，哑着嗓子问："你愿意听我讲这些东西？"

而安点点头，他盘腿坐在地上，抬眼看着老人："后来呢？后来怎么样了？"

一秒钟之后，一直处在暴怒状态的"美杜莎"消失了，而安看见老人脸上一点儿一点儿露出笑容，眼尾出现细密的皱纹。

接下来的时间里，隋一国给而安讲了他是怎么从三个人的包围中脱困的，又是怎么用椅子腿打退了歹徒，最后收到了一份表彰书和一面锦旗。而安听得很认真，从隋一国的描述里，他好像真的能看到好多年前那个意气风发的刑警。

一个故事讲完，隋一国口干舌燥，但坐在那儿的小孩儿面上没有露出一丝不耐烦。隋一国越看他越觉得开心，他双手搓了搓大腿，然后抬眼问："你有十八岁了吧？"

而安点点头。

"那你去拿瓶酒，咱俩喝一盅。"隋一国红光满面，抬起手做出了一个拿酒杯的动作。

"但是我不会喝酒。"

"没事，你就随便抿一口就行。"隋一国坐直了身体，抬手拍了拍大腿，"而且大男人怎么能不会喝酒？今天我就来给你打个样！"

隋一国一番劝酒感言讲得激情澎湃，而安也被感染，他跑到厨房，把隋轻轻上次没喝完的半瓶威士忌拿了出来。隋一国对洋酒很不满意,但现在情绪到这儿了,哪怕是医用酒精他也能喝上两口。

刚倒上的半杯威士忌被隋一国一口干掉,火辣辣的灼烧感顺着嗓子滑到胃里,隋一国眯着眼,表情看起来有些狰狞。倒第二杯的时候,隋一国才突然想起来,自己还不知道小孩儿的名字。

"对了,我还没问你叫什么呢。"

"而安。"

隋一国点点头,又问他:"姓什么?"

而安愣住了,他没有想到自己居然没有姓,要起一个才行啊。而安低着脑袋想了一会儿,慢吞吞地给了一个答案:"我姓丘。"

"好,来,小丘。"隋一国端起杯子,笑眯眯地看着面前的男孩儿,"咱爷俩走一个。"

而安拿着杯子,跟隋一国碰了一下。

几个回合过后,而安听隋一国讲了帅气刑警枪战记、帅气刑警潜伏记,以及帅气刑警俏佳人三个故事。说到最后几个字的时候,而安发现隋一国开始吐字不清,讲话的声音不但越来越大,身体还在不自觉地左右摇摆。

"对了,小丘,你没有入党啊!"隋一国撑着膝盖问他,有点儿大舌头。

而安慢吞吞地摇了摇头。

这个答案让隋一国十分不满意,他又开始用力地拍自己的膝盖,慷慨激昂地说:"不入党怎么能行!我们党现在就缺你这样的年轻人!没事啊,叔叔做你的入党介绍人。"

说到这儿,隋一国把酒杯放下,晃晃悠悠地站起来,面朝阳台:"来,小丘同志,跟着我学啊,把你的右手握成拳,然后放到脑袋旁边。"

而安晕晕乎乎地跟隋一国站起来,把攥成拳头的右手举到太阳穴。

仪式最后没能做完,因为宣誓词念到一半,隋一国就直挺挺地栽了下去,在脑袋即将碰到地板的时候,而安伸出手托住他的头,憋着劲一点点放了下去。这么应该会着凉吧?而安看着额头朝下的隋一国,想了想,从沙发上拿了个沙发靠垫给他垫着头。

事实上而安也觉得有点儿头晕,身体里像是有一个挖宝人,从他的喉咙一路挖到胃里,翻江倒海的。而安坐在地上等待挖宝结束,但迟迟没有等到,他只好用手捂着自己的肚子,一边抬头看天花板一边对肚子里的挖宝人说:"我这里真的什么都没有,你去别人的肚子里挖吧。"

但挖宝人不相信,而安没办法,只好靠着沙发等待。直到手机亮起来,是隋聿发来的短信,问他中午吃什么。现在实在没有食欲,而安看了一眼桌子上堆满的零食包装袋,回他说肚子和脑袋都不舒服。

躺在地上的隋一国突然翻了个身,而安愣愣地看着躺在地上的人,觉得还是要给隋聿说一声才好,害怕隋聿对他的话产生歧义,而安还很贴心地加了一张照片。但是等了好久都没有收到隋聿的回复,而安靠着沙发,手指戳了一下暗下去的屏幕,视线变得模糊,他必须离手机很近才能看清上面的字。

他突然有点儿想隋聿,算起来他们已经有四个多小时没有见面了,上次一起吃咖喱面包已经是昨天的事情了。他们应该商量一下,每天晚上要在固定的时间进行一些友好互动环节,要不然好不容易建立起来的友谊肯定会冷淡掉。

而安沉浸在自己的计划里，直到一直躺着不动的隋一国打了一个酒嗝儿。

"来，小丘同志，我们再走一个。"隋一国十分缓慢地爬起来，伸手去够桌上的酒杯。

而安看见那个黑色酒瓶就想吐，他摆了摆手，嘟囔道："不喝了吧。"

"你看不起我是不是？觉得我岁数大了，陪不了你是不是？"

而安对拒绝别人这件事十分不擅长，尤其是拒绝跟隋聿有关的人，眼看着隋一国又把他的酒杯满上，而安抿了抿嘴，什么话也说不出来。按照他这一段时间看的电视剧情来说，这个时候应该有一个人解救他于危难之中才对。不管是家庭剧、内地偶像剧，还是西游……

身后传来一声不轻的响动，门被打开了，而安转过头，看见站在玄关处面无表情的隋聿。

隋聿头疼欲裂，他完全找不到词来形容他看到的场面。从他记事起就始终严肃苛刻的父亲，拿着酒杯瘫在地上，脸和脖子全都变成了猪肝色。而安乖巧地坐在旁边，拿在手里的酒杯里盛着深金色的液体，一双眼睛睁得很大，在跟他对视几秒后，吸了吸鼻子，喊了他一句："大师兄。"

"你们俩在干吗？"隋聿消化了好一会儿，终于能够以平稳的心态来面对这个场景。

隋一国眯着眼睛看他，在确认这就是自己的儿子之后，隋一国笑着跟他打招呼："来来，儿子，我来给你介绍一下，这位是小丘同志啊。"

隋聿看了眼站在旁边一脸呆滞的小丘同志，用力地闭了一下眼，再睁开之后走过去把隋一国从地上扶起来，说："爸，你喝多了。"

"你可拉倒吧，这点儿外国货能把我喝醉？"隋一国拍了拍隋聿的肩膀，接着抬起头，冲而安使了个眼色，"小丘同志，你说是不是？"

因为酒精过量，而安的动作变得极其缓慢，像是人工智能有了延迟，在隋一国说完之后的第三秒，而安才重重地点了点头。

隋聿只觉得头大，他一边跟隋一国说好话，一边把隋一国往卧室里拖。但不知道上了年纪的老年男人是不是喝完酒之后都会变得很难缠，他刚把隋一国扶到床上，隋一国就挣扎着要坐起来。如此反复五次，隋聿终于失去耐心，他垂眼看着头发花白的老人，低声说："你再这样我就打电话给我妈了。"

隋一国挣扎的动作顿住了，他躺在床上，看着隋聿，说："那倒是没必要。"

很奇怪，隋一国平时谁的话都不听，唯独喝过酒之后，会对隋聿母亲产生一种仿佛在娘胎时就带着的敬畏心。总算是消停一会儿，隋聿坐在床边，看了隋一国一眼，问他要不要喝点儿热水。

隋一国有气无力地摆摆手，估计真的是喝大了，隋聿把被子给隋一国盖好，站起来要往外面走。但是还没走出一步，身后突然有股力气拉住他的小臂，隋聿转过身，隋一国耷拉着眼皮看他，这个姿势维持了好一会儿，隋聿才听见隋一国有些沙哑的声音。

"你已经做得很好了。"

哪怕长到这么大，这种温情时刻在父子俩之间也是少见的，隋聿看着已经不再意气风发的父亲，抬手握了一下他的手："知道。"

得到儿子的谅解对隋一国来说或许很重要，反正从隋聿说完那两个字之后，隋一国就很快睡了过去，打起了鼾。隋聿走出卧室，反手关上门，抬头看向站在墙边只露出了半个脑袋的而安。

"你跟父亲和好了吧？"而安缓慢地眨了眨眼，小声地问他。

隋聿没接话，抬手冲而安勾勾手指。而安抿了抿嘴，从墙后绕出来，慢吞吞地晃到隋聿面前，仰着头看隋聿的眼睛："你父亲不生气了吧？"

"你喝了多少？"隋聿低头闻了闻，"酒味这么大。"

"一点点。"而安用食指和拇指比画，两根手指的距离缓慢增长，最后而安叹了口气，把手放下来，"好吧，喝了半瓶。"

隋聿看着而安，过了好一会儿才问他："你把我爸叫过来干什么呢？"

"我想跟他好好说说，让他以后不要再打你了。"

隋聿笑了出来，"嗯"了一声说："然后呢，他同意了吗？"

"同意了啊。"而安仰起脸，说，"而且我还答应他，你会去省局工作。"而安能感觉到隋聿的身体在他说完这句话之后变得僵硬，搁在他后颈上的手也不动了。

"我知道你为什么不愿意去，你不用管我，平时那种小伤我根本就没感觉，除非用大炮轰我。

"而且你父亲说得对，这对你来说是一个机会，我们两个应该像猴哥和猪八戒一样强强联合，我不是来当你的绊脚石的。"

隋聿半天都没出声，在而安想要抬头去看隋聿的脸的时候，眼睛突然被抬起的手盖住。时间好像在黑暗里流失得更快，而安没反抗，只是在手指缝隙间寻找隋聿的脸。不知道过了多久，而安听见隋聿低声对他说："没人会拿大炮轰你，猪八戒也确实是猴哥的绊脚石。"

所里传出了不少风言风语，有的说隋聿攀上高枝就变脸；有的说隋聿根本看不上申江派出所，只是来这儿做个过渡。魏民和晓敏把这些话讲给隋聿的时候满脸愤愤不平，魏民甚至看着紧闭着的办公室门阴阳怪气，捏着嗓子说："有人倒是想攀高枝，也不低头看看自己那个肚子，踩上高枝也不怕把人摔死。"

"你小声点儿。"隋聿把文件放进牛皮纸袋，抬头看了魏民一眼，"省得他听见再给你穿小鞋。"

"我怕他？"魏民点了根烟，"我这个年纪，想往上提虽然是没戏，但要是想开除我也挺难的。滚刀肉知道吧？就是说我这种人。"魏民的话说得难听，但确实是事实，单位里最不能招惹的就是上了年纪的老员工，他们资历深，人缘好，家里还有些积蓄，小孩儿都已经长大成人。

晓敏站在旁边笑，两个酒窝很深，但笑了没多久，脸上的表情就变了味。

"你去省局也要经常回来看看我们啊，周末了也可以聚一聚。"晓敏叹了口气，有些惋惜地看着所里唯一一个帅哥，"你走了以后，我们每天就只能看着魏叔过日子了。"

"看我怎么了？我是瞎了一只眼还是秃脑门了？我告诉你啊晓敏，等隋聿到了我这个年纪，还不一定有我现在看起来顺眼。"

最后一份文件也整理完毕，隋聿这周把工作都交接得差不多了。他大部分的活儿都给了魏民，魏民虽然嘴上不情愿，但接手的速度还是很快。不管是谁，到了分开的时候都难免会舍不得。

"这几年谢谢你，在各个方面都是。"隋聿站起来，主动向魏民伸出手。

魏民摇头笑，他握住隋聿的手，力气很大："人往高处走，水往低处流,你年纪轻,以后的路还长着呢。

"我估计就停在这儿了,你可得努力啊,去了省局也别给咱们所丢人。"

分离这种事时间不能拉得太长,隋聿走的时候,魏民只把他送到门口,没有什么分别感言,魏民只是拍了拍他的背,然后帮他撑着门,摆摆手说:"走吧。"

冬天看起来是真的要来了,外套领子竖起来都没有用,隋聿走的时候没回头,他不知道魏民会不会像电视剧里演的那样,一直看着他消失在视野尽头。估计没有,魏民年纪大了,怕冷,风一吹就冻得直流鼻涕。

隋聿这次回家没骑车,不出意外的话,这是他最后一次走这条路了。省局在市中心,以后骑车上班也不太现实,从明天开始,他也要从共享单车一族晋级为地铁"社畜"。路过街口那家开了十几年的包子铺,隋聿买了三个酱肉包。刚从蒸笼里拿出来的包子冒着腾腾热气,隔着一层油纸也还是烫手。包子还是热乎的时候好吃,隋聿拢着袋子加快脚步。

自从上了小学六年级,隋聿就失去了父母接送的特权。男孩儿必须独立,这是隋一国经常挂在嘴边的话。那个时候隋聿也没觉得不好,毕竟没有父母的监视,他能每天在学校门口的报亭里买一毛钱一片的大辣条。但偶尔下大雨浇湿裤腿的时候,隋聿也羡慕过其他有家长来接的同学。只是随着越下越大的雨,那种感觉很快就会消失。

谁能想得到,到了二十六七岁的年纪,居然还会有人在家属院门口等待。

而安一眼就认出了人群里那个穿着黑色棉服的是隋聿,他把有点儿挡视线的毛线帽往上推了推,笑着冲隋聿打招呼:"今天你下班好早啊!"

"把手里的活儿交接完就回来了。"隋聿走过去,看了而安一会儿,抬手揉了揉他脑袋上的毛线帽之后,给他展示今天的战利品,"酱肉包,还热的。"

而安的眼睛亮亮的,他扒开袋子往里看,在数清数量之后,抬头看着隋聿:"怎么是三个啊?"

"我吃一个,剩下两个都给你。"

小飞人是真的很容易开心,隋聿看着而安重新把袋子系好,然后往前走,时不时摇头晃脑地夸他:"你怎么这么好啊!"

因为要办入职手续,隋聿第二天早上五点半就爬起来了。好不容易刷完牙,隋聿低着头漱口,再抬起头的时候,他看见了镜子里一脸乖巧的而安。

隋聿的表情变得复杂,他抹掉嘴边的泡沫,顿了顿开口问:"你说实话,你是不是压根儿就不需要睡觉?"

而安别过脸打了个有些做作的哈欠,然后走过去拍拍隋聿的后背,语气轻松:"哎呀,这些都不重要。"

"所以你就是不用睡觉。"隋聿愣愣地说。

而安没接话,隋聿盯着镜子里自己有些水肿的脸,突然冒出一个想法,他把牙刷丢进杯子里,转过身眯眼看而安:"你没有每天等我睡着了以后就趴在那儿盯着我看吧?"

隋聿说话的时候没笑,说明他是很认真地在问这个问题,而安抿了抿嘴,小声地回答隋聿:"也没有每天。"

隋聿的脸变得更僵硬了,而安不想影响隋聿今天上班的心情,所以安慰他道："你放心，你睡觉的时候我都盯着呢，你有时候张开嘴的时候，我都会伸手帮你合上。"

安慰不知道有没有起效，而安只看见隋聿闭上眼做深呼吸。三秒之后，隋聿睁开眼，对他说："那谢谢了。"

应该是有效吧。而安这么想着。

而安的体贴差点儿让隋聿报到迟到，高峰期的地铁比他想象中还要挤，开始上不去，到站差点儿没能下来。时间所剩不多，剩下的路隋聿几乎狂奔而去，有当年林冲夜奔的意思了。他几乎是卡着点走进省局大楼，去人事那儿办了手续之后，又连着签了好几份合同。

"这周你主要就是熟悉一下地方，认认人，下周我们李队出任务回来，会再跟你聊一聊具体任务分配的事。"

隋聿点点头，省局的一个小开间几乎就有大半个申江派出所那么大，是要熟悉一下。手续全部走完，刘姐带着他一个一个办公室认门。就这么走了一圈，隋聿无数次跟同事打招呼，做自我介绍，听见别人夸他帅的时候，他会再点头，微笑说"谢谢"。

流程结束，刘姐问他有没有别的问题，隋聿转过头，问："我们的训练场我能去吗？"

刘姐愣了愣，但很快反应过来："可以是可以，但训练场一般都是给来实习的孩子用的……你这个状态应该用不着吧？"

"还是多练练。"隋聿笑了笑说，"以防万一嘛。"

接下来的大半天时间，隋聿都泡在训练场里，从蛙跳和长跑开始，再到打靶搏击和徒手攀岩。局里很快传出消息，隋一国的儿子虚心又好学，以后前途不可限量。

只有隋聿心里清楚，他做这些，只是为了以后出任务的时候躲拳头和子弹的速度更快一些。但确实很奇怪，尽管这些都很长时间没做了，但隋聿却觉得很轻松，仿佛如有神助。

哦，不对，不是仿佛，是真的有神助。

因为隋聿下班回到家，就看见在沙发上躺平的而安。看见隋聿回来，而安朝他投来有些幽怨的视线，委屈巴巴地对他说："隋聿，我的胳膊和腿好酸啊！"

怪不得他连着跳几百个蛙跳都不觉得腿酸，身轻如燕，本来还以为是这么多年积攒的潜力终于被激发了……隋聿看着躺在沙发上一动不动的而安，心情复杂，但脸上还是尽量维持平静。隋聿走过去，在沙发旁边蹲下。

"你要不要拉伸一下？"隋聿说不出安慰的话，憋了半天才憋出这么一句。而安撑着沙发颤颤巍巍地坐起来，跟隋聿对视几秒之后，突然发出"啊"的一声。隋聿还没反应过来，而安已经趴在沙发上，两条手臂垂在半空来回晃荡，像搁浅在沙滩上摇尾巴的美人鱼。

"你今天又看了什么电视剧？"隋聿开口问。

而安耷拉着眼皮没看他，嘴角却忍不住悄悄地翘起来："古装剧，那里面的小厮就是这么服务少爷的。"

隋聿笑了出来，点点头，"嗯"了一声，配合道："然后呢，我应该怎么回应？"

"你要这样。"而安坐起来一点，确定自己比隋聿高出大半个头之后，双手抱胸，"你要跪在地上，然后求我别生气了，再给我煮一碗虾肉馄饨。"而安一边说一边笑，动作幅度大，左边膝盖不小心按到电视遥控器，原本正在进行的电视购物节目变成黑白马赛克，沙沙声也没能掩盖而安的开心。

隋聿很轻地挑了挑眉，两个人对视了一会儿，而安先移开视线。

"你直接去煮虾肉馄饨吧，下跪和求我这两步暂时取消。"而安整个人都趴在沙发上，尾音拖得很长。

在这个方面隋聿总是很小气，他坐在沙发上不动，看着而安又挑了挑眉。而安心里明白，小厮和大少爷的故事已经结束了。

好在隋聿的手机很给面子，一直响个不停。隋聿拿起手机看了一眼，上面没有备注，但号码看起来有点儿熟悉。他站起来打算去阳台接电话，还没来得及往阳台走，一直坐在沙发上的而安抻了抻手臂，说："我也要去阳台。"

因为隋聿要拿电话，所以最后他用另一只手拽着而安的腿。而安就那样被拖在地上。这个场面应该很好笑，而安从他接通电话的第一秒就开始笑个不停，身体一颤一颤的。

"你别再笑了。"隋聿做出毫无威慑力的警告，然后清了清嗓子，对着电话"喂"了一声。

电话那头的音乐声震得隋聿皱了皱眉，他把手机拿开了一点儿，又瞥了一眼屏幕上面的号码。他正在犹豫要不要挂断的时候，听筒里传来清晰的女声："过来把你姐拉走。"

隋聿还没反应过来，一直傻笑的而安不知道什么时候靠在他旁边，听见电话里的声音后，他对着隋聿做了个口型："是徐放姐。"

在他们这对姐弟的成长过程中，隋轻轻明显更加疯狂，十八岁生日当晚，她跑到小胡同里的一家文身店文身。

文身比想象中还要疼，图案文了一半隋轻轻就打了退堂鼓，带着后背上的第一象限离开胡同。十八岁到二十岁的阶段，隋轻轻的叛逆期开始进入末期,她爱上了酒精,每天偷拿老爹的酒揣进书包,下了课就抱着白酒小酌一口。

后来她失恋,一脚踏进夜晚灯牌最不亮的那间酒吧,认识了不知道芳龄几何的徐放。那个时候徐放还不是光头,一头利落的齐肩黑发,深红色眼线飞到太阳穴。隋轻轻晃着五粮液空酒瓶,嬉皮笑脸地跟徐放换了一杯"今夜不回家"。

之后的故事隋聿不清楚,这是他第一次踏进Lucid,店里人不多,有几个看起来年纪不小的男人正在吧台看球赛。隋聿还没给隋轻轻打电话,站在旁边的而安就拽着他的袖子,一路带着他七拐八拐地走进了后面的包间区域。

"你很熟啊。"隋聿垂着眼皮,瞥了而安一眼。

而安也仰头看他,嘴角抿着:"这是你抛弃我的那天我来的地方,我当然很熟。"

隋聿无话可说,停了半天才憋出一句:"我什么时候抛弃你了?"

而安把那天的时间、地点、人物、经过都描述得极其精准,隋聿连反驳的话都找不到。而安很善解人意,他看着隋聿,很轻地叹了口气之后说:"我早就原谅你了,你也不要太内疚,以后别再犯这种错误就行了。"

毛玻璃门在这个时候从里面被拉开,一个戴着白色毛线帽的女人站在门口,她先看着而安点点头,然后又看隋聿。

"你姐吹她弟弟帅吹了这么多年,算是没白吹。"徐放往后侧了侧,给他们腾出位置,"进来吧。"

包间里已经不能用"一片狼藉"来形容了,满地酒瓶和果皮,鞋踩在地板上就很难再离开了。隋轻轻在这里面也并不难找,隋聿看着正前方坐在地上双手抱着高脚凳的女人,平复了几秒之后,开口问她:"隋轻轻,你在干吗?"

"我在干吗,打醉拳你看不出来?"隋轻轻说话的时候还顺便举起了攥成拳头的右手,手背上贴着半截假睫毛。

隋聿回头看了一眼站在门口的徐放,徐放很体贴地冲他笑笑,然后转身往外走。没走出两步,她又折回来,对上隋聿有些疑惑的视线,指了指旁边傻站着的而安道:"我带出去一会儿你不介意吧?"

而安的表情愣愣的,隋聿看了他一会儿,才对徐放说:"你问他。"

徐放拍拍而安的肩:"走,我给你调杯美人娇。"

而安很快跟着人走了,隋聿的太阳穴跳了两下,但他没来得及嘱咐而安别喝大,因为这边还有个酒鬼,正颤颤巍巍地站起来抡着手臂要给他表演倒立。

美人娇的颜色很好看,上半截是浅橙色,下半截是深粉。徐放人很好,给他多放了好多果汁,还在酒杯边沿插了半个绿色的小柠檬片。徐放把鸡尾酒推给他,又倒了半杯威士忌,然后坐在他旁边。

"你介意我抽根烟吗?"徐放问他。

而安摇摇头,顿了顿又开口问她:"有吸管吗?"

徐放开始笑,她手里夹着烟,从柜子里找了根黄色的吸管放进杯子里。她看着而安低头小口小口地用吸管喝鸡尾酒,想了想又把手里的烟摁灭在烟灰缸里。

"是你跟隋轻轻说我生病的?"徐放用手撑着脸,笑着看而安。

"很明显，其实就算我不说，她也知道。"

这句话估计让徐放很不服气，她挑了挑眉，对他说："隋轻轻那个脑子，估计得等我入土的时候才能反应过来。"

而安开始咧着嘴笑，他看了一眼紧闭着的包间门，模样乖巧："也没有吧，轻轻姐看着还挺聪明。"

徐放按着太阳穴开始笑，但笑容没能持续多久，而安看着徐放的脸在昏暗的蓝色光线下变得苦涩。

"隋轻轻的弟弟好吗？"徐放主动开启了下一个话题。

而安点点头，然后坐直了一点儿，用略带夸张的手法开始给徐放讲述他和隋聿相处的过程，中间还套用了点儿《西游记》的剧情。徐放听得很认真，时不时还配合他一起点头。而安很喜欢徐放这样的听众，所以到最后，他打算给徐放打打气。

"隋轻轻嘴上不说，但她把你当成最好的朋友。"而安把最后一点鸡尾酒喝完，又补充道，"她如果发脾气，也不一定是真的生气。如果你有哪里不懂的话，可以问我。"而安的话说完，徐放彻底笑瘫在吧台上，她侧着头，毛线帽歪了一点儿，露出很短的黑色发茬。

紧闭着的包间门这会儿被拉开，满脸写着"不高兴"的隋聿揽着隋轻轻往外走，隋轻轻的嘴里嘟嘟囔囔，不知道在说什么，而隋聿的脸变得更黑了。

隋聿跟隋轻轻在一起的时候总是很好笑，而安想要跟徐放说点儿什么，他转过头的时候发现徐放跟他在看同一个位置，只是看的人不一样。而安觉得他们像两个狙击手，瞄准镜只追随着自己的目标。

还挺酷，而安这么想。

"还是要谢谢你，替我说出来，要不然估计这辈子我也开不了口。"徐放把酒杯放下，移开视线，目光落在而安的脸上。

"到时候可能比现在更难收场。"徐放笑了笑，"我快死了的这件事，让她早点儿知道也挺好。她是成年人，早该长大了。"

都说人生老病死是平常事，但真事到临头，好像又没人能够接受得了。而安看着隋聿把隋轻轻塞进车里，然后转过头，看着他的眼睛，问他有没有喝多，有没有哪里不舒服。

隋聿的语气很平和，平和到而安完全不敢想：如果隋聿没有答应他的话，也会有事到临头的那天。

"你怎么哭了？"而安落泪落得毫无征兆，隋聿手忙脚乱，一边伸手给他擦眼泪，一边反反复复地说，"你别哭啊，你别哭。"

等到而安终于平静下来的时候，隋聿松了口气，他给而安擦了擦脸颊上的眼泪，又问："怎么了，突然就哭了？"

"没事啊。"而安用手揉了两下眼，"就是忘记跟徐放姐说，她调的美人娇真的很好喝。"

第二周，隋聿被调到刑警二队，年底的工作量压得人喘不过气，隋聿基本上没在自己的工位上坐过几次，每天跟着队里的几个人出去提讯或者取证调查。

隋轻轻也好几天没动静了，上一次隋聿见她的时候是帮她从家里拿两件换洗衣服，送货地址是市肿瘤医院住院部。他和而安到的时候隋轻轻已经在门口等了，她裹了一件很厚的羽绒服，长发用黑色发带敷衍地箍在脑后。

隋聿把东西递给她，张了张嘴又什么都没说，最后还是隋轻轻扯出个笑容，主动开口："也不知道是不是最近大家都没什么心理毛病，工作室没生意。"隋轻轻别过脸，语气很轻松，"我想闲着也是闲着，就来照顾照顾她。"

"你们知道护工现在多少钱一天吗？三百五！"隋轻轻笑着说，"早知道我还学什么心理学啊。"

隋聿和而安都没说话，他们俩看着隋轻轻拿着衣服往电梯口走，一直到上了电梯也没回过头。

不管是谁从医院出来心情好像都会变差，他们俩在回家的路上始终沉默，等到了家门口，而安才扯了扯隋聿的袖子，小声地对他说："你一定要健健康康的。"

后来而安好像也变得很忙，不知道是不是也开始工作的原因，而安有的时候比隋聿回家还要晚。

而安回来的时候看起来很累，洗完澡之后坐在隋聿旁边，还没干透的头发往下滴水，但而安也懒得爬起来，只是拍拍隋聿的肩，然后指着自己的脑门儿有气无力地说："隋聿你看，我这儿下雨了。"

隋聿现在也比之前上道，他抬手从旁边抽了一张纸巾，盖在而安的头顶，笑着说："给你打上伞。"

而安顶着隋聿送他的白色"雨伞"又趴了一会儿，想了想转过头。

"你以后能不能少动点儿啊。"而安开始抗议，"我今天看你的微信步数，在我的好友里又是排第一名，天天走那么多路，你又不是竞走选手，你不累吗？"

确实是精力旺盛得过头了，就连副队也夸他说"年轻人就是动力足"，没人知道隋聿的秘密，都默认他是天赋异禀。隋聿把而安头顶上的纸巾掀开一点儿，看着他的眼睛，说："你微信里的好友只有三个吧？隋轻轻的活动范围半径估计只有十米，你那个朋友好像连床都懒得下吧？

隋聿的嘴巴不像以前那么笨了，明明以前哑口无言的人是隋聿来着。而安抿了抿嘴，一把扯下头顶的"雨伞"。

省局的确比社区派出所忙得多，而且自从隋聿知道而安晚上可以不用睡觉之后，他就开始学习睡眠表情管理，以防自己再出丑。在而安沉迷电视里的节目时，隋聿会在卧室用手机拍照，试图模拟出自己闭眼时的最帅角度。

右脸比较帅，还要再偏上三十五度的样子，隋聿看了看自己最满意的那张照片，决定在今天开始正式实施。但现实总是很残酷，隋聿发现用那个姿势和表情他很难入睡。事实上他维持那个姿势不到十分钟，脖子就有一种快要抽筋的感觉，但他不敢动。

"隋聿，你睡着了吗？"

隋聿听见而安在跟他讲话，应该是试探。

而安的手很轻地拍了拍他的肩膀，停了两秒，而安声音很小地问他："你是做噩梦了吗？你看起来好痛苦啊！"

隋聿睁开眼，看着一脸担忧的而安，他翻了个身道："嗯，做噩梦了。"

看着隋聿不断起伏的背影，而安陷入沉思，都说有其父必有其子，隋一国很难缠，隋聿在这方面也完全不落下风。好在他别的没有，就剩下耐心了。

"我睡觉的时候你能不能别盯着我看？"隋聿低声说，"你这样我真的睡不着。"

而安"哦"了一声，顿了顿又问："那你不需要我帮你把嘴合上吗?"

"不需要。"

"好吧。"

十二月中旬,他们那儿下了第一场雪,而安比隋聿想象中还没有见识,跟着邻居家的大金毛犬一起满地乱窜。隋聿和邻居站在单元楼前,表情复杂。

"那是你弟弟吧?"邻居主动打破沉默,笑着夸而安,"挺有活力的。"

隋聿点点头应下来,秉承着你来我往的原则,说:"你家的狗子也挺能跑。"

雪越下越大,最后是邻居先把狗子带回了家,而安还在晃树,然后带着满头雪花冲着隋聿傻笑。真的是好没见识,隋聿准备过年的时候带而安去一趟游乐园,那儿每到过年都会有一次大型的人工降雪表演,而安能在那儿看个够。

放风时间结束了,而安回家的时候还恋恋不舍,直到隋聿主动提起看翅膀的事,而安才又有了一点儿精神。到了家,而安还没来得及穿拖鞋就往卧室里跑,说要给隋聿看他从风向南那儿新弄来的翅膀。

隋聿在外面冻得够呛,一边说"好"一边走到客厅开空调。因为贪暖和,隋聿站在空调前吹了好一会儿热风,所以有人拿钥匙开门的时候他没能来得及制止。大门打开,隋聿听见男人在外面跺脚抖雪的声音,然后是他父亲特有的洪亮嗓音:"儿子,我和你妈路过,拿了点儿小米来看你和小丘。"

同一时间,卧室门从里面推开,而安裸着上身蹦出来,身后浅金色的羽毛跟着颤动。为了让出场看起来更加闪亮，而安还给自己加了点儿特效声。

"当当当当！"

小时候隋聿参加过一次夏令营，其实刚开始隋一国也不太想让他去，费钱又耽误学习，但因为那是社区联合某电台组织的，为了表达对社区工作的支持，隋一国不但给他报了名，还给他买了一个新书包。

在夏令营里玩了什么隋聿已经没有什么印象了，深深地刻在他脑海里的只有在公路上偶遇的那只公牛。在城市里长大的小孩儿很少能碰见牛，于是老师让车停到路边，带着他们几个小孩儿下车看牛。或许是为了拉近人与自然的关系，老师深情地讲述了牛的朴实、勤劳，说牛是农民伯伯最重要的伙伴。

老师一边说，一边笑着往下蹲，试图和牛靠得更近，还拿出手机想要和牛自拍一张，留下美好的记忆。在老师按下快门的前一秒，隋聿站在旁边，看到镜头里的牛开始拉屎。

空气好像凝固了，老师脸上的笑容变得很僵硬，似乎正在考虑怎么圆场。过了几秒，隋聿看见老师站起来，一边收起手机一边笑着说："哈哈哈哈，你们看牛牛是不是很可爱啊？"

这招应该挺管用的，起码他们所有人上车之后都没有再提过那只站在老师边上拉屎的牛了。但是现在的情况比当时要复杂得多，就连而安都愣着不敢动了。他不能露出那么愚蠢的笑容走过去，跟他父亲说："哈哈哈哈，爸你看小丘是不是很可爱啊？"

隋一国应该真的会杀了他。

他的母亲是最先反应过来的那个，一头直发梳得一丝不苟的女士微微别过脸，伸手很轻地拽了一下隋一国的袖子。隋一国张了张嘴，但什么都没能说出来。按道理来说，他工作几十年，经手过那么多案子，什么没见过？这会儿不该被一个裸着上半身，身后背着金色大翅膀闪亮登场的小孩儿给看傻眼。

而安的脸上罕见地露出尴尬的表情，隋聿偷偷地瞥了他一眼。隋聿看到他舔了舔嘴唇，低头想了一会儿，看样子是准备率先开口打破沉默。

"爸妈来了啊。"隋聿抢在而安前面开口。他迈着十分平稳的步伐走到门口，接过隋一国手里的小米，然后往后看了一眼。

"cosplay。"隋聿看着而安，淡淡地吐出一个英文单词，"你们知道 cosplay 吧，而安一会儿要去一个漫展，他拿不准这对翅膀的尺寸，所以就戴上给我看看。"

他马上六十岁的父母应该还在消化这些内容，于是隋聿趁热打铁，他把手里的东西放下，走到而安身边，抬起手自然地拍拍而安的肩，问他们："你们觉得看起来还行吗？"

女人在大事上就是比男人靠谱，隋聿看见母亲走进客厅，斟酌了一下用词，抬头问："漫展……是我之前看的那种吗？就是维多利亚的秘密——"

"不是。"隋聿及时打断了母亲后面要说的话。

隋一国好像终于接受了有志青年在家里会偷偷戴着大翅膀满屋乱晃的事实，他走进去，沉默了好一会儿，开口问："外面多冷啊，你就这么出门不怕冻生病？"

"没事的。"而安偷偷地打量隋聿的眼色，顿了顿又补充道，"我们丘比特都不怕冷。"

隋一国看了隋聿一眼，隋聿冲他笑了笑，说："他已经进入角色了。"

原本他们夫妻俩过来是为了给小孩儿做顿热乎饭，一方面是庆祝隋聿正式入职，另一方面也是为了上次的争吵缓和一下关系。而且最近新认识的小丘同志也在，隋一国上楼梯的时候热情还是很高涨的。

他的确没料到，进屋以后会看到这种场面。来的路上，他的妻子已经教导了他很多遍，现在孩子已经长大了，有独立的思想和人格，做家长的就算做不到支持，也不能说难听话打击孩子的自尊。

隋一国听进去了，所以他尽量让自己平静下来，然后提起嘴角，笑着跟他们说："那我送你们过去吧。"

隋聿愣了一下："去哪儿？"

"去漫展。"

人的心态转变极快。前二十多年，隋聿一直希望能有一个体贴柔软的父亲，陪他搭积木、开碰碰车；但现在，隋聿只希望他的父亲能够大骂两句然后摔门离开，而不是开着车，送他和戴着大翅膀的而安去一个远在新区的漫展。

还好快到圣诞节了，市里真的有一些小型漫展正在举办。

"小丘啊，你的翅膀粘得够不够紧？天气冷，别掉下来了。"车在红绿灯口停下，隋聿的母亲很温柔地转过头问。

而安笑着晃了晃藏在宽大外套下的翅膀，说："不是粘的，是扎进去的。"

话音刚落，隋一国看向后视镜，隋聿瞥到男人皱着眉的脸。

"没事，而安就是这种人，比较敬业，干一行爱一行。"隋聿干笑两声，侧过脸，贴在而安耳边，低声说，"从现在开始，你一句话都别说了。"

而安缓慢地眨了眨眼，然后用手拢着脸，微微仰着头，用气声问他:"我能最后再问一个问题吗?"

他都用这种表情和语气了,自己怎么可能会不同意?隋聿垂眼看着他,点点头。即便隋聿清楚而安问不出什么高水平的问题,但当而安偷偷摸摸凑过去,小声地问他想不想要一对金色翅膀的时候,还是让隋聿恨不得鼓掌。

"不用了,谢谢。"

轿车下了高架,穿过两条街,最后停在一个新建的体育场馆前面。隋一国把车停在路边,转过头看着后座的两个人,终于说出了他酝酿了一路的那句话:"你带着小丘,你们两个好好玩。"

"行。"隋聿打开车门,说,"你们也快走吧,这儿不好停车。"

隋一国摆了摆手,用充满慈爱的语气回答:"等你们进去了我们再走。"

于是那天,隋聿买了两张票,拽着四处乱看的而安,第一次走进了漫展大门。

那是个什么世界,隋聿想不出形容词,只能说而安在这里面极其合适,甚至看起来像是个最正常的普通人。而安的眼睛瞪得很大,他抱着隋聿的手臂,指了指不远处站着的金发男人。

"他也有翅膀啊。"而安转过头,表情看起来有点儿蒙。

隋聿瞟了一眼,确认了一下那个人身上的装备之后,跟而安说:"那是圣斗士星矢。"而安还想再问点儿什么,但那边已经有人在叫他们检票。

"你们没扮演角色吗?"检票的小姐姐抬头看着隋聿和而安素着的两张脸,摇头感慨,"真的有点儿可惜。"

隋聿不知道要做出什么表情,等过了安检,他才发现一直站在他身后的而安不见了。隋聿扫了一大圈,最后才在某个展台看见裹着外套的而安,他正在听对面的人说话,嘴角抿着,时不时眼睛弯起,露出笑容。

隋聿走过去,垂眼看着而安,问他怎么跑到这儿来了。

"我正在跟圣斗士星矢讨论翅膀的问题。"而安说,"他的翅膀不行,毛质太差,也太稀疏,根本扛不住风。"

"资金不够啊,我也没办法。""星矢"开口就是一嘴浓厚的方言。他看了而安一眼,顿了顿才问,"你一直说我的装备不行,你倒是让我看看你的好装备啊。"

而安挑着眉笑了笑,他转过身,跟隋聿说了一句"别吃醋"之后,拉开了外套拉链,露出叠在一起的浅金色翅膀。就像隋聿第一次看见一样,"星矢"傻在原地,顿了好几秒才说了一句:"可以,厉害。"

当天没有比而安更风光的人了,由于他的模样好,加上翅膀的仿真性实在太高,有不少人都来跟而安合影。没多久隋聿开始维持秩序,像个便衣保安一样,一边说"只能拍两张""不要离得太近",一边让后面的人排队。

扎着两个漂亮辫子的女孩儿跟而安合了一张影,她看了一眼站在旁边面无表情的隋聿,笑着问他:"你们俩扮演的是什么组合吗?"

隋聿还没来得及开口,女孩儿就伸出手,自己接话道:"你不要说,我能猜得出来。"

不知道是不是隋聿穿得太过普通的原因,女孩儿迟迟没有答案,于是转头向后面的同伴求助:"哎,你知道俏天使和穷学生是哪部动漫里的吗?"

而安在漫展度过了美好的一个下午,他很喜欢这个地方,在这里的每个人看起来都很开心。而安抱着其他小姐姐刚刚送他的手办,抬头看了看隋聿,小声地问:"你不开心吗?"

"开心。"隋聿扯出一个笑容,"毕业几年还能被人叫穷学生,怎么能不开心呢?开心死了。"

隋聿好久没有一次性说这么多话了,而安挑了一个最大的手办塞给隋聿,笑着跟他说:"那我们明天还来。"

今天天气预报说气温会短暂升高,但展馆外面还是冻得人牙齿上下打架。隋聿转过身,把而安身上松松垮垮的外套拉链拉到顶,然后把帽子扣在他的头上。有点儿长的头发贴在脑门儿上,有几根头发还有点儿扎眼,而安不太开心,于是伸手拨开眼前的头发,问隋聿:"你干吗啊?"

"要表演回家再表演吧。"看着而安的样子隋聿有点儿想笑,但他绷住了,别过脸说,"也不怕把你的大翅膀冻住。"

"怎么会冻住?"小丘老师给自己的未来同事普及最基本的知识,但这就要从很久很久以前开始讲起。不过而安跟隋聿有很多很多时间,他不着急现在这一会儿。而安决定今天就先上第一节课,以后每天固定讲二十分钟。

"我还没说完呢,你走这么快干吗?"而安拽着隋聿的袖子,抬头看他,"你不要欺负人,有本事你也飞啊。"

"好好好,你会飞你最厉害。"

隋聿揽着而安的肩,冲不远处的电箱抬了抬下巴:"我爸在那儿等着呢,小丘老师回家再开课吧。"

不知道是不是人在年龄逐渐增长的时候都会有那么一个瞬间,

突然开始反省自己的过往，有没有对妻子嘘寒问暖，有没有做着父亲的角色，却在孩子的成长过程中缺位。隋一国的那个瞬间大概是在派出所打隋聿耳光，却被隋聿紧抓住手的时候。

他总是喜欢对亲近的人撂狠话，好在他的儿子性格不像他，从来不记仇。

在隋聿拉开后车门的时候，隋一国扭过脸笑着看他，问："你们俩玩痛快了吧？"

对于隋聿来说，这趟旅程怎么说也算不上痛快，他正在思考怎么接话，而安突然从后面探出脑袋，弯着眼睛对隋一国说："真的很好玩，下次我带着您一起来。我还有多余的翅膀可以借给您。"

车厢内有一阵非常短暂的沉默，可能剩下的三个人或多或少都在想象一个年过五十的男人戴上翅膀以后……

"晚上我准备包饺子。"坐在副驾驶的女人转过头，笑了笑说，"吃饺子可以吧？"

食物总是可以顺利转移话题，而安把帽子摘掉，抬手把头发整理好，点点头说："好啊。"

那天晚上隋聿跟母亲在厨房包饺子，留下而安跟隋一国在客厅拼酒。隋一国从家里拿来了两瓶正宗红高粱，还打包了一碟花生米和小葱拌豆腐，上次酒后失态的原因隋一国已经找好了，全都归咎于不红不专的洋酒以及极其不合适的下酒菜。

"小丘啊，今天这酒可不一样了啊，你喝不了就悠着点儿，别逞强。"隋一国给自己倒满，咂了咂嘴接着说，"我可是十岁开始就跟着我老爹喝酒了，算算酒龄也有四十多年了吧。"

而安乖巧地盘腿坐在对面，听见隋一国的话，他低着头也开始计算自己的酒龄。过了一会儿，而安抬起头说："我应该也有七十多年了。"隋聿能想象到隋一国听见这个话的表情,于是他迅速从厨房里冲出来救场。

隋聿端着一盘生饺子走出来,看了一眼他爸有些迷茫的脸,开口说:"而安在车上吃了两个酒心巧克力,现在已经醉了。"他说完,垂眼看着坐在地上的而安,给而安使了个眼色。

而安也很上道,他点点头,抬起手按了按太阳穴:"我确实觉得头有点儿晕。"

趁着隋一国倒酒的空隙,而安抬起头看着隋聿,也学着他的样子眨了眨左眼,然后朝他做了个口型。

隋聿看懂了,而安是在问他:我做得好吧?

完全拿他没办法,隋聿闭眼笑出了声,然后端着那盘饺子又重新返回厨房。

事实上到了最后先醉的人还是隋一国,两瓶红高粱见底,而安的脸开始泛红,动作也变得极其迟缓。而隋一国完全处于一个老年疯癫的状态,他拽着而安的胳膊,一遍一遍喊他"小丘同志",并且还要求而安喊他"辅导员"。

"辅导员。"而安很乖地站在隋一国身后。

隋一国点点头,大着舌头含混不清地跟他说:"小丘同志,我们能不能炸掉基地就看这一下了……"

"隋一国,你要炸基地给我出去炸!"隋聿的母亲终于忍无可忍,把筷子重重地拍在桌上,然后转头看着而安,笑眯眯地说,"小丘,来吃点儿饺子吧,再过一会儿凉了就不好吃了。"

两秒之后,而安终于接收到了这个信息,他点了点头,然后转过头对隋一国说:"辅导员,我们要不然先吃饺子吧,凉了就不好吃了。"

隋一国把步子撤回来，看了眼坐在沙发上的女人，叹了口气说："行吧。"

那天晚上隋一国告诉了而安中国许多传统文化，例如划拳、猜枚、行酒令等。而安跟隋一国玩得很开心，甚至到了最后，隋一国一定要认而安当干儿子。

突然要认别人当儿子总归是没礼貌的，隋聿跟他母亲在这边劝，那边而安一声"父亲"已经喊出了口。

"真乖。"隋一国扶着门框，十分满足地摸了摸肚子。

划拳这玩意儿挺上瘾的，一直到他俩洗漱完，而安还一直缠着隋聿要划拳。但是隋聿玩得很差劲，几个回合之后而安就觉得没意思，过了一会儿，他双手攥成拳背在身后，停顿几秒之后才把手拿出来。

"这两只手，你选一只。"

隋聿挑了挑眉，笑着问："什么意思？"

"你上岗的时间可能会提前，我决定亲自为你挑选装备。"而安看了隋聿一眼，"你选一只，快。"

而安身上的酒气还是很重，隋聿坐起来了一点儿，伸出手把而安攥成拳的手指一根根扒开。而安的手心出了汗，湿湿凉凉的，隋聿笑着摇了摇头。

"这个游戏不是这么玩的，你得在手里放个东西，我才能选吧？"隋聿笑了笑，凑近了一点儿问他，"你是不是要作弊？"

而安的情绪开始变得低落，他其实很担心，人类总是会反悔，做出的决定有时候撑不过一年。所以为了看隋聿有没有反悔，他只能反复去试探，观察隋聿的表情和动作。

"隋聿——"

"可以。"隋聿突然开口打断他。

而安抬起头,表情有些困惑。

"你今天可以随便作弊,我同意了。"

这次而安很快就听懂了,他的眼睛弯下来。没有哪一天能比今天更高兴了。就算是得到丘比特编号的那天,也只能排在第二。

"那我提前给你透露一点儿,其实你的工作很简单的,因为你是警察嘛,所以你主要负责安全方面的工作就好了,可以看到很多人,上到大老板,下到普通员工。"

"你说的这个工种,是看门大爷吗?"

"应该……应该不是吧……"

番外一

丘比特编外人员

而安把这周四定为隋聿去报到的日子，他告诉隋聿这个消息的时候，隋轻轻抱着腿坐在对面，听见这话瞥了他一眼："终于要得道升天了啊！"

"你嘴里能不能有点儿好听的？"隋聿顿了顿，伸手抓住而安的手腕，硬生生地改变了而安手指的行动轨迹，"走这儿，可以连着跳三下。"

"隋聿你现在可真是没素质，知不知道什么叫竞技？"隋轻轻把而安刚刚放下的黑棋拿回去，塞给而安，笑眯眯地跟他说，"别听隋聿的，你可马上就是他的领导了，要有点儿掌控力，自己的棋自己做主！"

隋轻轻的话很有煽动性，而安捏着手里的圆形跳棋，表情严肃地思考了好久，最终往前挪了一小步。

"你傻不傻，走这儿她不就跳过来了吗？"

"那怎么了？"而安转过头看着隋肀，笑眯眯地说，"她是你姐姐，她想跳过来我就让她跳过来嘛。"隋轻轻点点头，然后迅速地让自己的白色棋子穿过黑色大军，稳稳当当地挡住而安落在后面的棋子。

隋肀低头看棋局，过了一会儿，他转过头问："你们那儿的人该不会智商都跟你差不多吧？"

"你想什么呢。"而安把背挺直了一点儿，抬着下巴，"在我们那儿，我的智商可是能排到前一百名的，上个季度我还得了奖。"

隋肀没说话，趁着而安琢磨要把棋子下到哪儿的时候，隋轻轻凑过来，小声地说："你到他们那儿了之后打探打探，我觉得你说不定能一举推翻他们那儿的政权，到时候你把我也弄过去，我想当女皇。"

"我能听得见。"而安回过头看了他们一眼，然后拽着隋肀的袖子，指着棋盘上的空格问，"我下这儿行不行啊？"

隋肀张了张嘴，最后又闭上，长叹一口气之后，他跟而安说："都行，你开心就行。"

虽然距离答应而安要跟他一起工作已经过了挺长一段时间，但真的到这一天，隋肀还是紧张，甚至还有点儿恍惚。应该没人会相信吧？其他人估计会觉得他疯了。

会不会……他真的疯了？

"你没疯，是真的。"一直坐在旁边看电视的而安突然开口，他嘴里还塞了半块饼干，吐字含混不清。电视背景音还在响，是熟悉的电视购物频道，画面里两个皮肤紧致的老人正在宣传一双老年防滑鞋。

隋聿盯着而安有些不自然的侧脸，沉默了一会儿才说："你别告诉我，每天我脑袋里想的你都知道。"

而安把嘴里的饼干咽进去，眼睛盯着屏幕干笑两声："哈哈哈，怎么会呢？"

隋聿说："而安，你扭过来看着我。"

购物节目里的男主播正在撕心裂肺地喊"现在只剩下九十九双了"，而安清了清嗓子，开始用十分蹩脚的手段转移话题，声音很轻："就剩九十九双了。"

"我再说一遍，你看着我。"

无法躲避的困难就只能面对，而安缓慢地转过头，对上隋聿很黑的眼睛。两个人对视了几秒，最后先打退堂鼓的变成了隋聿，他抿了一下嘴，质问而安："你这么看着我干吗？"

"不是你让我看着你的吗？"而安顿了顿，又道，"你好奇怪。"

背着大翅膀会飞的人才奇怪吧！隋聿心里这么想，但是没说出口，毕竟人要给自己留条后路，谁知道到了明天，背着大翅膀的人会不会变成自己。

这么想，还有点儿期待。

周四那天早上不到六点就有人来敲门，而安跑进书房死活不出来，说是在给他收拾行李。隋聿叹了口气，随便披了件外套，趿拉着拖鞋去开门。外面站着的是之前见过一次的风向南。他穿着白色西装，头发比上次见的时候要更长，低马尾扎在脑后。

"仪容不整，扣两分。"风向南斜着眼看他，低头拿笔在手里的本子上画了两下。

"你知道现在几点吗？"隋聿单手撑着门问他。

风向南挑挑眉，把左手使劲儿往上抬，袖口下滑露出手腕上的大金表："我知道。"

隋聿在门口站着没动，风向南收起本子，清了清嗓子问他："你不邀请我进去吗？"

"不邀请你进来的话是不是也得扣分？"

"仪容不整是小毛病，但是不把领导放在眼里就是大问题，我……"风向南剩下半句被眼前紧闭着的门打了回去。隋聿转过身的时候，而安刚好坐着行李箱从卧室里滑出来，怀里还抱着电热毯，白色电线缠在脖子上。

而安看了一眼大门，然后问："是风向南来了吗？"

"没有。"

"但是我听见了，风向南正在门外发疯。"

隋聿点点头，他把外套拉链拉到脖子，揣着口袋坐在沙发上："那可能来了吧，我没注意。"

在一起住了一段时间之后，而安发现隋聿其实是有起床气的，这一点在他不上班的时候尤其明显。隔壁即将搬进一对新婚夫妻，在收下对面送来的喜糖之后，他们正式迎来早七晚八的砸墙时刻，而安亲眼见过隋聿在剧烈揉搓自己的一头黑发后，变成了某动漫男主角的模样。

门口的风向南还在发疯，而安回过神，滑着行李箱过去开门。

"没有王法了！没有规矩了！"风向南冲进来，看着闭眼窝在沙发上的隋聿，从口袋里把本子掏出来，正打算往上写什么的时候，突然有人伸手抓住他的袖子。风向南转过头，对上而安很亮的眼睛,听见而安小声地问:"你要不要滑行李箱?"

隋聿闭着眼,他能听见行李箱滑轮从地板上滑过的声音,速度逐渐变快,最后在阳台上停下。过了半晌,他听见风向南用很平静的声音说:"可以考虑把这项加进年会活动。"

"这个行李箱是隋聿的,如果会议通过的话,奖励也应该是隋聿的吧?"

而安坐在隋聿旁边,不着痕迹地碰了碰他的手臂,隋聿睁开眼。

"确实。"风向南还坐在行李箱上,他把本子拿出来,一边写一边说,"可以加十分。"

"看到没?"而安转过头,朝隋聿挤眉弄眼,语气很得意,"我说了吧,我会罩着你的,放心。"隋聿脸上没什么表情,风向南叹了口气,滑着行李箱来到沙发旁,先是感慨了几句隋聿命好,然后便开始主持隋聿的入职会议。

会议很简单,分为三小项,分别是分配编号、领取装备以及简单了解工作内容。

趁着风向南拿东西的时候,而安凑到隋聿耳边,跟他讲:"我提前给你要了几个编号,都是'发发发',还有'要发要发'之类的。"

隋聿转过头,对上而安喜气洋洋的脸,然后扯出一个有些僵硬的笑容:"倒也不必……"

"那怎么行?你只是个普通人,还是要图个吉利的。"而安安抚似的拍拍隋聿的膝盖,说,"这些我懂。"

几乎是被逼着,隋聿挑选了一个以四个八组成的编号,风向南在纸上把编号写下来,然后撕下来递给他,纸张被撕得边缘歪歪扭扭。即便隋聿已经了解了而安他们的工作是多么不严谨,但还是没料到会如此敷衍。

第一项工作结束,风向南拿出手机,把相册调出来之后放在桌上,示意他自己看。而安看起来很激动,双手攥在一起,脸上写满了期待。

相册里一共有三张照片,是翅膀,各种颜色的翅膀。

"应该不是我眼睛有问题吧?"隋聿愣了愣,缓慢抬起头,看了风向南一会儿,用拇指和食指比画了一下,"就这么大吗?"

"是。"风向南点头。

"刚开始都是小翅膀,预备队嘛,总要和正式员工有区分。"

或许是害怕隋聿失望,而安很快补充说:"但是等你转正以后,就可以升级成大翅膀了!"

隋聿看着照片说不出话,但而安一直试图安慰他,隋聿只能露出一个有些勉强的笑容,声音尽量柔和:"你看这个尺寸,是不是还没你吃的鸡翅膀大?"

"不,还是大不少的,这是拍得有点儿变形了。"而安拍拍风向南,问他,"对不对?"

尽管安慰了隋聿好久,但而安还是能感觉到隋聿的失落。在这之前,而安完全没意识到隋聿这么喜欢翅膀。在风向南整理文件的空隙,而安拉着隋聿的袖子,跟他保证会在最短时间内,让他戴上大翅膀。

而安说这些话的时候看起来很真诚,眼睛睁得很圆。隋聿低头笑了笑,伸手把手机屏幕按灭,然后抬起眼跟而安说"谢谢"。

"没关系。"而安也跟着笑。

他们很快敲定了编号和工作装备,会议接近尾声,但由于风向南对滑行李箱这项活动极其着迷，隋聿跟而安都能感受到他在刻意拖长会议时间。直到而安提出会议结束之后，会带着他去商场买行李箱，风向南才扬了扬眉，罕见地露出笑容。

"工作内容就是巡逻，跟你的专业也对口，好了会议结束，我们可以走了。"风向南站起来，走到门口之后，才发现坐在沙发上的两个人都没动。风向南扭着头看，只觉得而安的身体看起来有些僵硬，隋聿则是面无表情。

"而安。"隋聿十分平静地喊他的名字。

"我们晚上吃什么呢？"而安转过头，眼睛弯着，"要不要吃上次没排上队的那家烤肉？"

隋聿俯下身，跟而安靠得更近了一点儿。

"确实不是看门大爷。"隋聿看着而安的脸，话从嘴里一个字一个字地往外蹦，"是保安，是吧？"

应该是躲不过去了，而安只能强迫自己直视隋聿的眼睛，嘴角往耳朵根处咧。

"哈哈，我果然没看错，隋聿，你真的好聪明啊！"

番外二

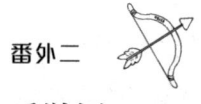

乐游记

正式入职之前，隋聿带而安去了一趟游乐场。据说那天晚上有灯会，会放烟花，上万颗星火同时升空绽放，场面漂亮。

"我抽屉里有个相机，正好可以带上。"隋聿读完公众号上的内容，转头看向盘腿坐在地上的而安。而安挑选了房间里的最佳位置，正对空调风口，一头黑发被冷风吹得七上八下。

电视里正在播放某部热血动漫，各种施法招式绚烂，隋聿很快意识到，而安可能压根儿就没听见他说了什么。想到这儿，隋聿用手机不轻不重地敲了一下而安的脑袋。

而安很慢地转过头，但视线依旧落在电视屏幕上，隋聿还没来得及说话，就听见而安很小声地喊他的名字。

隋聿凑过去。

"他的发型好酷啊。"而安眨了眨眼，左手缓缓抬起来，指着电视屏幕里正在发号施令的小人儿说,"我也想把头发染成绿的。"

因为而安的神色实在过于真诚,隋聿硬生生地把到嘴边的话压下去,语气放缓:"别了。"

"为什么?不适合我吗?"而安站起来,光着脚走到衣架边,把前几天隋一国落下的制服披在头上,转头向隋聿展示。

"不好看吗?我觉得我很适合绿色。"

"你不合适。"隋聿说得很干脆。

而安在原地站了一会儿,头顶着军绿色制服走过去,站在隋聿面前,屏幕里投出来的光被遮挡,阴影落在隋聿的眼皮上。

而安擅长让人心软,当想要的东西要不到的时候,他就会用那双无辜的眼睛盯着你看。这招而安用过很多次,依然屡试不爽。

隋聿很轻地叹了口气,正当他准备向而安解释的时候,视线内的阴影突然变大。隋聿抬起头,下一秒,整个脑袋被巨大的棉质外套笼罩。眼前变成一片黑,同一时间,隋聿听见而安在离他很近的位置,语气轻快:"确实,隋聿你好像比我适合一点儿。那你染绿色,我再挑个别的颜色。"

平时隋聿很好说话,但对于染发这件事,隋聿宁死不从。而安不想惹隋聿不开心,所以去超市的时候只挑了一瓶染膏,今天晚上他要把头发染成金色。

当而安穿着围裙坐在小板凳上的时候,隋聿再三问他是不是真的要染。而安把脑袋仰得很高,恨不得直接把头塞到隋聿的手里:"染吧。"

隋聿卷起袖子,用刷子蘸了白色染膏抹在而安头顶。几分钟之后,镜子里而安眨眼的频率以肉眼可见的速度变快。等隋聿抹完半边头发的时候,而安忽然拽住他的衣摆。顺着力道低下头,他对上而安睁大的眼睛。

"隋聿。"而安说,"我的头好像有点儿辣。"

隋聿愣了两秒,看着镜子里而安头顶已经开始褪黄的半边头发,沉思半响后说:"应该是你的错觉吧。"

"应该是。"而安点点头,重新坐好,默默给自己打气,"染头发怎么会觉得辣呢?"

当然会。

等全部涂上完染膏后,而安披着蓝色披风满屋子大喊:"我的头好辣啊!"

涂上染膏之后要等将近四十分钟,隋聿从收费频道里挑了一部电影,片头音乐刚响起,卧室里的号叫消失了。

玄关处探出了半个身体,而安看了眼电视,呆滞了几秒后,看向隋聿:"你居然背着我看迪士尼的电影。"

"嗯。"隋聿转头看他,"你看吗?"

"看。"而安走到旁边,但是并没有坐下,只是看着隋聿,小声念叨,"但是我的头好辣。"

隋聿被气笑了,他把而安拉到身前让他坐下,然后伸手在旁边的抽屉里拿了一把蒲扇。这还是上周隋一国拿过来的。

隋聿冲而安的头顶扇了两下风,而安怔了怔,随即给出了反馈:"刚刚好像不辣了。"

隋聿把而安的脑袋掰正顺便科普:"那不叫辣,是蜇。"

染发过程很艰难,靠着一个多小时的卡通电影和隋聿的物理降温法,而安终于在第二天拥有了一头浅金色头发。但是不得不说,金发真的很适合而安,这种适合表现在很多方面。

电视屏幕里正在发号施令的小人儿说:"我也想把头发染成绿的。"

因为而安的神色实在过于真诚,隋聿硬生生地把到嘴边的话压下去,语气放缓:"别了。"

"为什么?不适合我吗?"而安站起来,光着脚走到衣架边,把前几天隋一国落下的制服披在头上,转头向隋聿展示。

"不好看吗?我觉得我很适合绿色。"

"你不合适。"隋聿说得很干脆。

而安在原地站了一会儿,头顶着军绿色制服走过去,站在隋聿面前,屏幕里投出来的光被遮挡,阴影落在隋聿的眼皮上。

而安擅长让人心软,当想要的东西要不到的时候,他就会用那双无辜的眼睛盯着你看。这招而安用过很多次,依然屡试不爽。

隋聿很轻地叹了口气,正当他准备向而安解释的时候,视线内的阴影突然变大。隋聿抬起头,下一秒,整个脑袋被巨大的棉质外套笼罩。眼前变成一片黑,同一时间,隋聿听见而安在离他很近的位置,语气轻快:"确实,隋聿你好像比我适合一点儿。那你染绿色,我再挑个别的颜色。"

平时隋聿很好说话,但对于染发这件事,隋聿宁死不从。而安不想惹隋聿不开心,所以去超市的时候只挑了一瓶染膏,今天晚上他要把头发染成金色。

当而安穿着围裙坐在小板凳上的时候,隋聿再三问他是不是真的要染。而安把脑袋仰得很高,恨不得直接把头塞到隋聿的手里:"染吧。"

隋聿卷起袖子,用刷子蘸了白色染膏抹在而安头顶。几分钟之后,镜子里而安眨眼的频率以肉眼可见的速度变快。等隋聿抹完半边头发的时候,而安忽然拽住他的衣摆。顺着力道低下头,他对上而安睁大的眼睛。

"隋聿。"而安说,"我的头好像有点儿辣。"

隋聿愣了两秒,看着镜子里而安头顶已经开始褪黄的半边头发,沉思半晌后说:"应该是你的错觉吧。"

"应该是。"而安点点头,重新坐好,默默给自己打气,"染头发怎么会觉得辣呢?"

当然会。

等全部涂上完染膏后,而安披着蓝色披风满屋子大喊:"我的头好辣啊!"

涂上染膏之后要等将近四十分钟,隋聿从收费频道里挑了一部电影,片头音乐刚响起,卧室里的号叫消失了。

玄关处探出了半个身体,而安看了眼电视,呆滞了几秒后,看向隋聿:"你居然背着我看迪士尼的电影。"

"嗯。"隋聿转头看他,"你看吗?"

"看。"而安走到旁边,但是并没有坐下,只是看着隋聿,小声念叨,"但是我的头好辣。"

隋聿被气笑了,他把而安拉到身前让他坐下,然后伸手在旁边的抽屉里拿了一把蒲扇。这还是上周隋一国拿过来的。

隋聿冲而安的头顶扇了两下风,而安怔了怔,随即给出了反馈:"刚刚好像不辣了。"

隋聿把而安的脑袋掰正顺便科普:"那不叫辣,是蜇。"

染发过程很艰难,靠着一个多小时的卡通电影和隋聿的物理降温法,而安终于在第二天拥有了一头浅金色头发。但是不得不说,金发真的很适合而安,这种适合表现在很多方面。

比如走进游乐场还不到十分钟，而安就已经和好几个路人合了影。起初别人提出合影要求时，隋聿虽然觉得奇怪，但还是保持礼貌点了头，直到女生把手机塞给他，然后跑到而安身边时，隋聿才意识到对方要求的合影里，并没有他。

尽管心里不太舒服，但看见镜头里而安的脸，隋聿的气消了大半。

城堡和余晖，都没有金发丘比特好看。

合完最后一张影，眼看又有人想要过来，在对方开口之前，隋聿先说："不好意思，他正准备出道，暂时不合影了。"

而安听不懂什么是出道，但他知道合影时间结束了，在他准备走回隋聿身边的时候，隋聿先迈出步子，走到他旁边。他们倚着栏杆，身后是飘着氢气球的天空。

隋聿盯着他看了一会儿，拿出手机："合张影吧，跟我。"

镜头打开，看着手机里的两个人，隋聿小幅度地笑了一下，在按下快门之前，隋聿听见身旁的人说："我不是准备出道，没办法合影了吗？"

"……你拍不拍？"

"拍啊！"而安凑过去，双臂环在胸前露出一口白牙。

"……把你胳膊放下去。"

"怎么了？"而安看他，"电视里的成功人士都是这么拍的——哦，你不想让我成功是吧？"

"……行行行，就这么拍吧。"

八月七日，下午六点二十九分，三十八摄氏度，申江游乐场。

普通人隋聿和"成功人士"而安拥有了第一张合影。